Die Stunde des Reglers

Max Landorff

Die Stunde des Reglers

Thriller

Scherz

Erschienen bei Scherz, einem Unternehmen
der S. Fischer Verlag GmbH, Frankfurt am Main

© S. Fischer Verlag GmbH, Frankfurt am Main 2012
Satz: Dörlemann Satz, Lemförde
Druck und Bindung: CPI – Ebner & Spiegel, Ulm
Printed in Germany

ISBN 978-3-651-00018-6

Wie kann man sagen, dass Vergangenheit und Zukunft existieren? Wenn doch die Vergangenheit schon nicht mehr ist und die Zukunft noch nicht ist?

Augustinus

Prolog

Der Mann redete auf die Hunde ein. Schon seit einer halben Stunde tat er das, da sie etwas müde wirkten, jetzt, am Ende der langen Tagestour. Er wollte sie auf den letzten Metern aufmuntern. Seine Worte galten vor allem dem Leithund an der Spitze des Gespannes, einem großen braunen Canadian Husky, der es ihm gelegentlich durch einen Blick über die Schulter dankte. Heja, Igor, zeig, was du für einer bist, komm, weiter, auf dich kann man sich verlassen ... Solche Sachen sagte der Mann. Er musste laut reden, fast schreien, denn nicht nur sein Körper, sondern auch sein Kopf war dick vermummt. Das Gesicht steckte in einer Art Strumpfmaske, zwei Schlitze für die Augen, eine Schneebrille darüber. Auf dem Kopf trug er eine Fellmütze, die unterm Kinn zugebunden war, und darüber noch die Kapuze des Daunenanoraks.

Es war der 2. Dezember, der Tag vor dem ersten Advent, nachmittags gegen vier. Der Mann stand auf einem Hundeschlitten, die Füße in unförmig dicken Schuhen auf den verlängerten Kufen, die Hände in unförmig dicken Handschuhen an zwei Haltegriffen. Sein Schlitten war drei Meter lang, hochbepackt mit Proviant und Gerätschaften. Davor liefen die sechs Hunde, immer zwei nebeneinander in einem ausgeklügelten System aus Nylonschnüren. Gleichmäßig strampelten sie in ihren Geschirren, ihr Atem produzierte kleine Dampfwolken, ihre Pfoten wirbelten den Pulverschnee auf, so dass eine feine weiße Gischt entstand und das Gefährt wie ein Boot wirken ließ, das übers Wasser schoss.

Die Sonne war schon untergegangen. Um diese Jahreszeit hielt sie sich im Norden Schwedens nur fünf Stunden pro Tag am Himmel. Aber ein fetter Vollmond beleuchtete die Szenerie. Die Luft war klar, und es war relativ warm, nur 20 Grad unter null. Seit Stunden bewegte sich der Schlitten durch eine Landschaft, die vor allem eines war: weiß. Über zugefrorene Flussbetten war er gefahren, die ausgesehen hatten wie verlassene Straßen, Wälder hatte er durchquert, in denen die Fichten wie eisige weiße Skulpturen aufgereiht waren. Jetzt ging es leicht bergab über eine freie Fläche auf einem Bergrücken.

Der vermummte Mann, den hier alle nur unter seinem Vornamen Krister kannten, war nicht allein unterwegs. Er führte einen kleinen Konvoi von sechs weiteren Schlitten an. Sie folgten ihm in derselben Spur wie Knoten in einer Schnur, in jeweils ungefähr dreihundert Meter Abstand. Eine kleine Reisegruppe, die sich hier am ersten Wochenende der Weihnachtszeit auf ihr Ziel freute, eine unter Schnee begrabene Holzhütte ohne Strom. Krister mochte diese besondere Tour mit dem Adventsfeuer als Höhepunkt, weil sie besondere Menschen zusammenführte. Wer kam schon auf die Idee, ausgerechnet zu dieser Zeit eine solche Fahrt zu buchen? Wer um diese Zeit in den Norden aufbrach und sich auf einen Hundeschlitten stellte, war an einer besonderen Zwischenstation seines Lebens angelangt. So jedenfalls schien es Krister. Die Gespräche abends vorm Feuer in den Hütten waren anders als bei anderen Touren und die Stimmung immer ein spezielles Erlebnis. Der erste Schlitten hinter Krister wurde von einer jungen Frau aus Berlin gesteuert, die gerade von ihrem Freund verlassen worden war, obwohl schon ein gemeinsamer Skiurlaub mit Eltern und Schwiegereltern geplant war. Ganz hinten in der Reihe fuhr ein älterer alleinstehender Mann aus Kopenhagen, Besitzer eines Elektroladens. Er hatte die Reise in einem Preisausschreiben gewonnen – für zwei Personen natürlich, aber er hatte keine zweite Person gefunden, die sie mit ihm hatte antreten wollen.

Seit vier Tagen waren sie unterwegs. Die Leute hatten gelernt, mit den Hunden umzugehen – wie man sie anspannte, ausspannte, fütterte, fürs Nachtlager ankettete. Sie wussten inzwischen, was zu tun war, wenn man eine Hütte erreichte. Wie man sie vom Schnee befreite, ein Feuer im Ofen machte, Schnee auftaute, damit man Wasser hatte – und wie man aus dem gefrorenen Proviant eine Mahlzeit zubereitete. Die Hütte heute würde etwas größer sein als sonst, man würde morgen einen Ruhetag einlegen und die abendliche Party vorbereiten.

Krister betrieb sein Unternehmen seit über zehn Jahren, er war also ein erfahrener Musher, wie die Hundeschlittenführer hießen. Als die Hütte im Mondlicht vor ihm auftauchte, sah er sofort, dass etwas nicht stimmte. Den Hütteneingang konnte er nicht sehen, nur die von hohen Schneewehen umgebene Rückseite und das im Weiß eingegrabene Dach. Aber er sah, dass die Tür des Brennholzschuppens offen stand und dass der Korb, den man zum Scheiteholen benutzte, davor im Schnee lag. Das System mit den Unterkünften im riesigen, einsamen Gebiet des Sånfjället-Nationalparks funktionierte gut, aber es funktionierte nur, weil sich alle, die einen Schlüssel hatten, an die Regeln hielten. Die Wichtigste war, dass man die Hütte so verließ, wie man sie vorgefunden hatte. Sauber, mit frischem Brennholzvorrat – und verschlossen.

Stå. Das Kommando für seine Hunde, anzuhalten. Krister hob die Hand als Zeichen für seine Gruppe, dass sie aufschließen und ebenfalls anhalten sollten. Er wies die Leute an, die Schneeanker in den Boden zu schlagen und bei ihren Schlitten zu warten. Er selbst fuhr auf die Hütte zu. Was er dort vorfand, musste er später bei der Polizei sehr genau zu Protokoll geben: ein umgestürzter Schlitten vor dem Eingang der Hütte, ein einzelner, halbverhungerter knurrender Hund, der noch in seinem Geschirr hing, die rechte Vorderpfote gebrochen. Die offene Tür zur Hütte. Er musste den Beamten mehrmals erklären, warum er den Mann, der drinnen am Boden lag, erst so spät entdeckt hatte. Weil es stockfinster war, weil er zwar eine starke Taschenlampe hatte, aber eben nur eine Taschenlampe. Weil er erst die Verwüstungen im großen Gemeinschaftsraum inspizierte, die umgestürzten Tische und Bänke. Erst dann betrat er die offenen Zimmer mit den Stockbetten, die den Gemeinschaftsraum umgaben. Im zweiten fand er den Mann. Er lag auf der Seite, es war Blut am Boden. Der Mann war bekleidet, sein Gesicht weiß, kalt, leblos. Ein Toter, so schien es jedenfalls.

Früher war Krister Feuerwehrmann in Stockholm gewesen. Er hatte also gute Nerven und wusste, wie man in solchen Situationen vorging: mit Bedacht und klaren Prioritäten. Als Erstes breitete er zwei Decken über dem Mann aus, dann schnürte er die Ladung auf seinem Schlitten auf und förderte das alte Satellitentelefon zutage. Es gab hier kein Mobilfunknetz. Ein Rettungshubschrauber würde in 55 Minuten vor Ort sein. Danach kümmerte sich Krister um seine Reisegruppe. Die Hunde mussten versorgt, es musste Feuer gemacht werden.

24 Stunden später, am Abend des ersten Advents, bot die Hütte an dem sanften Bergrücken des Fjällduken ein anderes Bild. Drinnen war aufgeräumt, Feuer prasselte im Ofen und in zwei Kaminen. Gaslampen verbreiteten ein gemütliches Licht. Man war schon damit beschäftigt, den Rehrücken zuzubereiten, die erste Flasche Champagner war geöffnet.

200 Kilometer entfernt, auf der Intensivstation des Krankenhauses von Sundsvall, lag der Mann, den man in der Hütte gefunden hatte. Im Hubschrauber hatte man festgestellt, dass er noch lebte.

Er hatte zwei Schusswunden; eine Kugel hatte im Oberschenkel, die andere in der Lunge gesteckt, nah am Herzen. Man hatte ihn umgehend operieren müssen, auch wenn der Mann dramatisch unterkühlt gewesen war. Inzwischen wurde er beatmet und hing an einem riesigen Medikamentenbaum, wie die Metallständer mit den Infusionsflaschen genannt wurden. Die Ärzte waren sich nicht sicher, ob er überleben würde. Seine Identität war zunächst nicht festzustellen, er hatte keinen Ausweis bei sich oder sonstige Hinweise darauf, wer er war. Nur ein unbeschriftetes Kuvert hatte man in der Innentasche seines Anoraks gefunden und sichergestellt.

Es enthielt einen handgeschriebenen Brief. Das Papier war schon ziemlich zerknittert und mehrfach gefaltet, doch es war dickes, teures Papier. Der Inhalt bestand aus wenigen Worten in blauer Füllerschrift.

Lieber Bruder,
wir müssen reden. Der Zeitpunkt ist da. $t_0 = JETZT.$
Luca.

Teil 1
Vertrauen

Mittwoch, 4. Oktober

(t_0 minus 58)

Er hörte dieses schlagende Geräusch. Wieder und wieder. Etwas aus Holz schlug auf etwas aus ... Stein? Gabriel Tretjak versuchte, die Augen zu öffnen, aber es gelang ihm nicht, sosehr er sich auch anstrengte. Seine Lider fühlten sich an, als wären sie zugeklebt. In der Nase hatte er den Geruch von nassen Badeanzügen, vielen nassen Badeanzügen, die allesamt Frauen gehörten. Und wieder schlug etwas aus Holz auf etwas aus Stein.

Das menschliche Gehirn ist ein Spieler. Beim Übergang vom Schlaf zum Bewusstsein lässt es sich besonders viele Varianten einfallen. Manche Tage werden angeknipst wie Lichtschalter. Man öffnet die Augen, und die Nacht ist vorbei. Aber manchmal muss man noch eine Weile im Casino des Gehirns bleiben, wo Neurotransmitter mit unserem gesamten Leben spielen, ganz neue Wetten abschließen. Gabriel Tretjak hatte das Gehirn immer als eigenes Wesen betrachtet, bei sich selbst und bei anderen, ein Wesen, das im Kopf wohnte, das man sich zunutze machen konnte, meistens, nicht immer. Es dauerte eine ganze Weile, bis Tretjak an diesem Morgen sein Gehirn dazu brachte, die Karten auf den Tisch zu legen.

Seine Augen waren nicht verklebt, sie waren schon offen. Aber der Raum, in dem er sich befand, war stockfinster. Es war das Schlafzimmer im Haus seines Vaters. Und er lag im Bett seines Vaters, der seit einem Jahr tot war. Oben in der Küche schlug der Fensterladen, den man nicht festmachen konnte, gegen die Mauer. Es war Wind aufgekommen in der Nacht.

Er schloss die Augen wieder. Einen Moment wollte er bei den nassen Badeanzügen bleiben. Es kam nicht oft vor, dass ihn etwas aus seiner Kindheit nachts überfiel, und schon gar nicht aus der kurzen glücklichen Zeit dieser Kindheit – bevor die Katastrophen gekommen waren. Die Badeanzüge in der Umkleidekabine am Pool. Sein Bruder Luca hatte ihn immer wieder dort hingeschleppt. Ein kleines Holzhäuschen, reserviert für Hotelgäste, die schwimmen wollten. Es konnte immer nur von einer Person benutzt werden, man nahm seine Kleider nach dem Umziehen wieder mit. Doch mittags oder auch abends hängten die Gäste ihre nasse Badebekleidung an den Haken in der Kabine auf. Männer rechts, Frauen links. Luca und er lauerten kichernd hinter der Buchenhecke auf den richtigen Moment, dann schlichen sie hinein. Wie alt waren sie damals? Luca 15, er selbst sieben? Luca fasste die Anzüge an, fast ehrfürchtig, und er flüsterte ihm zu, welchen Frauen welches Teil gehörte: der großen Blonden mit dem Riesenbusen zum Beispiel, oder der Tochter der dicken Deutschen, der Frau des Millionärs mit dem Porsche ... Der Geruch in dem Häuschen war eine Mischung aus Chlorwasser, von der Sonne aufgeheiztem Holz und dem

Duft der Frauen, ihren Parfums und Cremes. Für die beiden Jungs das aufregendste Gemisch, das man sich vorstellen konnte. Gabriel Tretjak versuchte sich zu erinnern, was sein Bruder ihm im Traum gesagt hatte. Aber er sah immer nur das Bild vor sich: Luca, der sich in der Kabine zu ihm umdrehte, seine dunklen Augen und dass er plötzlich fast erschrocken aussah, bevor er sprach.

Tretjak richtete sich im Bett auf, stellte die Füße auf den Holzboden, schlüpfte in die Lederpantoffeln seines Vaters, des toten, des ermordeten Vaters. Er durchquerte den finsteren Raum, öffnete das Fester und stieß den dunkelgrünen Holzladen auf. Es war schon hell draußen. Er blickte auf die Uhr. 20 Minuten vor neun. In den ersten Wochen hier war er oft morgens einfach liegen geblieben. Eingemummelt in eine Decke und in ein Gespinst aus Gedanken und Gefühlen. In letzter Zeit zwang er sich dazu, aufzustehen und eine Art Tagwerk zu beginnen, eine Hecke zu schneiden zum Beispiel oder Brennholz zu hacken. Auch eine kleine Steinmauer hatte er hochgezogen und einen toten Baum gefällt. Solche Dinge kosteten an diesem Ort viel Kraft und Zeit.

Das kleine Bauernhaus, in dem sein Vater die letzten Jahre seines Lebens verbracht hatte, befand sich in den italienischen Alpen. Es stand seit etwa hundert Jahren wie ein kleiner Turm im steilen Berg, direkt über dem Ort Maccagno am Lago Maggiore, dem großen Gletschersee. An seinen Ufern war es so warm, dass Palmen wuchsen, aber auf den Spitzen der Berge, die ihn umgaben, war es so kalt, dass der Schnee auch im Sommer liegen blieb. Das Haus bestand aus lediglich vier Räumen, Schlafzimmer und Bad im unteren Teil, darüber Wohnzimmer und Küche. Eine Steintreppe verband die beiden Ebenen. Von jedem Raum aus konnte man ins Freie treten, auf kleine Terrassen. Von der Küche aus blickte Tretjak jetzt direkt über den Herd auf den See. Es war ein warmer, klarer Herbsttag, Mittwoch, glaubte er zu wissen. Mittwoch, der 4. Oktober, so sollte es auch später in den Polizeiprotokollen festgehalten werden. Unten in dem kleinen Hafen fuhr ein Segelboot auf den See hinaus, ein weißes Segel auf dem weißlich glitzernden Wasser.

Die kleine Espressokanne aus Metall, die auf dem Herd stand, zischte jetzt und brodelte. Tretjak öffnete den Kühlschrank, holte eine Packung Milch heraus, goss sie in eine Tasse und schenkte darauf den heißen Kaffee. Dann setzte er die kleine Geschirrspülmaschine in Gang, in der ein paar benutzte Teller und Gläser der letzten Tage standen. Er zog die Jeans an, die über dem Stuhl hing, und ging hinaus auf die Veranda.

Zum ersten Mal hatte Tretjak diese Veranda am Tag der Beerdigung seines Vaters betreten. Das war schon über ein Jahr her. Von hier aus war er ins Haus gelangt, mit den Schlüsseln, die ihm die Polizei ausgehändigt hatte. Sprachlos und wie in Trance hatte er in den kargen Überresten des Lebens seines Vaters herumgestanden, im letzten Zuhause des Mannes, den er so gehasst hatte. Damals hatte er gedacht, nun sei alles vorbei, nun könne er neu beginnen. Wie froh er gewesen war, dass er nicht allein hatte herkommen müssen. Dass Fiona ihn begleitet hatte. Fiona …

Vor Weihnachten war er dann noch einmal von München aus hierher an den Lago Maggiore gefahren. Eigentlich nur, um den Makler zu treffen, der das Haus für ihn verkaufen sollte. Und vielleicht noch, um den ein oder anderen Gegenstand mit zurückzunehmen. Vielleicht. Vergangenheit aufzuheben war noch nie seine Sache gewesen. Und diese hier schon gar nicht.

Das Besondere an dem Haus war, dass es an einem alten Eselsweg lag und nur zu Fuß zu erreichen war. Den winzigen alten Geländewagen seines Vaters entdeckte Tretjak erst später unter einer Plane. Als er damals vor Weihnachten oben angekommen war, hatte er drei Fehler gemacht. Zuerst hatte er sich auf die Veranda gesetzt, um zu Atem zu kommen. Er hatte über den See geblickt und den Geruch des winterlichen Waldes eingeatmet, der Erde, des Laubes auf dem Boden, den Duft des großen Rosmarinstrauches in dem Steintopf neben sich. Dann hatte er, als er im Haus war, in allen Kaminen Feuer angezündet. Und als alle drei brannten, das Holz krachte und es draußen dunkel wurde, da hatte er beschlossen, ein paar Tage zu bleiben. Niemand wartete auf ihn in München. Sein Leben dort war in die Luft gesprengt worden, die neue Wohnung bedeutete ihm nichts. Plötzlich schien ihm das Haus der richtige Ort für Weihnachten. Zwei Wochen später war der Makler des Auftrags enthoben, das Haus zu verkaufen. Und Ende Januar schleppte Tretjak insgesamt fünf schwere Rucksäcke den Berg hinauf, Kleidung, Bücher, Computer, ein kleines Teleskop. Das große stand noch immer in seiner Sternwarte auf einem Bauernhof bei München. Wahrscheinlich hatte es inzwischen Spinnweben angesetzt.

Graue Mauern durchzogen den Berg und das Grundstück, auf dem Tretjaks Haus stand. Aus Natursteinen errichtet, viele inzwischen halb eingestürzt und von Pflanzen überwuchert, erinnerten sie an die Zeit, als die Menschen an den steilen Hängen Landwirtschaft betrieben hatten.

Auch der Eselsweg wurde zum Berg hin von einer solchen Steinmauer beschützt, die von der Gemeinde in Schuss gehalten wurde. Den Weg selbst konnte man deshalb von Tretjaks Veranda aus nicht sehen, doch wenn ein Mensch darauf nach oben gelaufen kam, tauchte sein Kopf immer wieder zwischen den Büschen und Bäumen auf.

Der Hut, den Tretjak jetzt von der Veranda aus sah, war ein billiger Strohhut, von der Art, wie sie unten am See und an allen Stränden der Welt verkauft wurden. Er wippte auf und ab und bewegte sich ziemlich schnell vorwärts. Tretjaks Blick war inzwischen geübt, und er erkannte sofort, dass die Person unter dem Hut körperlich fit war. Er war ein wenig überrascht, als er schließlich sah, dass es eine Frau war, die sich da zügig näherte und schon die letzte Biegung vor seinem Haus erreicht hatte. Jetzt konnte er die ganze Gestalt sehen. Die Frau hatte eine kräftige, beinahe bullige Statur. Sie trug eine helle Leinenhose, eine weiße Bluse und eine Sonnenbrille. Ihre langen braunen Haare hatte sie im Nacken zu einem schweren Zopf geflochten, die Füße steckten in leichten Wanderschuhen. Tretjak schätzte ihr Alter auf etwa vierzig.

Der Weg war inzwischen ein markierter Wanderweg, man gelangte an Tretjaks Haus vorbei in etwa anderthalb Stunden Fußweg zu einem höher gelegenen Bauerndorf. Touristen gingen den Weg gelegentlich, um den Blick auf den See zu genießen, Einheimische benutzten ihn manchmal, um im Wald Pilze und Heidelbeeren zu sammeln. Unlängst hatte eine Pfadfindergruppe irgendwo dort oben ihr Camp aufgeschlagen. Wer Tretjaks Grundstück betreten wollte, musste unten beim Haus ein grüngestrichenes Holztor aufstoßen. Er wusste nicht, ob es sein Vater gewesen war oder der Vorbesitzer, der an diesem Tor eine

Vorrichtung angebracht hatte, wie es sie früher in kleinen Lebensmittelläden gegeben hatte. Wenn man die Tür öffnete, ertönte ein kurzes, etwas abgedämpftes Klingelgeräusch, ein angenehm tiefer Ton, der aber doch so laut war, dass man ihn überall gut hören konnte. Der Ton überraschte Tretjak in dem kleinen Schuppen, wo er seine Motorsäge aufbewahrte.

Als er zurück zur Veranda kam, stand die Frau mit dem Strohhut bereits dort. Sie hatte ihre Sonnenbrille abgenommen und schaute ihn aus auffallend dunkelblauen Augen an.

»Sie sind Gabriel Tretjak, nicht wahr?«, sagte sie mit dem unverkennbaren Akzent der Schweizer. Und fügte ein freundliches »Guten Morgen« hinzu. Ihr Blick schwenkte einmal über den Garten zum See. »Schön haben Sie es hier.«

Tretjak fiel auf, dass sie keine einzige Schweißperle auf der Stirn hatte und ihr Atem völlig normal war.

»Sind Sie Hochleistungssportlerin?«, fragte er.

»Nein«, sagte sie, »aber ich bin in Zermatt geboren und aufgewachsen, am Fuß des Matterhorns, 1600 Meter hoch.« Sie lachte, und Tretjak sah, dass sie eher fünfzig war, vielleicht sogar älter. »Ich heiße Sophia Welterlin«, sagte sie und schaute zu der Bank und dem Tisch. »Ich muss mit Ihnen reden, Herr Tretjak. Darf ich mich setzen?«

Tretjak nickte nur, stellte seine Motorsäge auf den Boden. Früher hätte er dieser Frau ein paar klare Fragen gestellt und sie entweder schnell abgewiesen oder höflicher empfangen. An seinem fast schon unbeholfenen Benehmen erkannte er, dass sein Eremitenleben nun schon eine ganze Weile andauerte.

Als sie sich am Tisch gegenübersaßen, sagte Sophia Welterlin: »Ich komme aus der Nähe von Genf, und ich bin hier, weil ich Ihre Hilfe brauche. Die Hilfe des Reglers.«

Hätte ihn vorher jemand gefragt, wie er darauf reagieren würde, auf die Erwähnung seines früheren Lebens, auf die Bezeichnung für seinen Job, die nur wenige überhaupt kannten, er hätte etwas anderes vorhergesagt. Dass er sich freuen würde vielleicht, weil wieder irgendjemand irgendetwas von ihm wollte. Oder das Gegenteil, dass mit diesem einen Wort alles wieder hochkäme, der Hass, die Angst, die Verletzung, der ganze Wahnsinn, der abgelaufen war. Stattdessen empfand Gabriel Tretjak gar nichts. Er sah die Sommersprossen auf den Wangen dieser Frau, den blauen Himmel hinter ihr, den noch blaueren See unter ihr. Und er sagte: »Den Regler gibt es nicht mehr, Frau ...«

»Welterlin.«

»Frau Welterlin.«

Es entstand eine kurze Pause, dann sagte sie: »Wäre es zu viel verlangt, wenn Sie mir einen Kaffee anbieten würden?«

Tretjak lächelte und stand auf. In der Tür zur Küche drehte er sich um. »Glauben Sie mir, wenn ich Ihnen sage, dass ich noch nie in meinem Leben einen fremden Menschen zu mir nach Hause zu einem Kaffee eingeladen habe?«

»Das glaube ich Ihnen aufs Wort«, sagte sie ernst. »Ich weiß, dass Sie nicht der Typ dafür sind. Ich weiß ziemlich viel über Sie.« Und ohne dass er sie darum gebeten hatte, begann sie zu reden.

Er stand am Herd, mit dem Rücken zur offenen Tür, hantierte wieder mit der Espressokanne und hörte ihr zu, wie sie sagte, was sie sagte. Dass er viele Jahre sehr viel

Geld damit verdient habe, das Leben anderer Menschen zu regeln. Dass er mit diesem Geschäft in einer Grauzone unterwegs gewesen sei, rechtlich und moralisch. Und dass schließlich alles ein Ende gefunden habe mit einer Serie von Morden. Verübt, um Rache zu nehmen – an ihm.

»Ich habe das damals nicht verfolgt«, hörte er sie sagen. »Wissen Sie, ich interessiere mich nicht sehr für Verbrechen, und wir in der Schweiz sind sowieso immer etwas ab vom Schuss. Aber jetzt habe ich es alles noch mal nachgelesen. Sowohl die Münchner Kriminalpolizei als auch Sie selbst gingen eine Weile davon aus, dass Ihr Vater der Täter war, bis dann die Wahrheit ans Licht kam, die für Sie vielleicht noch schlimmer war.« Sie sagte noch etwas von dem Verständnis, das sie dafür habe, dass er sich so zurückgezogen hatte.

Der Kaffee war fertig, Gabriel Tretjak drehte das Gas am Herd ab. Immer wenn er das tat, jedes Mal, ohne Ausnahme, auch jetzt, dachte er wieder an das erste Mal damals im Haus. Wie Fiona beschlossen hatte, Kaffee zu kochen, und den kleinen gelben Gashahn unter der Spüle aufdrehte. Wie er das aus den Augenwinkeln bemerkt hatte. Dass sie diesen Hahn gefunden hatte, so schnell, so sicher. Zu schnell, zu sicher. Er wusste noch genau, dass sein Gehirn in diesem Moment gezögert hatte, wie ein Läufer an einer Weggabelung. Habe ich das gerade bemerkt? Oder habe ich es nicht bemerkt? Hier in dieser Küche hatte sie den Gashahn geöffnet und danach das Fenster. Und dann hatte sie etwas zu bewusst und deutlich so getan, als hielte sie nach Tassen Ausschau. Sie hatte ihren eigenen Fehler bemerkt. Es war dieser Moment gewesen, der ihm das Leben gerettet hatte. Weil sein Gehirn damals die richtige Entscheidung getroffen hatte. Nein, nicht die bequeme Abzweigung in Richtung der warmen Gefühle, der Begriffe wie Liebe und Geborgenheit. Nein, nicht so tun, als hätte man das eben nicht bemerkt. Sein Gehirn hatte den anderen Weg genommen, und der hieß: Adrenalin, Herzrasen, Misstrauen, eine sofortige Kehrtwende all seiner Gedanken und Pläne.

Tretjak stellte die beiden Tassen Kaffee, den Zucker und die Milch auf ein kleines silbernes Tablett und trat wieder auf die Veranda. »Wenn Sie schon so viel wissen«, sagte er, »dann wissen Sie sicher auch, dass ich damals nur auf Empfehlung gearbeitet habe, auf persönliche Empfehlung. Und trotzdem die meisten Anfragen abgelehnt habe.«

»Oh, das weiß ich«, entgegnete Sophia Welterlin, als er sich setzte. »Ich habe eine Empfehlung.«

»Von wem?«

»Ich habe versprochen, es nicht zu sagen.«

Tretjak sah sie an. »Sehen Sie, Frau Welterlin«, sagte er, »selbst mit dem Regler von früher wären Sie so nicht zusammengekommen. Der hatte ein paar Prinzipien. Mit das wichtigste dabei war: keine Geheimnisse. Der Klient hat keine Geheimnisse vor mir. Ich kann in sein Leben nur eingreifen, wenn ich alles weiß. Entdecke ich ein Geheimnis, wird die Angelegenheit sofort beendet.«

Sie führte die Tasse zum Mund und trank langsam ein paar Schlucke.

»Was sind Sie von Beruf?«, fragte Tretjak, um das Thema zu beenden.

»Die meisten, die mich das fragen, bereuen es hinterher bitter«, antwortete sie. »Bei Ihnen könnte es anders sein. Ich bin Physikerin, theoretische Physik, Quantenphysik.«

»Frau *Doktor* Welterlin also«, sagte Tretjak.

»Frau Professor Doktor Doktor, wenn Sie es ganz genau wissen wollen«, sagte sie.

Unten an dem kleinen Hafen in Maccagno legte eine Passagierfähre ab. Die elegante »Alpino« mit ihren weißblauen Streifen auf ihrer nimmermüden Fahrt quer über den See. Oben auf der Veranda legte die Physikerin Sophia Welterlin ihr iPhone auf den Tisch. »Ich möchte, dass Sie sich etwas ansehen, Herr Tretjak, bitte.«

Tretjak würdigte das Telefon mit keinem Blick, sondern sah ihr in die Augen. »Von wem haben Sie die Empfehlung?«

Er spürte, dass sie überlegte.

Schließlich sagte sie: »Wenn ich es Ihnen sage … Würden Sie es für sich behalten, unter allen Umständen?«

»Sie können sich bei mir vielleicht nicht auf vieles verlassen, aber auf meine Diskretion schon«, antwortete er. »Von wem haben Sie die Empfehlung?«

Diese Frau in der weißen Bluse, die hier hochgekommen war, ungebeten, unerwünscht, blickte ihn an und sagte mit fester Stimme: »Von Luca. Von Ihrem Bruder.«

Gabriel Tretjak dachte nicht an den Geruch der nassen Badeanzüge, an seinen Traum aus der Zeit, als sein Bruder für ihn noch sein Bruder gewesen war. Gabriel Tretjak dachte daran, dass er es früher genauso gemacht hätte wie Sophia Welterlin. Sie hatte ihn ohne Vorwarnung in seinem Leben überrumpelt, und sie hatte ihn jetzt mit einer Information schockiert, abgefeuert aus der Hüfte, bei einer Tasse Kaffee. So ging man vor, wenn man schnell Wirkung erzeugen wollte. Vielleicht machte sie es instinktiv richtig. Er, Tretjak, hatte sich solche Taktiken früher erarbeitet, bei Verhörspezialisten, Verhaltenspsychologen, Gehirnforschern.

Er überlegte, ob er ihr den Gegner zeigen sollte, der er sein konnte. ›Ich danke Ihnen für die Information, Frau Welterlin‹, hätte er sagen können. ›In diesem Moment ist unser Gespräch beendet. Trinken Sie in Ruhe den Kaffee aus und genießen Sie gern noch ein wenig die Aussicht. Sie verzeihen, wenn ich mich schon mal an die Arbeit mache. Es ist viel zu tun hier oben.‹ Stattdessen sah er sie schweigend an. Er spürte, dass sie genau diese Reaktion befürchtete: dass er abbrach, dass er sie wegschickte. Sophia Welterlin war keine Schönheit, jedenfalls nicht auf die Art, für die man diesen Begriff verwendete. Ihre Gesichtszüge waren ein wenig zu grob, bäuerlich konnte man sagen. Männer waren sicher kein besonderer Joker in ihrem Leben gewesen. Vieles, vielleicht alles von dem, was sie hatte, hatte sie sich erarbeitet, hatte sie sich selbst geschaffen. So sah sie aus. Aber sie sah auch so aus, als hätte sie dabei nie ihre Laune verloren. Sie strahlte etwas Zuversichtliches aus.

»Mir wurde gesagt, wenn man mal gar nicht mehr weiterweiß, dann sollte man mit Ihnen sprechen. Bitte, Herr Tretjak, sehen Sie sich das an und hören Sie mir zu.«

»Ihnen wurde gesagt ... Das heißt, Luca hat das zu Ihnen gesagt?«

Sie nickte stumm.

Zweimal pro Woche sprach Tretjak mit seinem Therapeuten, schon seit über einem Jahr. Der Therapeut war ein Freund, Treysa hieß er, wie der Ort in Hessen, aus dem er auch stammte. Stefan Treysa. Er wohnte und arbeitete in München. Seit Tretjak sich hier oben verkrochen hatte, fanden die Sitzungen via Skype vorm Computerbildschirm statt. Mittwochs und freitags. Für heute Abend um 19 Uhr waren sie wieder verabredet. Immer wieder, wie ein Mantra, hatte Stefan Treysa wiederholt, dass Tretjak sich seiner Vergangenheit stellen müsse. Dass er mit seiner Methode, nach hinten immer alles abzuschneiden, nicht mehr weiterkomme, weil all die Dinge, die hinter ihm lägen, inzwischen wie Schlingpflanzen nach ihm griffen und ihn zu Fall bringen würden. Heute Abend um 19 Uhr würde Tretjak gelobt werden, weil er nicht die Flucht ergriffen hatte vor dem bloßen Namen seines Bruders. Ein Fortschritt, würde Stefan sagen. Aber war es das wirklich, ein Fortschritt?

In diesem Augenblick vibrierte Tretjaks Telefon in seiner Hosentasche. Es kam selten vor, dass er dranging. Meistens erkannte er schon an den Namen auf dem Display, dass es sich bloß um Echos aus seinem früheren Leben handelte, auf die er nicht die geringste Lust hatte. Der Name, der jetzt angezeigt wurde, gehörte zwar auch in die Vergangenheit, war aber eine Überraschung: Rainer Gritz, der Kriminalbeamte aus München, einer, der damals mit Tretjaks Fall befasst gewesen war. Nicht der Boss, aber der zweite Mann. Tretjak erinnerte sich an einen langen, relativ jungen Kerl, der für die Details zuständig gewesen war. Tagelange umständliche Ermittlungen in den Niederungen der Polizeiarbeit, das war seine Sache gewesen.

»Wollen Sie nicht rangehen?«, fragte Frau Welterlin, sichtlich froh über die Unterbrechung. Aber da hörte das Handy schon auf zu vibrieren. Tretjak steckte es zurück in die Hosentasche. Seine Motorsäge, die immer noch auf dem Terrassenboden lag, war ein schwedisches Fabrikat. Eine leuchtend rote Husqvarna mit 65 Zentimeter langem Sägeblatt. Tretjak stand von der Bank auf, nahm die Säge und durchquerte den Garten Richtung Schuppen, um sie dort zu verstauen. Er spürte, dass ihm die Blicke seiner Besucherin folgten. Als er zurückkam, setzte er sich wieder, lehnte sich zurück und sagte: »Schießen Sie los, Frau Professor.«

Drei Stunden später beobachtete Tretjak vom Küchenfenster aus, wie sich der wippende Strohhut wieder nach unten bewegte. Nach ein paar Minuten war er zwischen den Robinienbüschen verschwunden. Tretjak hatte sich Bedenkzeit ausgebeten, wie lange, darauf hatte er sich nicht festlegen wollen. Er hatte ihre Telefonnummern und all ihre Adressen, im Netz und im wirklichen Dasein.

Sophia Welterlin arbeitete am Europäischen Kernforschungszentrum CERN bei Genf. Sie leitete dort ein Projekt mit dem charmanten Namen »Casimir«, da ihr Forschungsgegenstand in Zusammenhang stand mit dem sogenannten Casimir-Effekt, benannt nach seinem Entdecker, einem holländischen Physiker. Welterlins Team arbeitete an einer Frage, die schon lange durch die Köpfe, Rechner und Labore der Wissenschaftler geisterte: Musste die Zeit eigentlich immer nur in eine Richtung laufen? Immer nur von der Vergangenheit in die Gegenwart und von der Gegenwart in die Zukunft? Die Einstein'schen Gleichungen, die so oft recht hatten, ergaben auch eine andere Möglichkeit: die gegensätzliche Laufrichtung. Was bedeuten würde, dass man sich von der Gegenwart in die Vergangenheit bewegen konnte oder von der Zukunft in die Gegenwart. Die meisten Physiker hielten diese Möglichkeit nur für eine theoretische, die sich aus der Mathematik ergab, in der Praxis aber unsinnig war. Sie beriefen sich dabei auf die Paradoxien, die mit Zeitreisen verbunden waren: Was geschähe, wenn jemand in der Zeit zurückreiste und seine Eltern ermordete, bevor er selbst geboren wurde? Es gab aber auch eine Reihe von Physikern, die der Theorie und der mathematischen Präzision die größere Bedeutung zumaßen auf der Suche nach der Wahrheit.

»Und Sie?«, hatte Tretjak gefragt. »Auf welcher Seite stehen Sie?«

»Ich will herausfinden, wie es wirklich ist«, hatte Sophia Welterlin geantwortet. »Wenn die Zeit auch eine andere Richtung einnehmen kann, dann tut sie das vielleicht in einem anderen als unserem Universum. Aber dann muss es auch in unserem Universum Spuren dieser Möglichkeit geben.«

Sie hatte ihm erklärt, dass das Projekt »Casimir« es sich zur Aufgabe gemacht hatte, bei bestimmten großen Experimenten am LHC, dem weltgrößten Teilchenbeschleuniger, gewissermaßen als Trittbrettfahrer nach besonderen Spuren zu suchen – Spuren eines Teilchens, das Higgs Singlet genannt wurde und das theoretisch in der Lage war, in eine neue Raumzeitdimension zu springen. Mit Hilfe solcher Teilchen wäre es möglich, Botschaften in die Vergangenheit zu senden. Ein australischer Physiker hatte den Start des Projekts »Casimir« mit den Worten kommentiert, jetzt sei man endlich dabei, die Firewall der Erkenntnis zu durchbrechen.

»Wir arbeiten im Bereich einer Pikosekunde, also einer Billionstelsekunde« hatte Frau Welterlin gesagt. »Aber die Medien machen daraus Zeitreisen und rufen allerlei

Radikale auf den Plan, die entweder glauben, wir wollten die göttliche Schöpfung verändern oder in der Vergangenheit verlorene Kriege nachträglich gewinnen.«

Auf ihrem iPhone hatte sie eine Reihe von Dokumenten gespeichert, die alle ähnlich aussahen, dasselbe Layout hatten: Man sah ein großes Foto, darunter stand ein Satz geschrieben. Verschiedene Bilder, doch immer der gleiche Satz. »So etwas bekomme ich seit Monaten zugeschickt«, hatte sie gesagt, während Tretjak auf dem Display durch die Dokumente blätterte, »als E-Mail, im Kuvert im Briefkasten, ins Büro, nach Hause, sogar in den Ferien kriege ich von Kurierdiensten solches Zeug gebracht.«

Die Fotos zeigten schreckliche Dinge: die Leichenberge im Konzentrationslager Auschwitz, die brennenden Türme des 11. September, die Verwüstungen des großen Tsunami in Asien, den Reaktorblock von Tschernobyl, einen verkohlten Soldaten in der Wüste von Kuwait ... Und darunter stand immer nur ein Satz: *Don't touch the past, you won't survive. Fass die Vergangenheit nicht an, Du wirst es nicht überleben.*

Der Regler hatte die Menschen, die seine Dienste in Anspruch nehmen wollten, immer in einem bestimmten Lokal zum Abendessen getroffen. Aus seiner Sicht war es bei den Treffen immer nur um zwei Fragen gegangen: Warum ist diese Person hier? Und was genau will sie von mir? Manchmal war es den Leuten selbst nicht klar gewesen, und man hatte sie darauf bringen müssen. Tretjak hatte sich auf der Veranda immer wieder daran erinnert. Diese Physikerin schien eine Frau mit guten Nerven zu sein, nicht leicht aus der Ruhe zu bringen, schon gar nicht durch ein paar anonyme Sendungen dieser Art.

»Das ist alles nur der Rahmen, Frau Welterlin, nicht

wahr?«, hatte er gesagt. »Sie waren damit sicher schon beim Werkschutz des Forschungszentrums und bei der Polizei. Worum geht es wirklich?«

»Darum«, hatte sie geantwortet und weitere Bilder auf dem kleinen Display aufgerufen. Diesmal waren es Privatfotos, alle aus ihrem Leben, sie als Baby auf dem Schoß ihrer Mutter, als Schülerin bei einem Sportfest, als Rucksacktouristin in Griechenland, als Studentin auf einer Kokainparty, ziemlich desolat. 20, 30 Bilder. Darunter wieder der gleiche Satz: *Fass die Vergangenheit nicht an, Du wirst es nicht überleben.* »Ich habe keine Ahnung, wo jemand diese Bilder herhaben könnte. Manche kenne ich nicht einmal selbst«, hatte sie gesagt. Und ihm dann das letzte Bild gezeigt. Eine andere Frau, viel jünger, lachend vor dem Eingang zu einem Club.

»Es gibt zwei Punkte in meiner Vergangenheit, auf die ich nicht stolz bin und von denen niemand etwas weiß. Der eine ist auf diesem Bild. Ich habe keine Kinder, aber ich habe mal ein Kind geboren und es zur Adoption gegeben. Dies ist meine Tochter. Die das nicht weiß, die das auch nicht erfahren soll. Wer immer hinter diesen Drohungen steckt, er kommt mir sehr nahe. Ich habe Angst.«

»Und der zweite Punkt?«

»Darf unter gar keinen Umständen bekannt werden. Wenn Sie sich entscheiden mir zu helfen, werde ich es Ihnen erzählen.«

»Und an diesem Punkt kommt mein Bruder ins Spiel?«

»Nein. Ihr Bruder hat nichts damit zu tun.«

Mittwoch, 4. Oktober. Es war noch einmal richtig warm geworden, beinahe 25 Grad. Unten am See herrschte noch Badebetrieb mit Gummibooten und Beachballschlägern. Man hörte das Gelächter als sanftes Rauschen bis in Tretjaks Küche. In den kommenden 58 Tagen sollte er sich noch mehrfach fragen, ob es eine Möglichkeit gegeben hätte, den Ereignissen zu entkommen. Aber hier und jetzt fragte er sich nur, was der Münchner Kripomann Gritz von ihm gewollt hatte.

Mittwoch, 4. Oktober

(t₀ minus 58)

Rainer Gritz überlegte schon den ganzen Tag, ob er dem Fußballverein Bayern München nun endgültig seine Treue aufkündigen sollte. Die Saison hatte gerade erst angefangen, zwei Siege, vier Unentschieden, und schon wurde wieder die Trainerfrage gestellt. Heute Abend war das erste Spiel in der Champions League, auswärts in Mailand. Gritz würde natürlich vorm Fernseher sitzen, aber ihm graute schon vor dem Anblick der Vorstandsherren, wie sie selbstgerecht auf der Tribüne saßen, die Gesichter versteinert, weil ein Verteidiger zu spät in eine Flanke gegrätscht war. Alte Recken allesamt, Legenden auf dem Spielfeld, aber inzwischen tumbe Sturköpfe, die nicht abtreten konnten. Gritz war es ernst mit seinen Überlegungen, er war überhaupt ein ernsthafter Mensch, mochte es, wenn die Dinge eine Ordnung hatten, auch in seinem Kopf. Sein früherer Chef August Maler hatte mal gesagt, »Gritz, Sie sind ein Entweder-oder-Mann, für Sie gibt's nur ja oder nein, 0 oder 1 wie beim Computer.« Er hatte es kopfschüttelnd gesagt, aber dennoch fast wie ein Kompliment. Wahrscheinlich, weil Gritz' hartnäckige Suche nach dem Entweder-oder zu einigen guten Ermittlungsergebnissen geführt hatte.

In München regnete es seit drei Tagen praktisch ununterbrochen. Von wegen herrlicher Herbst. Die Menschen waren genervt, der Blick auf den Wetterbericht ließ den Eindruck entstehen, es sei überall schönes Wetter, nur in der Münchner Gegend nicht. Umgekehrt kannte man das, aber so? Am Abend zuvor, schon nach 22 Uhr, war am Flughafen Franz Josef Strauß ein sonderbarer Unfall passiert, der schließlich auch Rainer Gritz aus dem Bett geholt hatte. Eine kleine Privatmaschine, eine Cessna 172, war vollständig ausgebrannt, auf ihrem Stellplatz, wo sie schon seit 14 Tagen geparkt war. Der Regen hatte das Feuer nicht verhindern können. Das Ganze war zunächst nur ein technisches Rätsel: War etwas an der Elektrik defekt gewesen? Sabotage? Doch dann entdeckten die Feuerwehrleute zu ihrer Überraschung zwei stark verkohlte Leichen in den Resten des Cockpits, und die Nachtruhe des Rainer Gritz endete. Die Toten waren ein Mann und eine Frau, das war schnell klar, und offensichtlich handelte es sich bei dem Mann um den Besitzer der Maschine. Als Gritz den Namen erfuhr, stutzte er und nahm sich vor, der Sache gleich am nächsten Morgen mit einem Anruf auf den Grund zu gehen: Entweder – oder.

Am Morgen hatte das Handy am anderen Ende noch vergeblich geklingelt, aber jetzt, am Nachmittag, nahm jemand ab.

»Ja.«

»Herr Tretjak?« Gritz saß in seinem Wagen, ein weiteres Mal auf dem Weg zum Flughafen. Wie immer um diese Uhrzeit: Stau.

»Ja. Herr Gritz, Sie haben heute schon mal angerufen. Wie geht es Ihnen?«

Die Frage überraschte Gritz. Schon damals hatte er gefunden, dass Gespräche mit Tretjak immer irgendwie merkwürdig verliefen. »Mir geht's gut«, antwortete er. »Wie geht es Ihnen?«

»Ich freue mich über die Sonne. Ich mache gerade Ferien am Lago Maggiore. Sie erinnern sich, das Häuschen meines Vaters.«

»O ja. Schön dort«, sagte Gritz. »Sagen Sie, Herr Tretjak, besitzen Sie ein kleines Flugzeug? Haben Sie den Pilotenschein?«

»Weder noch«, antwortete Tretjak. »Warum fragen Sie mich das?«

»Gestern ist hier jemand umgekommen, in seiner Cessna, verbrannt. Die Umstände sind noch ungeklärt. Der Mann hat denselben Namen wie Sie.«

»Tretjak?«

»Er hat sogar Ihren Vornamen: Gabriel. Und denselben Geburtstag, 13. August.«

»Aber ich bin es ja nicht. Offensichtlich«, sagte Gabriel Tretjak. Der Gabriel Tretjak, den Gritz kannte.

»Ja. Offensichtlich«, wiederholte er.

»War es das schon, Herr Kommissar?«

»Eigentlich ja«, sagte Gritz. »Es gibt ja solche Zufälle.«

»Allerdings«, sagte Tretjak. »So besonders selten ist der Name auch wieder nicht.«

»Auf Wiedersehen, Herr Tretjak. Alles Gute.«

»Auf Wiedersehen«, sagte Tretjak, und beinahe hatte Gritz schon aufgelegt, als er noch etwas hinzufügte »Übrigens habe ich nicht am 13. August Geburtstag, sondern am 12. August.«

Gritz hatte die Faxen jetzt dicke mit dem Stau, holte sein Blaulicht aus dem Handschuhfach, setzte es durchs Fenster aufs Dach und wechselte auf den Standstreifen der Autobahn, wo er zügig beschleunigte. Warum hatte er bei diesem Tretjak immer das Gefühl, dass der mehr wusste, als er sagte? Und mehr als er, Gritz?

Freitag, 6. Oktober

(t_0 minus 56)

Das Städtchen Penzance lag inmitten einer hügeligen Landschaft in Cornwall, direkt am Meer. Graue Steinhäuser mit weißen Gartenzäunen, ein Leuchtturm hoch über den Klippen, eine südenglische Idylle. Aber Penzance hatte auch einiges zu bieten, das so gar nichts mit den gängigen britischen Klischees zu tun hatte. Hier wuchsen Palmen, da der Golfstrom direkt an der Küste Cornwalls vorbeifloss und für ein außergewöhnlich warmes Klima sorgte. Oder das Essen: Es gab wunderbare Lokale, in denen nicht nur italienisch, pakistanisch, marokkanisch, chinesisch oder französisch gekocht wurde, sondern die auch von echten Italienern, Pakistanis, Marokkanern, Chinesen oder Franzosen geführt wurden, welche alle irgendwann ins friedliche Penzance gekommen – und geblieben waren.

Es gab auch eine eigene kleine Zeitung, »The Penzance«, eine Wochenzeitung, die jeden Montag erschien. Der Kontrast zwischen »The Penzance« und den üblichen englischen Boulevardzeitungen, die nichts mehr liebten als den blutigen Krawall, hätte nicht größer sein können.

Nein, »The Penzance« war ein freundliches Blatt. Das hatte mit seinem Verleger zu tun, John Pendelburg, der gleichzeitig auch Chefredakteur war. Als er die Zeitung vor 21 Jahren gegründet hatte, stand seine Philosophie fest: Eine Zeitung war dann erfolgreich, wenn sie schrieb, was die Menschen lesen wollten. Jeder Mensch hatte eine Version von seinem Leben, »und genau diese Version schreiben wir auf«, pflegte Pendelburg zu sagen. »Unsere Leser sind unsere Freunde.«

John Pendelburg legte großen Wert auf ein ruhiges Leben voller vertrauter Gewohnheiten. Schlafen bis neun Uhr, erstes Frühstück, dann im Büro eine Tasse Tee mit etwas Gebäck. Nach dem Mittag ein kurzes Schläfchen auf seiner Bürocouch. Später wieder Tee, mit den wunderbaren Scones, Clotted Cream und selbstgemachter Aprikosenmarmelade. Kurz vor 18 Uhr noch ein kleiner Whiskey, ein irischer, mit der Sekretärin. So vergingen die Tage, je ähnlicher, desto lieber war es Pendelburg. Wenn unvorhergesehene Arbeit kam, überließ er sie seinen zwei Redakteuren. Es gab nur wenige Dinge, um die er sich noch persönlich kümmerte.

Doch an diesem kühlen, klaren Freitagmorgen, Anfang Oktober, war Pendelburg früh ins Büro gekommen, früher als alle Kollegen. Er hatte einen Nachruf zu schreiben, und Nachrufe waren immer Chefsache. Hier die richtigen Worte zu finden, das Leben eines Verstorbenen so zu beschreiben, dass jedermann zufrieden war, hielt Pendelburg für eine besondere Kunst. Er setzte sich an seinen Computer, und wie immer fiel ihm als Erstes auf, dass sein gewaltiger Bauch an die Schreibtischkante stieß. Pendelburg machte dafür aber nicht seinen Bauch verantwortlich, sondern den Schreibtisch. Oder war es der Stuhl? Er nahm sich jedenfalls wie schon so oft vor, mit seiner Sekretärin über neue Möbel zu sprechen.

Bei dem Nachruf gab es ein Problem. Nein, es war nicht das Leben des Toten. »Mister Big«, wie sie ihn alle in Penzance genannt hatten, war ein tadelloser Gentleman gewesen. »Big« – weil er zwei Meter und vier Zentimeter groß gewesen war. Und »Mister« – weil er ein eleganter Mann gewesen war, immer gut gekleidet, immer freundlich und zuvorkommend. Zusammen mit seiner Frau hatte er ein kleines Hotel betrieben. Und auch sonst hatte er sich im Ort engagiert, war etwa einer der großzügigsten Sponsoren der lokalen Kunstszene gewesen. Nur 54 Jahre war er alt geworden. Vor etwa zehn Jahren war er nach Penzance gekommen, von einem Tag auf den anderen, und hatte das Hotel gekauft. Mister Big stammte aus Riga, er war zur See gefahren. Und einmal mit einem Schiff im Hafen von Penzance gelandet. Von da an hatte er gewusst, dass er hier irgendwann einmal leben wollte. ›Eine Liebe auf den ersten Blick‹, formulierte Pendelburg. Das gefiel ihm.

Doch da war die Sache mit seinem Tod. Pendelburg saß am Computer und schüttelte den Kopf. Wie bitte sollte man das schreiben? Der Mann war am vergangenen Montag in einem Maisfeld von einem Mähdrescher in tausend Stücke zerfetzt worden. Was hatte Mister Big bloß in dem Maisfeld zu suchen? Und warum hatte Frank Miller, der erfahrene Mähdrescherfahrer, nichts bemerkt? Good heavens, dachte Pendelburg, das muss ich glätten, so kann man das niemandem zumuten. Er blickte auf seine Uhr. Zehn Minuten nach halb zehn Uhr. Um zehn kam die Sekretärin. Er brauchte jetzt seinen Tee und ein bisschen Gebäck.

»The Penzance« hatte eine Auflage von 4000 Exemplaren, nicht schlecht bei einer Einwohnerzahl des Ortes von nur knapp 20 000. Etwa die Hälfte der Auflage ging an Abonnenten, und John Pendelburg war besonders stolz darauf, dass rund einhundert dieser Abonnenten im Ausland lebten. Es waren Menschen, die immer wieder als Touristen nach Penzance kamen und sich durch die Zeitung für den Rest des Jahres ein bisschen Urlaubsgefühl nach Hause holten. Es gab viele Abonnenten in Deutschland, auch in den Niederlanden, einige in Frankreich und sogar zwei in New York. In Italien hatte »The Penzance« bislang noch keinen Abnehmer. Doch irgendjemand verschickte diese Ausgabe an den Lago Maggiore, in den kleinen Ort Maccagno. Adressat: Luigi Colmo, Wirt des Ristorante »Pescatore«. Der Nachruf auf Seite 4 war rot angestrichen.

Montag, 9. Oktober

(t_0 minus 53)

Gabriel Tretjak wachte ein paar Minuten vor acht Uhr auf, und es hatte funktioniert, wieder einmal; es funktionierte in den letzten Tagen immer öfter. Sein erster Gedanke war: das Meer. Eigentlich war es kein Gedanke, sondern ein Bild im Kopf, aber es war eben doch auch ein Gedanke. Meer bedeutete für ihn, dass man aufbrach, irgendwohin, dass man losfuhr. Sie hatten es in der Therapie besprochen, Therapeut Stefan Treysa und Patient Gabriel Tretjak. Er wollte den Morgen mit etwas Zukunft beginnen. Man musste sich vor dem Einschlafen auf das Meer konzentrieren. Versuchen, egal, was man dachte, das Meer gedanklich darüberzulegen. Und wenn man nachts zwischendrin aufwachte – und Tretjak wachte oft auf –, immer wieder an das Meer denken, blau oder grau, ruhig oder stürmisch, wie man es haben wollte. Immer dieses Bild gegen die anderen Bilder, die ihn monatelang verfolgt hatten, meist der tote Vater. Meer gegen Vater. Irgendwann hatte das Meer gewonnen.

Sein Therapeut hatte gesagt, das Bild könne auch etwas

anderes sein, zum Beispiel toller, wilder Sex. Doch sie waren rasch übereingekommen, dass dies angesichts seiner letzten Beziehung keine gute Idee war. Lieber das Meer.

Tretjak ging in Unterhose und T-Shirt nach oben in die Küche und kochte sich einen Kaffee. Er spürte ein Gefühl, das er schon lange Zeit nicht mehr kannte. Er fühlte sich wohl. Klar, er musste immer damit rechnen, wieder in die Dunkelheit gezerrt zu werden, Stefan Treysa hatte das oft genug betont: »Da taucht man nicht so mir nichts, dir nichts auf, aus solchen Seelenkrisen, auch du nicht.« Aber immerhin, jetzt gerade war es anders. Es mochte am Meer liegen oder an der Therapie. Das schöne Wetter konnte es nicht sein, das war nun schon seit Wochen so, und der See hatte genauso blau ausgesehen, wenn er in verheerender Verfassung auf ihn herabgeblickt hatte. Tretjak hatte den Verdacht, dass es vor allem mit dieser Frau Welterlin zu tun hatte, mit ihrer merkwürdigen Geschichte. Die Frau war ihm sympathisch, aber vor allem hatte ihn ihr Besuch in eine andere Welt bugsiert. Da wollte jemand, dass er ihm half. Da wollte jemand, dass er die Wirklichkeit veränderte. Diese Frau wollte, dass er sich ihres Lebens annahm, in ihre Wirklichkeit eindrang. In ihre Wirklichkeit. Nicht in seine. Dieser Unterschied gefiel ihm außerordentlich.

›Ja, du bist der Regler. Gut.‹ So sprach sein Therapeut immer mit ihm. ›Du hast das Leben anderer Leute geregelt, indem du die Kontrolle über ihre Wirklichkeit übernommen hast. Aber du musst begreifen, dass es jetzt ausschließlich um dein Leben geht, und da ist die Sache ein bisschen komplizierter. Und du musst begreifen: Dein Leben ist aus den Fugen geraten.‹

»Ja, du bist der Regler«, hatte sein Therapeut Treysa in einer der letzten Sitzungen gesagt. »Warum also regelst du nicht deine Vergangenheit? Warum gehst du nicht zurück und übernimmst die Kontrolle? Warum hast du gerade davor so große Angst?«

Tretjak trank seine Tasse aus. Er schmeckte den Kaffee. Klang kitschig, aber dieser Geschmack kam ihm wie ein Geschenk vor. Er war sich nach wie vor nicht sicher, ob Treysa recht hatte. Zurück in die Vergangenheit? Musste ein Raketenkonstrukteur wissen, wie die allererste Rakete konstruiert worden war? Oder sollte sich dieser Mann nicht besser mit neuartigen Antriebsmethoden befassen? Kostete der Blick zurück nicht viel zu viel Kraft?

Die Geschichte der Frau Professor. Früher hatte für ihn jeder neue Fall den Blick nach vorne bedeutet. Hinter ihm war nur eine Mauer gewesen. Da gab es nichts mehr zu sehen. Nur die Aufforderung weiterzugehen. Diese Mauer, die ihm so viel Kraft gegeben hatte. Für einen Augenblick spürte er sie wieder.

Die Kirche unten im Dorf schlug neunmal stark und einmal leicht. Es war halb zehn. Auf dem Stück Wiese unter dem Küchenfenster sah Tretjak etwas funkeln, das gestern dort noch nicht gefunkelt hatte. Ein Gegenstand lag dort im Gras. Tretjak musste zwei Steintreppen außen am Haus zur Ebene hinabsteigen, um diesen Teil des Grundstücks zu erreichen. Hier unten waren das Fenster seines Schlafzimmers und der Eingang zu einem kleinen Kriechkeller, der allerlei Gerätschaften beherbergte, eine Häckselmaschine zum Beispiel, einen Maronenofen. Hatte sein Vater Kastanien geröstet? Eine komische Vorstellung, fand Tretjak.

Der funkelnde Gegenstand war eine größere Zange aus

Chrom, ein sogenannter Seitenschneider, mit dem man starken Draht durchtrennen konnte. Tretjak entdeckte, dass der Draht, der seinen Schlafzimmerfensterladen von innen arretierte, durchgeschnitten worden war, offensichtlich durch die Ritzen der Holzlatten hindurch. Der Laden schwang auf, als er ihn anfasste, und zeigte deutliche Abschürfungen. Außerdem war in den Maschenzaun, der das Grundstück hier hinter der Hecke begrenzte, ein großes Loch geschnitten. So viel stand fest: Hier war letzte Nacht jemand gewesen – während er vom Meer geträumt hatte. Hatte dieser Jemand ihm dabei zugesehen? Warum hatte er die Zange liegen gelassen? War er gestört worden?

Es gab hier oben viele Tiere, Rehe, Hirsche, Dachse, Füchse, Schlangen. Am frechsten – und wahrscheinlich am gefährlichsten – waren die Wildschweine. Nachts gehörte das Grundstück ihnen, das sah man jeden Morgen an den Spuren, die bis unter die Veranda führten. Hatte ein Wildschwein den nächtlichen Besucher vertrieben? Oder hatte er nur festgestellt, dass hier nichts zu holen war, und aus Frust auch gleich seine Zange liegen gelassen? Tretjak überlegte, ob er die Polizei verständigen sollte. Doch dann sah er sich im Nachbarort Luino im Polizeirevier stehen und später einen Beamten den Berg hinaufschnaufen ... Noch nie in seinem Leben hatte sich Tretjak von der Polizei Hilfe versprochen. Er würde lieber heute Nacht etwas weniger aufs Meer hinausschauen und stattdessen das Fenster im Auge behalten.

Tretjak kam gerade aus der Dusche, als sein Handy brummte. Die SMS stammte von Luigi, dem Wirt der Pizzeria unten am See. Luigi war nicht immer Wirt gewesen, und inwieweit er heute noch etwas anderes war, wusste Tretjak nicht. Luigi hatte immer schon ein Doppelleben geführt. Luigi war ein Mann für alle Fälle. Er hatte für die Polizei gearbeitet, für andere staatliche Behörden. Für die Mafia und für ganz andere auch. Man wusste in solchen Dingen oft nicht, wer wer war. Tretjak hatte Luigi mal einen Gefallen getan. Und Luigi hatte sich revanchiert. Tretjak mochte Luigi, und er war sich ziemlich sicher, das galt auch umgekehrt.

Luigi schrieb: *Komm mal vorbei. Könnte dringend sein.*
Dringend? Tretjak schrieb: *Könnte gleich kommen. Okay?*
Luigi antwortete: *Okay.*

Es war kurz vor elf Uhr, als Tretjak das Ristorante »Pescatore« betrat. Eine Kellnerin deckte auf der Terrasse mit weißer Tischwäsche ein. Luigi war mit dem Pizzaofen beschäftigt. Es sah so aus, als würde er ihn allmählich fürs Mittagsgeschäft auf Touren bringen.

Luigi war ein wortkarger Mann. Es war ihm vielleicht einfach zu anstrengend, dauernd auf Worte achten zu müssen. Da sagte er lieber gar nichts. Und inzwischen hatte er es gewissermaßen verlernt, das Reden. Tretjak begrüßte er mit einem Nicken, verschwand kurz und kam wieder mit einem Kuvert und einer englischen Zeitung.

»Das kam heute mit einem Kurier. Ohne Schreiben«, sagte Luigi.

Die Zeitung war aufgeschlagen, die mit Rotstift markierte Überschrift lautete: *Mister Big ist tot.* Es dauerte ein paar Augenblicke, bis Tretjak den wirklichen Namen las. Der Mann, der »einem tragischen Unglücksfall zum Opfer gefallen war«, wie geschrieben stand, hieß wie er selbst: Gabriel Tretjak. Er schaute sich das Foto des Toten an und sah sofort wieder den Mann vor sich, diesen riesigen Kerl, der ihm damals in einer Anwaltskanzlei gegenübergesessen hatte. Wie viele Jahre war das her?

Luigi sagte nichts weiter. Er stellte keine Fragen. Auch nicht die aus seiner Sicht entscheidende Frage, warum ausgerechnet ihm dieser Artikel geschickt worden war. Wer wusste denn überhaupt, dass sie sich kannten, er und Tretjak?

Gabriel Tretjak sagte, er würde in ein paar Tagen wieder vorbeischauen. Dann verließ er das Lokal. Er ging vor zur Straße, links runter zum Supermarkt. Er kaufte Brot, zwei Flaschen Milch. Beim Zeitungsladen nahm er ein paar deutsche Zeitungen mit.

Fass die Vergangenheit nicht an. Ironie des Schicksals, dass sich der Fall im Kernforschungszentrum um diesen Satz drehte. Tretjak fragte sich, ob Unfalltote in Europa in einer gemeinsamen Datei abgespeichert wurden. Er fragte sich, ob Rainer Gritz auch von dem Tretjak in Penzance in Cornwall erfahren würde. Geburtstag diesmal der 15. August übrigens. Und er fragte sich auf dem steilen Eselsweg nach oben, ob es Zufall sein konnte, dass die beiden Männer in derselben Woche ums Leben gekommen waren. Wenn nicht, musste er anfangen, sich Gedanken zu machen.

Als er oben angekommen war und auf der Veranda stand, tippte er eine SMS in sein Telefon. Sie ging an Sophia Welterlin und lautete: *Gern regle ich Ihre Angelegenheit. Tretjak.* Und dann stellte er sich noch eine letzte Frage: Konnte es sein, dass man Depressionen loswurde, wenn man einfach keine Zeit für sie erübrigte?

Mittwoch 11. Oktober

(t_0 minus 51)

Manchmal hatte sie das Gefühl, er flirte mit ihr. Es gefiel ihr, und sie hatte sich schon ein paarmal morgens dabei ertappt, bei der Wahl ihrer Garderobe deshalb andere Entscheidungen zu treffen. Lieber die Schuhe mit dem etwas höheren Absatz. Lieber, wie heute, den Rock, der sie so schlank aussehen ließ. Sophia Welterlin saß in ihrem Büro hinter dem Schreibtisch und hörte ihrem Assistenten zu, der ihr ein Problem beim Projekt »Casimir« darlegte.

»Wir werden mit der Rechenzeit, die uns während des Experimentes zur Verfügung steht, nicht auskommen«, sagte er, »das steht fest. Sie müssen versuchen, uns mehr Zeit am Computer zu besorgen.«

Gilbert war Franzose, ein aus Indien stammender Franzose mit schwarzen glänzenden Haaren, schwarzen Augen und schwarzen Bartstoppeln. Er hatte einen komplizierten Nachnamen, den sich niemand merken wollte, er war einer von drei wissenschaftlichen Assistenten, die ihr für das Projekt »Casimir« genehmigt worden waren. Und er war zwanzig Jahre zu jung.

»Ausgeschlossen«, sagte sie. »Das können Sie vergessen.« Sophia Welterlin sprach vier Sprachen fließend. Mit Deutsch, Italienisch und Französisch war sie aufgewachsen, Englisch war die Sprache der Wissenschaft. Wenn sie sich mit Gilbert unterhielt, wechselten sie manchmal zwischen Französisch und Englisch hin und her, je nachdem, wie persönlich der Teil ihres Gespräches war. Im Augenblick sprachen sie Englisch. »Wir werden nicht mehr Rechenzeit bekommen«, sagte sie. »Wir müssen uns etwas anderes einfallen lassen. Zum Beispiel die Datenmenge zu reduzieren, die wir verarbeiten. Was ist, wenn wir später mit den Messungen anfangen?«

»Näher am Zeitpunkt der Teilchenkollision?« Gilbert zuckte mit den Achseln. Er war Mathematiker, kein Physiker. »Das müssen Sie entscheiden. Noch planen wir, dass wir drei Sekunden vor t_0 beginnen. Das ist viel Zeit, eine Ewigkeit.«

Sophia Welterlin lächelte. »Interessant, dass drei Sekunden für Sie eine Ewigkeit sind«, sagte sie.

Er antwortete auf Französisch und sah sie direkt an: »Besonders schöne Momente können sich sehr lange ausdehnen.« Sie entließ ihn mit dem Auftrag, auszurechnen, wie viel eine Verschiebung um eine halbe Sekunde bringen würde. Der würde noch einige Frauen unglücklich machen, dachte sie. Und glücklich.

Der LHC-Teilchenbeschleuniger im Europäischen Kernforschungszentrum CERN galt als die komplizierteste Maschine der Welt. Sein Rechner, sein mathematisches Gehirn, war kein Gerät im herkömmlichen Sinn. Es handelte sich eher um eine hochintelligente Meute von Geräten. 150 Hochleistungsrechner, die besten der Welt, jeder an einem anderen Ort, wurden für die Experimente im LHC und deren Auswertung zusammengeschlossen. Die Zeit dieses Superhirns war kostbar, sein Terminkalender war auf Jahre hinaus voll, und zwar auf die Sekunde. Dies war einer der vielen Punkte, die Sophia Welterlin dem deutschen Journalisten erklärt hatte, der ihr unlängst drei Tage lang wie ein Dackel auf Schritt und Tritt gefolgt war. Jetzt lag das Manuskript seines Berichtes ausgedruckt vor ihr auf dem Schreibtisch. Ein beachtlicher Stapel Papier mit dem Titel *Im Feuer der Zeit*. Der Journalist hatte sie gebeten, den fertigen Text auf wissenschaftliche Fehler hin gegenzulesen. *Eigentlich ist das Ganze eine Rennstrecke, eine 27 Kilometer lange kreisförmige Rennstrecke. Sie verläuft unterirdisch, und es sind keine Autos, die hier ihre Runden drehen, sondern atomare Teilchen,* so begann der Text, das jedenfalls war schon mal nicht falsch.

Sie war mit dem Journalisten im Tunnel herumgelaufen, hatte ihm viele der 1232 Magneten gezeigt, tonnenschwere Monster, die die Teilchen beschleunigten. Sie hatte davon gesprochen, dass hier manchmal Bedingungen erzeugt wurden wie bei der Entstehung des Weltalls. Sie hatte ihm das beeindruckende Kontrollzentrum gezeigt, die Wände ein Mosaik aus Farbbildschirmen. Sie hatte ihm den Casimir-Effekt erklärt, bei dem aus dem Nichts, aus dem leeren Raum heraus eine Kraft wirkte, die bei der Erzeugung eines Wurmloches mithelfen könnte. Akribisch hatte er alles mitgeschrieben, und wenn sie etwas aufgemalt hatte, hatte er sich das Blatt Papier geben lassen. Und was, bitte, war ein Wurmloch? Man war vom Hundertsten ins Tausendste gekommen, und am Ende hatte sie den Mann mit dem Eindruck nach Hause geschickt, dass sie ihm zu viel zugemutet hatte. Ein Wurmloch war ein besonderer Weg in der Raumzeit, eine Abkürzung. Durch ein Wurmloch konnte man theoretisch in die Vergangenheit gelangen, so einfach war das. Aber ihr graute davor, nun die Version dieses Mannes zu lesen, der normalerweise von Parteitagen berichtete oder von Reisen in Flüchtlingslager.

»Warum tun Sie sich das an?«, hatte Professor Zender sie gefragt, nachdem er ihr mit dem Reporter begegnet war. »Die schreiben doch sowieso immer nur die Geschichten, die sie sich vorher schon zurechtgelegt haben.«

Sophia Welterlin fand, man musste der Welt erklären, was man hier vorhatte. Auch wenn es mühsam war. Sie beschloss, den Artikel heute Abend mit nach Hause zu nehmen und in aller Ruhe durchzuarbeiten. Der Titel stammte ja eigentlich von ihr. »Wir alle stehen im Feuer der Zeit«, hatte sie auf eine seiner tausend Fragen geantwortet. »Sie auch. Und es wird nur Asche von Ihnen übrig bleiben. Die Zeit verbrennt alles.«

Ihr Büro befand sich in einem Flachbau aus den sechziger Jahren. Eine Art Pavillon, der früher keine wissenschaftliche Funktion gehabt, sondern die Bauleitung beherbergt hatte, die Architekten und Ingenieure, die auf dem großen Gelände des CERN die immer neuen und immer anspruchsvolleren Umbauten steuerten. Für die gab es heute ein anderes Gebäude. Schon mehrmals hatte der Pavillon abgerissen werden sollen. Jetzt beherbergte er das Projekt »Casimir« mit alles in allem 21 Wissenschaftlern. Sophia Welterlins Arbeitszimmer war ein quadratischer Raum mit einer Glasfront gegenüber der Tür. Die Glasfront zeigte zum Garten und hatte eine Schiebetür, durch die man auf eine kleine Terrasse treten konnte. Die Einrichtung von Welterlins Zimmer bestand aus einem sehr großen

Schreibtisch, drei Stühlen und sechs Billyregalen von Ikea – für die Bücher, die Fachzeitschriften, die Ordner, die sie so brauchte. Sie war zufrieden mit dem Pavillon, er lag inmitten einer Gruppe gewaltiger Ahornbäume. Auf Fotos aus den fünfziger Jahren konnte man sie schon erkennen, diese Bäume, damals kindkleine Setzlinge auf freiem Gelände, verloren wirkend, angebunden an Pfähle. Das Feuer der Zeit.

Es war ein warmer Tag, die Sonne schien, und dennoch hatte die Luft heute Morgen schon wunderbar nach Herbst gerochen. Das sollte Sophia Welterlin spätabends auch in ihrem Tagebuch vermerken. Vor ein paar Wochen hatte sie damit angefangen. Sie hatte einen teuren Füller geschenkt bekommen und sich aus einem Impuls heraus ein in Leder gebundenes Buch gekauft. Sie war noch sehr eifrig beim Verfassen der Einträge – und ausführlich. So sollte sie auch die kleine Episode aufschreiben, als der Hausmeister mit zwei weiteren Männern in ihrem Büro auftauchte, um von dort ins Freie zu gelangen. Es war nach dem Mittagessen, sie war grade aus der Kantine im Hauptgebäude zurückgekommen. Die Männer hatten lange Stangen und groß, eingerollte Netze dabei. Sie waren gekommen, um zwei weiße Vögel einzufangen, die sich seit zwei Tagen in den Ahornbäumen aufhielten und die offenbar Seltenheitswert hatten. Zuerst hatten alle gedacht, es handle sich dabei um weiße Tauben, aber das war ein Irrtum, es waren weiße Falken. Sophia Welterlin würde am Abend in ihrem Tagebuch mit Freude vermerken, dass die Männer schließlich mit leeren Netzen abgezogen waren.

Die Mail von Gabriel Tretjak kam am späten Nachmittag. Sie fand das Tempo erstaunlich, das der Mann anschlug.

Eben hatte er noch gezögert, den Auftrag anzunehmen, jetzt tischte er schon erste Recherche-Ergebnisse auf: ein Who is Who der Gegner des Projektes »Casimir«, detailliert mit Namen, Adressen, knappen Kommentaren und Einordnungen. Vieles war nicht neu für sie, aber alles auf einen Blick zu sehen, vollständig und sauber gegliedert – das war schon ein Dossier von besonderer Qualität. Tretjak unterschied die Gegner in vier Gruppen. Erstens die Experten: Das waren Wissenschaftler und Juristen, die rechtlich vorgingen bei Verwaltungsgerichten, Verfassungsgerichten und sogar beim Europäischen Gerichtshof für Menschenrechte. Zweitens die Verrückten: Darunter fasste Tretjak eine bunte Mischung kleiner Gruppierungen zusammen, die einen eher spirituell, die anderen eher makrobiotisch, wieder andere verschwörerisch. Die einen vermuteten hinter dem physikalischen Begriff der »Negativen Energie« das Böse, die anderen befürchteten, dass die schnellen Teilchen Nahrungsmittel verändern könnten, und natürlich steckte hinter allem ganz oft irgendein Geheimdienst ... Die dritte Gruppe auf Tretjaks Liste waren Politiker. Er hatte genau analysiert, wann welche Kommunalwahlen in Frankreich und der Schweiz anstanden und welche Politiker sich was genau von einer Antihaltung versprachen. Der vierte Punkt seiner Gliederung trug die Überschrift »Joker«. Nach Tretjaks Meinung die wichtigste Gruppe – hier, so schrieb er, würde man schließlich fündig werden. Hier gab es erst ein Ergebnis, allerdings eines, das Sophia Welterlin den Tag verdarb. Tretjak schrieb von einem geheimen Hackerclub namens »White Horse«, der sich einen Spaß daraus machte, in große, gutgeschützte Systeme einzudringen und sie so zu manipulieren, dass sie Fehler machten. Vor allem wissenschaftliche

Einrichtungen waren das Ziel dieser Jungs. Er glaube zwar nicht, dass dieser Club der Absender der Drohungen sei, schrieb Tretjak. »Aber wer weiß. Ich muss Ihnen jedenfalls gleich die Mitteilung machen, dass eines der Gründungsmitglieder von ›White Horse‹ bei Ihnen arbeitet«, schrieb Tretjak. »Sie sollten ihn sich mal genau ansehen. Aber sagen Sie ihm nichts, den Wissensvorsprung können wir vielleicht brauchen. Sein Name ist Kanu-Ide.« Sophia Welterlin ergänzte in Gedanken den Vornamen: Gilbert.

Sie packte das Manuskript des Journalisten in ihre Tasche, sperrte ihr Büro ab und ging den Gang entlang zum Ausgang. Die alte Digitaluhr an der Wand zeigte 18 Uhr 26. Die Tür zu Gilberts Büro war noch offen. Als sie daran vorbeikam, hörte sie ihn rufen: »Bonsoir, Sophia.«

Mittwoch, 11. Oktober

(t_0 minus 51)

Nein, es gab bei der Polizei keine Statistik, in der europaweit Unfallopfer registriert wurden, keine in München, keine in Brüssel, nirgends. Es existierte keine Statistik, die festhielt, dass am 4. Oktober dieses Jahres zwei Männer tot aufgefunden worden waren, die beide den Namen Gabriel Tretjak trugen. Die Leiche des einen verkohlt in einer kleinen Maschine am Münchner Flughafen, die Leiche des anderen zerstückelt auf einer Wiese im südenglischen Penzance. Es fiel zunächst auch niemandem auf, dass die beiden nahezu identische Geburtsdaten hatten, geboren im August. Am 13. August der tote Tretjak in München, am 15. August der tote Tretjak in Penzance.

Hauptkommissar Rainer Gritz hatte an diesem Morgen einen Fall abgeschlossen, eine einfache Sache, die Ermittlungen waren nach drei Tagen beendet gewesen. Ein Mann hatte seine Ehefrau erschossen, er selbst hatte die Polizei verständigt. Ein Unfall sei es gewesen, sie hätten gestritten und miteinander gerangelt, dabei sei der Revolver losgegangen, zweimal. Doch bei der Untersuchung stellte sich heraus, dass die Schüsse nicht direkt hintereinander, sondern im Abstand von 24 Sekunden abgefeuert worden waren. Damit war die Unfallthese widerlegt. Der Mann gestand gleich im ersten Verhör. Im Protokoll wurde als Motiv nur ein Satz von ihm festgehalten: »Wir führten keine gute Ehe.«

Für genau drei Stunden dachte Gritz, er habe jetzt endlich mal Zeit, sich um ein paar andere Dinge zu kümmern. Es sah ja nun so aus, als würde er doch ein bisschen länger dieses Kommissariat leiten. Er hatte sich Gedanken gemacht, wie man intern ein paar Abläufe verändern könnte. Als Erstes würde er darüber mit seiner Sekretärin sprechen, der netten Frau Gebauer, die sich jedes Jahr die letzte Septemberwoche und die erste Oktoberwoche freinahm, um jeden Tag aufs Oktoberfest zu gehen. Diese Zeit war ihr heilig. Gritz hatte ihr dieses Jahr fest versprochen, einen Abend mitzugehen. Ihm graute vor der Vorstellung – Bierzelt, Bier, Achterbahn, Geisterbahn. »Versprochen ist versprochen«, sagte Frau Gebauer.

Gritz holte sich einen Kaffee vorn an dem Kaffeeautomat, mit Milch, ohne Zucker. Die Kollegen schimpften gern über das schreckliche Gebräu, Gritz nicht, er fand den Kaffee völlig in Ordnung. Zurück am Schreibtisch beschloss er, jetzt den ewig langen Artikel in der neuen Ausgabe der »Kriminalistik« zu lesen, der Fachzeitschrift für Ermittler. Der Artikel befasste sich mit dem ersten Erscheinen eines Polizisten am Tatort. Die These des Autors, eines norwegischen Rechtsprofessors, wurde schon in den Anfangszeilen klar. Die Ermittler sollten sich einer sozusagen naturgemäßen Gefahr bewusst sein: Man konzentrierte sich am Tatort sofort auf das Wesentliche, etwa auf die Leiche, und vielleicht noch auf das unmittelbare Umfeld des Opfers. Doch dabei verlor man die Sensibilität für vieles, was sonst am Tatort passiert war oder noch passierte. Der Professor griff auf die sogenannte Unschärferelation des Physikers Werner Heisenberg zur Unterstützung seiner Gedanken zurück: Je genauer man eine Sache untersuchte, desto unschärfer mussten andere Bilder werden. Gritz war gespannt auf den Artikel, ihm leuchtete der Ansatz des Autors sofort ein. Zu oft war ihm das selbst am Tatort so ergangen.

Da klingelte sein Telefon, das Schreibtischtelefon. Die Gerichtsmedizin. Die erste Untersuchung der beiden Leichen in dem ausgebrannten Flugzeug war abgeschlossen.

»Ich würde sagen«, sagte die Gerichtsmedizinerin, »mit durchaus überraschenden Ergebnissen.«

»Aha«, sagte Gritz, »und die wären?«

»Die beiden waren schon tot, bevor sie dann verbrannt sind. Aber das ist noch nicht alles.«

Gritz sagte nichts, wartete, bis sie weitersprach.

»Der Mann ... wie heißt er eigentlich? Sie wissen, ich rede meine Leichen am liebsten mit Namen an.«

»Tretjak«, sagte Gritz, »Gabriel Tretjak.«

»Tretjak? War das nicht der Typ von damals?«

»Ja, der hieß auch so. Die haben aber nichts miteinander zu tun«, sagte Gritz leicht ungeduldig. »Bitte erzählen Sie weiter.«

»Also, dieser Tretjak war schon mindestens 24 Stunden tot, bevor er verbrannte. Und die Frau –«

»Carla Almquist heißt sie«, fügte er ein.

»Das ist noch merkwürdiger. Sie war mindestens schon eine Woche tot, bevor sie ins Flugzeug gebracht wurde. Das ist übrigens auch sicher: Die beiden sind nicht in diesem Flugzeug gestorben. Man hat sie bereits tot dorthingebracht.«

»Können Sie schon sagen«, fragte Gritz, »woran die beiden gestorben sind?«

»Nein«, antwortete die Gerichtsmedizinerin, »die Untersuchungen zur Todesursache laufen noch. Wir sind auch nicht sicher, ob wir das am Ende beantworten können. Es ist ja wirklich nicht mehr viel übrig von den beiden Leichen.«

Rainer Gritz legte den Hörer auf. Eine neue Situation. Wieder einmal war es eine Illusion gewesen zu glauben, man könnte sich in seinem Job seine Zeit selbst einteilen. Die Nachrichten von der Gerichtsmedizin bedeuteten unzweifelhaft: Die beiden Toten waren ermordet worden. Welche Erklärung sollte es sonst geben? Er spürte ein leichtes Ziehen in der Magengegend, kombiniert mit einer gewissen Übelkeit. Sein schmerzender Magen war schon wiederholt das Untersuchungsobjekt verschiedener Ärzte gewesen. Nie war etwas gefunden worden. Zurück blieb sein empfindsamer Magen, der immer mal wieder Alarm schlug, wenn er nervös wurde. Gritz rief seiner Sekretärin zu, die Kollegen sollten sich in einer Stunde für ein kurzes Treffen im Besprechungszimmer einfinden.

Gabriel Tretjak. Gritz nahm eine Akte aus der Schublade, rund sechzig Seiten, zusammengehalten von einem Schnellhefter. *Tretjak-Dossier* stand drauf, er hatte es damals noch zu Ende geschrieben, obwohl es den Fall schon nicht mehr gab. Sie hatten genauer verstehen wollen, was dieser Tretjak für einen Beruf ausübte, was die Bezeichnung sollte: *Der Regler*. Den Kollegen war es schließlich gelungen, zwei Beispiele seiner Arbeit zu dokumentieren.

Der eine Fall war vor allem merkwürdig: Ein bekannter Geiger der Berliner Philharmoniker hatte Ärger mit verschiedenen Leuten im Orchester, er bedrohte, er wurde bedroht, er erpresste und wurde erpresst. Die Kollegen fanden heraus, dass die Leitung der Philharmoniker irgendwann Tretjak engagiert hatte. Kurze Zeit später verschwand der Geiger, sechs Wochen lang wusste keiner, wo er steckte. Dann tauchte er wieder auf, als festes Ensemblemitglied des Großen Orchesters von Kapstadt. In dem Bericht war noch festgehalten, dass der südafrikanische Konzertmeister in jenen Tagen seinen Job verlor. Von da an gab es verschiedene Kooperationsabkommen zwischen Berlin und Kapstadt. Und die Kollegen fanden heraus, dass der Freundeskreis der Philharmoniker, ein gemeinnütziger Verein, dem Regler 120 000 Euro überwiesen hatten. Für »externe Beraterdienste«.

Der andere Fall war brutaler. Im Mittelpunkt stand ein sehr reicher und sehr alter, schon seniler Unternehmer, der seine Firma durch fragwürdige Entscheidungen zunehmend schädigte. Der Unternehmer unterdrückte seine Söhne und war in keiner Weise bereit, Macht abzugeben. Eine ausweglose Situation. In dieser Ausgangslage war es erwiesenermaßen zu einer Begegnung zwischen Gabriel Tretjak und einem der Söhne des Unternehmers gekommen. Genau zwei Wochen später hatte sich der alte Mann das Leben genommen, sich vor einen fahrenden Zug geworfen. Die Kollegen hatten in ihrem Bericht festgehalten, der Selbstmord sei ihrer Überzeugung nach kein Selbstmord gewesen, es lasse sich aber nichts beweisen. Was hingegen sicher war, so wurde es in dem Dossier vermerkt: Die Söhne hatten am Tag nach dem Tod des Vaters bei ihrer Bank einen Dauerauftrag eingerichtet – zehntausend Euro monatlich auf ein anonymes Schweizer Nummernkonto. Eine Verbindung zu Tretjak konnte nicht nachgewiesen werden.

Das Dossier endete mit einer kurzen Notiz, verfasst von Rainer Gritz selbst. Es ging um sein Treffen mit einem merkwürdigen Mann namens Lichtinger, hoch in den Bergen Südtirols. Gritz war den weiten Weg gefahren, weil es einen Hinweis von Tretjaks Vater gegeben hatte, dieser Lichtinger wisse Bescheid über den ominösen Bruder von Gabriel Tretjak. Doch das war ein Irrtum, notierte Gritz damals. Er schrieb: »Lichtinger sagte, der Bruder sei das große Rätsel in dieser Familie. Er, Lichtinger, habe manchmal sogar gedacht, dass er gar nicht existiere. Inzwischen sei er aber überzeugt, dass es ihn doch gebe. Und dass er der einzige Mensch auf der Welt sei, vor dem Gabriel Tretjak wirklich Angst habe.«

Gabriel Tretjak. Gritz rief Google auf und tippte den Namen ein. Es war ein Reflex, ohne großes Nachdenken, der Name hatte sein Hirn besetzt. Auf den ersten Google-Seiten kam nur unnützes Zeug, dabei bestimmt fünfmal das Angebot, alte Klassenkameraden wiederzufinden. Aber auf der vierten Seite hatte, warum auch immer, ein Text von weit weg seinen Platz gefunden, englischsprachig, aus einem kleinen Wochenblatt. Die Überschrift war leicht zu verstehen: Gabriel Tretjak, genannt Mister Big, gestorben am 4. Oktober dieses Jahres. Für einen Moment dachte Gritz, es handle sich bei dem Nachruf um den Mann vom Münchner Flughafen. Doch dann kam die Stelle mit dem Mähdrescher. Er musste im Lexikon kurz nachschauen, was das Wort bedeutete. *Harvester*. Mähdrescher.

Es war dann auch ein Reflex verantwortlich, dass Rainer

Gritz eine Nummer wählte, die er schon längere Zeit nicht mehr gewählt hatte. Es war ein Gewohnheits-, ja ein Routinereflex. Seit Rainer Gritz Polizist war, hatte er sich, wenn es schwierig wurde, mit seinem Chef beraten. Die Frage war immer gewesen: Wie war die Lage? Was war jetzt zu tun? Gritz war überzeugt davon, wenn er jetzt mit seinem Chef reden konnte, würde sich zumindest sein Magen beruhigen.

Eine Frauenstimme meldete sich. »Ja, hallo?«
»Inge, grüß dich. Hier ist der Rainer.«
»Ach, Rainer, lange nichts gehört. Schön, dass du anrufst.«

Gritz fragte nach den Kindern, den beiden Buben. Ein zögernder Dialog entstand. Nette, schleppende Worte auf beiden Seiten.

»Rainer, magst du heute Abend nicht zu uns zum Essen kommen? Ich habe Gulasch gekocht. Wir sind froh, wenn einer mitisst.«

»Gerne«, sagte Gritz, »sehr gerne. Ist es okay, wenn ich so gegen halb sieben bei euch bin?«

»Ja«, sagte Inge Maler, »wir freuen uns.«

Kurz vor Ende des Gesprächs fragte er dann doch noch: »Wie geht es August?«

»Was soll ich sagen?«, war die Antwort. »Gut geht es ihm nicht. Nein, wirklich nicht. Du wirst es ja sehen.«

August Maler wohnte seit vielen Jahren mit seiner Familie in Neuried, einem Vorort von München. Neuried lag im an sich schönen Münchner Süden, doch Neuried war kein schöner Ort, ein paar hässliche Häuser direkt an der Durchgangsstraße, ein paar Geschäfte, ein paar Hochhäuser, das war es schon. Polizisten wohnten immer in hässlichen Gegenden, dachte Gritz, weil das Geld nicht reichte für die schönen Orte, vor allem in einer Stadt wie München, wo auch das Hässliche teuer ist.

Seit über einem Jahr war Maler krankgeschrieben. Der Grund für die Krankschreibung las sich existentiell: Abstoßungsreaktion des Herzens. August Maler hatte seit Jahren ein transplantiertes Herz, und im Winter letzten Jahres hatte sein Körper es nicht mehr haben wollen. Es gehörte immer zum Leben eines Transplantierten, dass das eigene Abwehrsystem durch Tabletten geschwächt werden musste, damit es das fremde Organ nicht attackierte. Doch bei Maler funktionierte das nicht mehr, monatelang lag er auf Leben und Tod in der Klinik. Irgendwann hatten sich die Attacken des Körpers gelegt. Maler kam in verschiedene Reha-Einrichtungen, ziemlich schön gelegen, eine Klinik am Tegernsee, eine andere am Chiemsee. Auf den Gängen des Münchner Polizeipräsidiums hatte die Frage zunächst gelautet: Wann kommt Maler wieder? Inzwischen hieß die Frage nur noch: Kommt Maler überhaupt noch einmal wieder?

Rainer Gritz hatte seinen Chef in den letzten Monaten zweimal besucht. Einmal auf der Intensivstation, da war Reden nicht möglich gewesen, weil Maler nicht bei Bewusstsein war, man hatte ihn in ein künstliches Koma versetzt. Das zweite Mal war er an den Tegernsee gefahren, da wäre das Reden gegangen. Doch sie hatten nur lange auf einer Parkbank gesessen, in der Sonne, mit Blick auf den See, und hauptsächlich geschwiegen. Gritz hatte gedacht, was soll ich sagen. Und Maler dachte vermutlich etwas Ähnliches. In souveränem Schweigen waren sie beide immer gut gewesen.

Es hatte für ein paar Minuten aufgehört zu regnen, als Rainer Gritz aus seinem Wagen ausstieg. Er parkte direkt vor dem Hochhaus, Parkplätze waren in Neuried nie ein Problem. Das Hochhaus hatte acht Stockwerke, im vierten wohnten die Malers. Gritz klingelte unten, der Türöffner summte rasch. Beiger, schmutziger Klinkerboden im Hauseingang, der überraschend schmale, silbrige Aufzug wartete schon. Von der Aufzugstür im vierten Stock waren es nur ein paar Meter zur Wohnungstür. Sie war schon geöffnet. August Maler stand in der Tür. Dünn war er geworden. Er trug eine Jeans. Früher hatte er nie Jeans getragen, sondern immer undefinierbare beige Stoffhosen. Wenigstens sein Pullover war noch beige, so wie früher.

»Aha, die Polizei kommt«, sagte Maler und grinste.

»Mensch, August, schön dich zu sehen.«

»Komm rein.«

Gritz hängte seinen Mantel an die Garderobe und stellte seine Aktentasche ab. Inge kam aus der Küche und begrüßte ihn. Sie war eine sehr schöne Frau. Maler mochte es, wenn sich andere Männer fragten, wie denn dieser stoffelige Typ an eine solche Frau gekommen war. Die beiden Buben kamen zum Gutentagsagen, der eine sieben, der andere neun, beide lieb. Der Kleinere fragte: »Kannst du Tipp-Kick spielen? Papa ist krank, er kann nicht.«

Der schmale Flur bildete den Kern der Wohnung, von dort ging man in die Küche, von dort gingen die anderen Zimmer ab.

Inge sagte: »Geht doch schon ins Wohnzimmer, ihr habt sicher viel zu reden. Wir rufen euch, wenn das Essen fertig ist.«

Auf dem Couchtischchen waren Teetassen gedeckt, dazwischen eine Thermoskanne.

»Magst du einen Tee?«, fragte Maler. Gritz nickte. »Nimm dir bitte selbst«, sagte Maler.

Bevor das Schweigen anfing, fragte Gritz: »Wie geht es dir?«

»Hey«, sagte Maler, »du fängst ja mit der ganz harten Nummer an. Haben wir nicht mal gelernt, es ist besser, langsam und sanft zu beginnen?«

Gritz lachte.

»Schau«, sagte Maler und hob seine Hände. Sie zitterten beide stark, die linke noch mehr als die rechte. »Ich kann nicht mal auf die Tipp-Kick-Figur drücken. Und trinken tue ich am besten aus der Schnabeltasse.«

»Woher kommt das Zittern?«

»Von den Medikamenten, vor allem von einem: Cellcept heißt es. Muss ich nehmen, weil Cellcept die wichtigste Waffe gegen meine Abwehrkräfte ist. Ein Teufelskreis. Du hast gefragt: So geht es mir.«

»Und was sagen die Ärzte, wie es weitergeht?«

»Sie wollen mir noch mal ein neues Herz einpflanzen. Ich soll auf die Warteliste. Ich muss mich in den nächsten vier Wochen entscheiden, ob ich das auch will.«

»Und?«

»Ich weiß es nicht«, sagte Maler. »Ich weiß es nicht.«

Sie schwiegen einen Moment. Dann sagte Maler: »Und? Ich hoffe, ich habe damit auch deine andere Frage beantwortet.«

»Was meinst du? Welche andere Frage?«

»Rainer, ich kenne dich. Wenn du deine Aktentasche dabeihast, dann ist da was drin. Ich vermute mal, es geht um einen neuen Fall. Du willst mit mir drüber sprechen, du willst mir irgendwelche Akten zeigen. Nein, das kannst du dir sparen. Nimm deine Aktentasche nachher wieder mit. Ich bin im Augenblick zu nichts zu gebrauchen.«

»Deine Hände zittern«, sagte Rainer Gritz, »aber dein Hirn scheint gut zu funktionieren. Klingt vielversprechend für mich.«

»Vergiss es. Es sind nicht nur die Hände. Ich zittere überall, im übertragenen Sinn. Wenn du mich einen Tag beobachten würdest, würdest du es sehen. Ich bin wirklich ein Wrack.«

Inge rief zum Essen. Sie saßen in der Küche, die Kinder zankten sich ein bisschen, das Gulasch schmeckte ausgezeichnet. Maler aß fast nichts. Gritz fiel erst jetzt auf, wie blass er war. Seine Haut war wie aus Pergament. Die auffällige Narbe im Gesicht war fast unsichtbar.

Später saßen die beiden wieder im Wohnzimmer. Rainer Gritz erzählte doch von dem Fall. Von den beiden toten Tretjaks. Von seinem kurzen Telefonat mit dem echten Gabriel Tretjak. Er legte Maler das Dossier aus seiner Aktentasche auf den Tisch. »Wir haben diesen Mann damals nicht wirklich verstanden, brauchten wir ja auch nicht mehr. Lies das mal. Das ist ein Killer. Und er ist noch viel mehr. Ich glaube, du kannst den gar nicht groß genug denken. Und jetzt diese merkwürdige Geschichte. Ich habe das Gefühl, da passiert was, und wir sind erst ganz am Anfang.«

»Der Regler«, sagte Maler und machte eine Pause. »Ich habe oft an ihn gedacht, an diesen seltsamen Typen. Nicht wegen mir, nicht wegen damals. Dieser Tretjak, mit seiner Geschäftsidee: Ich regle alles. Ich sage dir, der ist ein Symptom unserer Zeit. Man kann alles regeln, man verändert die Oberfläche, wie sie einem passt, und das Leben läuft wieder. Das ist nicht nur dieser Tretjak, das siehst du überall. Keiner geht an den Kern, keiner will ins Zentrum. Hast du mal was von C. G. Jung gelesen?«

»Nein.«

»Ich lese viel von ihm, alles, was ich kriegen kann. Ich lese es in den paar Minuten am Tag, wo ich mich konzentrieren kann. Der sagt, es geht im Leben darum, Kontakt mit seinem Unbewussten herzustellen. Man muss nach innen gehen, zum Kern. Zu seinen Träumen, zu seinen Ängsten. Die innere Welt ist das Entscheidende, nicht die äußere. Das wird dieser Tretjak nie begreifen. Das begreifen die meisten nicht. Ich hatte es auch nicht begriffen. Du weißt, ich hatte früher schon diese Angstzustände, diese Schreckensvisionen, nicht so schlimm wie jetzt, aber immerhin. Ich dachte immer, ich muss die so schnell wie möglich wieder loswerden. Jetzt gehe ich rein. Diese Reise ist jetzt meine Reise.«

Gritz merkte, dass Maler den aktuellen Fall von sich fernhielt. Er wusste nicht, ob er zu weit ging, aber er sagte es trotzdem: »August, ich brauche dich. Deshalb bin ich hier. Mir ist dieser Tretjak unheimlich. Du kennst ihn. Ich brauche deinen Rat, deine Hilfe.«

»Es würde doch gar nicht gehen. Ich bin krankgeschrieben. Das wird noch lange so bleiben. Wie soll ich da arbeiten? Das ist dienstrechtlich doch gar nicht erlaubt.«

»Sorry, aber ich war heute Nachmittag beim Herrn Spenzberger, beim Polizeipräsidenten persönlich. Ich habe mich reingedrängt. Und Spenzberger war gut. Er lässt dir herzliche Grüße ausrichten. Und er hat dir eine Sondergenehmigung erteilt. Eine Art Wildcard. Du kannst ermitteln, aber du musst nicht. Du bist völlig frei, aber du darfst arbeiten. Klingt gut, oder?«

»Punkt für dich. Respekt.« Maler grinste kurz. Dann

schwieg er einen langen Moment. »Rainer, es freut mich, dass du gekommen bist. Und es freut mich, was du alles sagst. Du weißt, wie sehr ich dich schätze, wie wahrscheinlich niemanden sonst. Aber ich muss dir absagen. Erspar mir weitere Einzelheiten. Ich bin am Ende, und ich fühle mich so. Ich bin ganz sicher nicht einsatzfähig. Ich würde dir nichts nutzen – und mir schon gar nichts.«

Als Gritz die Wohnung verließ, begleitete ihn Inge noch nach unten und bis zum Wagen.
»Wie geht es dir?«, fragte er.
»Ich habe Angst«, sagte sie. »Jede Nacht sitzt er auf unserem kleinen Balkon, nur in eine Decke eingewickelt. Stunden und Stunden. Schlafen tut er nicht. Wenn ich frage, was er denkt, sagt er, er kann es nicht beschreiben. Ich habe Angst, dass ich ihn verliere.«

Rainer Gritz fuhr in die Stadt zurück. Was ist der Kern dieses Abends?, dachte er. Ich werde alleine sein mit diesem Fall. Und dann überlegte er, wie er morgen die Mail formulieren könnte, an seinen Kollegen in Penzance. Wie fragte man am besten auf Englisch, ob irgendetwas an dem Unfall mit dem Mähdrescher merkwürdig war? Ob der Kollege sicher sei, dass der Unfall ein Unfall war?

Donnerstag, 12. Oktober

(t_0 minus 50)

Amy Keller mochte es, wenn ihre Muskeln langsam warm wurden, das war ein leichter, angenehmer Schmerz. Sie hätte nie gedacht, dass ihr das einmal so wichtig sein würde: ihre Fitness, ihr muskulöser Körper, kein Gramm Fett, nirgendwo. Jeder Muskel wie modelliert. Morgens um halb sieben war Genf ziemlich still, und sie konnte ihre eigenen Geräusche hören, die Geräusche, die sie auf dem Fahrrad verursachte. Die Tretlager der Pedale, das Abrollen der Reifen auf dem Asphalt, die Luft, die sich an ihrer engen Windjacke rieb – und ihren Atem. Sie fuhr ein Univega Alpina HT Carbon-Bike mit verstärkter Gabel und einer speziellen Blitzgangschaltung, die gerade in der Stadt von Vorteil war.

Seit zwei Jahren arbeitete Amy Keller nun schon als Fahrradkurierin. Anfänglich war es nur ein Nebenjob gewesen, neben ihrem Studium der Kunstgeschichte. Aber nach und nach hatte sie immer mehr Gefallen am Radfahren gefunden und immer weniger an der stickigen Luft im Hörsaal. Seit vier Monaten war sie überhaupt nicht mehr an der Uni gewesen. Sie fuhr beinahe jeden Tag, und es gefiel ihr. Ihr ganzes Leben gefiel ihr. Amy Keller war Engländerin, stammte aus einer wohlhabenden Familie. Ihr Vater hatte eine große Haustierhandlung in London und stand auf dem Standpunkt, alles, was sie tue, sei in Ordnung, Hauptsache, sie sei glücklich. Sie wohnte in einer lustigen WG, hatte einen netten, gutaussehenden Freund und noch einen zweiten, heimlichen, der weniger nett war, dafür aber eine Art pornographischen Sex ablieferte, für den sie immer schon ein Faible gehabt hatte.

An diesem Morgen war Amy Keller unterwegs zum linken Ufer des Genfer Sees in das Viertel Eaux-Vives. Rue Mantour, das war eine Adresse mit schönen alten Häusern. Sie hatte ein kleines flaches Paket dabei, eine edle orangefarbene Schachtel, um die mit einem braunen Seidenband eine schöne Schleife gebunden war. Kein Kuvert, keine Aufschrift. Amy Keller sollte die Schachtel persönlich bei Frau Professor Welterlin abgeben, und zwar vor sieben Uhr. Sie musste ein paarmal läuten, ehe der Türöffner summte. Nach einem Stockwerk Treppe stand sie vor einer verschlafenen Frau im Bademantel. Sie gab ihre Lieferung ab, holte sich eine Unterschrift, sagte: »Nein, nein, ist alles schon bezahlt«, nahm die Treppe in großen Sprüngen und saß wenige Augenblicke später wieder auf ihrem Rad.

Amy Keller wusste, was solch ein orangefarbener Karton bedeutete. Die Nobelfirma Hermès, Paris, verpackte ihre berühmten Halstücher, Pullover oder edle Ledernotizbücher in solchen Schachteln. Was sie zugestellt hatte, war ein Geschenk, keine Frage. Hatte die Frau mit den auffallenden dunkelblauen Augen heute Geburtstag? Das liebte Amy an ihrem Job, die kleinen Ausschnitte von Geschichten. Sie hatten keinen Anfang und auch keine Fortsetzung, niemals eine Fortsetzung. Wäre das nur im wirklichen Leben auch so, dachte sie. Und stellte sich vor, wie die Frau Professor aus der Rue Mantour das Geschenk öffnete und danach sofort zum Telefonhörer griff, um sich bei irgendjemandem zu bedanken. Mit dieser Vorstellung und Muskeln, die immer mehr auf Touren kamen, rollte Amy Keller in die erwachende Stadt zurück.

In gewisser Weise lag sie mit ihrem Gedanken richtig. Sophia Welterlin griff tatsächlich sofort zum Telefonhörer, nachdem sie das Paket geöffnet hatte. Sie rief in ihrem Büro auf dem CERN-Gelände an, um zu sagen, dass sie plötzlich krank geworden war und heute nicht zur Arbeit kommen konnte.

Donnerstag, 12. Oktober

(t_0 minus 50)

Das alte Haus über dem See eignete sich denkbar schlecht als Zentrale des Reglers, fand Gabriel Tretjak. Manchmal musste er schmunzeln. Post musste man unten im Dorf bei einer chemischen Reinigung abholen, deren Besitzerin als Nebenverdienst eine Art Postamt betrieb – mit durchaus eigentümlichen Öffnungszeiten. Die drahtlose Internetverbindung schwankte gefährlich mit dem Wetter, fiel schon mal für zwei Stunden ganz aus. Sogar das Telefon suchte sich gelegentlich Funklöcher, wo sonst keine waren. Der Flughafen Mailand-Malpensa war 80 Kilometer entfernt und lag im Wirrwarr der immer verstopften Zubringerstraßen der Stadt.

Er hatte mehrmals überlegt, ob er das Haus zusperren und nach München fahren sollte. Sein Wagen stand unten im Dorf. In der neuen Wohnung waren sein Archiv, die Ordner, die Tonbänder, alte Videokassetten, weniger alte CD-ROMs, elektronische Dateien auf Festplatten, seine Kalender mit allen Terminen und Namen. Zwanzig Jahre lang hatte er im Leben anderer herumgefuhrwerkt – das ergab einiges an Material, einiges an Querverbindungen, auf die man zurückgreifen konnte. Vieles davon war inzwischen auf seinem Laptop, aber in München befand sich ein Schatz. Und niemand war in der Lage, ihn zu heben, außer Tretjak selbst. Er hatte nie mit einem Assistenten, einer Sekretärin oder dergleichen gearbeitet. Aus Prinzip nicht. Geheimnisse zu wahren war seine Geschäftsgrundlage gewesen. Doch in München war auch der kleine Schrank im Badezimmer mit den Tavor-Tabletten, bestimmt fünf Packungen, ohne die er zuletzt nicht einmal mehr zwei Stunden überstanden hatte. In München war die psychiatrische Klinik, wo Fiona sich in ein Wesen verwandelt hatte, das mit der Frau, in die er sich verliebt hatte, keinerlei Ähnlichkeit mehr hatte, auch nicht äußerlich. In München war das Restaurant in der Schellingstraße, wo er seine potentiellen Klienten empfangen hatte, nur dort, immer an demselben Tisch. In dieser Stadt waren Tretjaks Erfahrungen, seine Methoden und seine Verhaltensmuster eingegraben wie Spurrillen im Asphalt. Wahrscheinlich brauchte er einfach noch Abstand, und vierhundert Kilometer waren eher zu wenig als zu viel.

Tretjak dachte daran, wie er sich das Rauchen abgewöhnt hatte. Auch damals hatte er Abstand schaffen müssen, zwischen sich und den Zigaretten. Schuld war ein Klient gewesen, ein Mediziner, Chefarzt an der Uniklinik. Er fuhr gleich zwei Wagen der Marke Jaguar, und als plötzlich öffentlich die Frage aufgekommen war, woher das Geld dafür stammte, hatte er einen ordentlichen Skandal um sogenannte Forschungsgelder der Industrie an der Backe gehabt. Tretjak schickte den Mann in einen längeren Urlaub auf die Malediven und regelte die Dinge – mit Hilfe des Klinikdirektors und eines Ressortleiters der größten Regionalzeitung, die beide in seiner Schuld standen. Am Ende war eine Stiftung für Schlaganfallspatienten gegründet, alle Konten waren sauber, die Jaguare verkauft. Als der Mann zurückkam, nahm er in einem geordneten Leben Platz, sein Ansehen unbeschädigt. Er war Gefäßspezialist. »Das Krebsrisiko kennen Sie ja«, hatte er mit Blick auf Tretjaks Zigarette gesagt, »davon rede ich jetzt nicht. Das kann auch gut ausgehen. Aber Gefäßspezialisten wie mich – die können Sie sich jetzt schon in den Terminkalender eintragen, wenn Sie so weiterrauchen.« Seit dem Tag, an dem Tretjak keine Zigarette mehr angerührt hatte, mied er auch ein paar Plätze, die für ihn mit Rauchen verbunden waren, drei Lieblingskneipen zum Beispiel, eine bestimmte Bank im Englischen Garten oder die Terrasse des Café Roma. Eigentlich hatte der Bann nur eine gewisse Zeit gelten sollen. Aber bis heute war er nicht ein einziges Mal an einen dieser Plätze zurückgekehrt.

Die Mauer hinter sich. Anstatt nach München zu fahren, hatte Tretjak zwei Kilo Schreibpapier, vier Rollen Tesafilm und Stifte den Berg hochgetragen und an der einzigen Wand im Wohnzimmer, in die kein Fenster geschnitten war, eine Art Tapete angebracht. Ein Patchwork aus Notizzetteln, Buchstaben, Linien und ausgedruckten Bildern.

Nun stand er vor dieser Wand und klebte die neuen Informationen daran, die er von Sophia Welterlin erhalten hatte. Sie hatte angerufen und die Bilder per Mail geschickt. *Fass die Vergangenheit nicht an, Du wirst es nicht überleben.* Es war diesmal ein ganzes Paket von Bildern, oder besser: Dokumenten, und so waren sie ihr auch zugeschickt worden – in einer Schachtel, heute Morgen. Sie hatte den Inhalt mit ihrem iPhone abfotografiert. Die Dokumente bezogen sich alle auf ein Ereignis vor zwanzig Jahren, einen Physikkongress in Paris. Die Einladung war dabei, das Programm. Thema des Kongresses: »Das Geheimnis der Dunklen Materie«. Ein Bild der jungen Sophia Welterlin lag auch bei, man sah sie am Rednerpult stehen, mit einer etwas zu großen Brille, wie es damals Mode gewesen war. Eine Hotelrechnung aus der Rue de Bastille auf ihren Namen. Und ein Ausschnitt aus der »Neuen Zürcher Zeitung«. Ein kleiner Bericht über einen Schweizer Physiker, der sich in Zürich durch den Sprung aus dem Fenster im fünften Stock das Leben genommen hatte – kurz nach dem Kongress, bei dem er ursprünglich hätte auftreten sollen. Die gelassene Frau Professor Welterlin war ziemlich aufgelöst gewesen am Telefon. Tretjak hatte versprochen, nach Genf zu kommen, wahrscheinlich schon morgen. Ihr zweites Geheimnis. Am Telefon hatte sie nichts weiter drüber sagen wollen.

Tretjaks bisherige Recherchen hingen auch an der Wand. Noch nichts Besonderes. Schnell und einfach zusammengetragen. Ein paar Telefonate, ein paar Mails. Die Tochter einer früheren Klientin war Aktivistin bei Attac und hatte innerhalb einer Stunde eine gute Übersicht über die Protestlage rund um CERN und das Projekt »Casimir« geliefert. Eine Wiener Anwaltskanzlei, für die Tretjak in zwei Fällen tätig geworden war und die auch für die Europäische Kommission arbeitete, hatte ihm mit Informationen ausgeholfen. Auf den »White Horse«-Club hatte ihn Ehud aufmerksam gemacht, ein israelischer Hacker, der seit Jahren auf Tretjaks Payroll stand.

Tretjak nahm sein Fernglas vom Tisch und visierte durchs Fenster die gegenüberliegende Seeseite an. Er sah einen Mann aus einem Auto aussteigen und einen kleinen

Weg zu einer Gaststätte einschlagen. Wenn Tretjak etwas über diesen Mann würde herausfinden wollen, wie schnell würde ihm das gelingen? Die Hypothese der »Six Degrees of Separation« besagte, dass man zu jedem Menschen auf der Welt über höchstens sechs Personen, die sich kannten, eine Verbindung schaffen konnte – zu einem Reisbauern in China ebenso wie zu einer Buchhändlerin in Lima oder zum Papst in Rom. Was den Mann dort drüben betraf, dachte Tretjak, als er das Fernglas absetzte, würde er zuerst Luigi fragen, ob der jemanden kannte, der mit dieser Gaststätte in Verbindung stand. Auf diese Weise wäre man schon auf die andere Seeseite gesprungen und könnte mit der Person dort weitermachen.

Ein Studienfreund Tretjaks in München hatte die Hypothese immer propagiert und erprobt. Tretjak blickte wieder auf die Tapete. So hatten sie das früher auch gemacht, ganz am Anfang. Packpapier an die Wand geklebt und gemalt. Er und sein Studienfreund, der Lichtinger Joseph aus Niederbayern. Die Anfänge des Reglers. Zwei junge Männer und ihre Hybris. Uns gehört die Welt, also lass sie uns verändern. Was heißt schon Wirklichkeit? Die Wirklichkeit kann man manipulieren. Was heißt schon Schicksal? Das Schicksal kann man beeinflussen. Was bedeuten schon Gefühle? Gefühle kann man lenken. Ein Spiel war es damals, ein faszinierendes intellektuelles Spiel. Sich eine Aufgabe stellen. Nachdenken, recherchieren. Eine Tapete malen. Und los: Alles, was man wusste, benutzen. Skrupel ablegen. Kühl bleiben.

Tretjak erinnerte sich daran, wie sie versucht hatten, eine große Vordiplomprüfung in Chemie im letzten Moment absagen zu lassen. Eine ganze Packpapierrolle hatte er besorgt, um das Diagramm aufzumalen, Informationen über Menschen, über Stundenpläne, über Raumbelegungspläne. Chaostheorie anwenden, das war die Leidenschaft der beiden Männer: mit möglichst kleinen Veränderungen in einem System einen großen Effekt zu erzielen. Schließlich hatten sie nur einen einzigen Plan verfolgt und an zwei ausgesuchten Stellen die Information platziert, jemand habe sich vorab die Prüfungsaufgaben besorgt. Wie dann diese Information die vorhergesagten Wege nahm, schließlich das ganze System verunsicherte und dass die Prüfung tatsächlich am Ende abgesagt wurde – das war ihnen eine Flasche Champagner wert, im Marco Polo Club. Fünfzehnter Stock, Blick über die Stadt, ach was, über die ganze Welt.

Im Laufe der Zeit hatten sie sich über ideologische Fragen entfremdet. »Du arbeitest für jeden«, hatte Lichtinger ihm einmal vorgeworfen, »du hast keine Haltung, keine übergreifende Logik.« »Es gibt keine übergreifende Logik«, hatte Tretjak geantwortet, »jedes Leben hat seine eigene Logik. Wenn ich sie verstehen kann und sie mich überzeugt, dann hab ich kein Problem.«

Heute war Lichtinger Pfarrer in einer kleinen Gemeinde in Niederbayern und nahm alten Bäuerinnen die Beichte ab. Auch eine Logik. Tretjak schrak aus seinen Gedanken hoch. Und er? Stand immer noch vor solchen Tapeten, aber als Beschäftigungstherapie. Armselig. Gar nichts hatten sie verändert. Die Welt da draußen war immer noch dieselbe.

»»Haben Sie gute Freunde, mit denen Sie Probleme und persönliche Dinge besprechen können?«« Diese Frage hatte ihm gestern Stefan Treysa in ihrer Sitzung vorgelesen, die via Skype vorm Computer stattfand. Und er hatte ihm einen Fragebogen in die Webcam gehalten. »So was müssen Patienten normalerweise beantworten«, hatte er gesagt, »damit die Kasse ihnen die Therapie zahlt. Sehr viele Fragen, die hier findet man unter dem Kapitel ›Soziale Beziehungen‹.«

»Und?«, hatte Tretjak gesagt. »Soll ich jetzt Fragebögen ausfüllen?« Er bezahlte Stefan Treysa nicht für die Therapie, das hatte der abgelehnt. Strenggenommen war er kein Therapeut mehr, sondern Herausgeber und Chefredakteur einer Psychologiezeitschrift. Die Praxis hatte er aufgegeben, als er festgestellt hatte, dass er die falsche, weil negative Ausstrahlung auf Patienten hatte. »Ich bringe denen schon was mit meiner Therapie, aber sie haben nicht das Gefühl, dass ich ihnen etwas bringe«, hatte er erklärt. »Bei anderen Psychologen ist es genau andersherum.« Tretjak hatte damals ein wenig mitgeholfen, dass eine Hamburger Verlegerfamilie das Blatt von Stefan Treysa finanzierte und an den Kiosk brachte. Heute war das »Psychologie Journal« angesehen und sogar in den schwarzen Zahlen.

»Du solltest dich mit dieser Frage mal beschäftigen«, hatte Treysa beharrt. »Hast du solche Freunde?«

»Dich zum Beispiel«, hatte Tretjak geantwortet.

»Lenk nicht ab. Ich bin dein Therapeut. Bevor wir damit angefangen haben, hast du gar nichts mit mir besprochen.« Treysa hatte sich vorgebeugt, er war fast aus dem Computerbildschirm herausgekommen. Und er hatte sehr ernst ausgesehen. »Gabriel, dahinter steckt die Frage nach Vertrauen. Wem vertraust du? Das musst du mal beantworten. Lass Zeit ganz weg, die Entwicklung, denk zurück und betrachte nur den Moment. Vielleicht hast du als Kind deinem Bruder vertraut, zum Beispiel. Dann schreib seinen Namen auf, schreib Namen auf.« Der Zettel mit den Namen lag auf dem winzigen Schemel neben der Couch. Und Tretjak fragte sich immer noch, ob er ihn einfach zerknüllen und wegwerfen sollte.

Er sah auf die Uhr. Fünf Uhr nachmittags. Spät genug, was die Zeitverschiebung anging. Er wählte auf dem Handy eine Nummer, die er seit drei Tagen schon ein paarmal probiert hatte. Es war ein Anschluss in Buenos Aires. »Temporarily not available« lautete die Ansage, schon wieder. Doch diesmal wählte Tretjak noch eine andere Nummer in Buenos Aires.

»Ich kann unseren Mann nicht erreichen«, sagte er ohne Einleitung auf Spanisch. »Was ist da los?«

Der Teilnehmer am Ende der Leitung brauchte ein paar Sekunden, um zu begreifen, wer am Apparat war. »Er ist seit ein paar Tagen verschwunden«, sagte er schließlich.

»Verschwunden? Was heißt das?«

»In seinem Fall nichts Dramatisches. Der macht das öfters. Taucht ab. Nachtleben, Alkohol, Nutten ...«

»Hören Sie«, unterbrach ihn Tretjak, »ich bezahle Sie nicht für Auskünfte dieser Qualität. Ich will wissen, wo er ist. Finden Sie ihn. Schnell. Und sagen Sie ihm, ich muss ihn sprechen. Haben Sie das verstanden?«

»Sí, Señor Tretjak.«

Er legte auf und holte die kleine Packung aus dem Küchenschränkchen, wo er sie hinter den Kaffeedosen deponiert hatte. Tavor: Tabletten gegen Angst. Sie beruhigten und gaben einem das Gefühl, dass alles in Ordnung war. Er riss die Packung auf und nahm zwei Tabletten. Spülte sie mit dem klaren Wasser hinunter, das aus den Bergen in seinem Hahn ankam. Sein Blick fiel auf die große schwarze Taschenlampe, die ihn heute Nacht um den

Schlaf gebracht hatte. Er hatte sie in einem Waffengeschäft in Luino erworben. »Sieben Terminatorlinsen lassen einen Autoscheinwerfer blass aussehen«, hatte es geheißen. Tretjak hatte bei offenem Fenster im dunklen Schlafzimmer auf der Lauer gelegen. Aber die Terminatorlinsen hatten nur ein paar Siebenschläfer und einen Fuchs erschreckt. Heute Nacht würde er sich das ersparen. Tavor wirkte auch gegen Schlaflosigkeit.

Tretjak packte seine Reisetasche. Morgen würde er mit dem Auto nach Genf fahren, zu Frau Welterlin. Den Zettel auf dem kleinen Schemel packte er auch ein. Wer weiß, vielleicht würde er unterwegs einen kleinen Abstecher nach Luzern machen, zu einem feinen Laden, der sich auf besondere Teesorten aus aller Welt spezialisiert hatte. Google hatte ihm versichert, dass dort noch immer die Person zu finden war, die auf seiner Vertrauensliste die erste Stelle einnahm. Es war eine Frau, und wenn er sich an sie erinnerte, dann sah er meist dieses eine Bild: Sie saß nackt auf dem Bett und trank in großen Zügen Milch aus einer Glasflasche.

Freitag, 13. Oktober

(t_0 minus 49)

Eigentlich war der Kriminalbeamte Rainer Gritz kein Freund von Gewohnheiten. Er fand, sie verwandelten Menschen in einfältige Wesen, dumme Wesen. Aber er war ein Mann, der ganz spezielle Vorlieben hatte und sie auch pflegte. Eine dieser Vorlieben rührte von einem Urlaub her, der ihn mit seiner ersten Freundin an die Ostsee geführt hatte. 18 war er damals gewesen, unterwegs mit einem Interrail-Ticket. In Timmendorfer Strand hatte er ein Gebäck kennengelernt, das er von diesem Tag an über alles liebte. Es war ein Gebäck, das es nur im Norden Deutschlands gab und das den seltsamen Namen Franzbrötchen hatte. Eine buttrige Teigschnecke, die ein wenig an ein Croissant erinnerte, gefüllt mit Zimt und Zucker. Er war nie wieder an die Ostsee gefahren, und die Freundin hatte sein Leben bald wieder verlassen, aber die Sehnsucht, in ein warmes, frisch gebackenes Franzbrötchen zu beißen, blieb. Immer, wenn es ihn nach Norddeutschland verschlug, gönnte er sich dieses Gefühl. Als Rainer Gritz hörte, dass in München eine Bäckerei eröffnet hatte, die erste in der ganzen Stadt, die Franzbrötchen backte, war er zur Stelle. Das war vor zwei Jahren. So war die Gewohnheit entstanden, morgens kurz vor halb neun eine Bäckerei in der Westendstraße zu betreten. Man musste es sich schon sehr schönreden, dass die Franzbrötchen-Bäckerei auf dem Weg von Gritz' Wohnung ins Polizeipräsidium lag. Aber er tat sich diesen Gefallen jeden Morgen.

Parkplätze gab es natürlich nicht in der Gegend, und auch an diesem etwas nebligen Morgen ließ Gritz den Wagen mit eingeschalteter Warnblinkanlage an einer Straßenecke stehen. Als er auf die Bäckerei zuging, dachte er daran, dass er sich der mühseligen Arbeit würde unterziehen müssen, in internationalen Polizei- und Meldecomputern alle Gabriel Tretjaks dieser Welt aufzuspüren. Und dann freute er sich über das warme Gefühl in seiner Hand. Er wunderte sich allerdings, wie das möglich war, dieses warme Gefühl, obwohl er die Bäckerei noch gar nicht erreicht hatte. Dort vorn war doch erst die Tür, die Glastür, durch die eine Frau herauskam, die ihn mit seltsam aufgerissenen Augen ansah. Und während sein Gehirn diese Tatsache verarbeitete, sah er, dass er seine Hand vor den Bauch hielt und dass das Warme in seiner Hand flüssig und rot war.

Im Polizeibericht stand später, dass die Schüsse auf den Kriminalbeamten Rainer Gritz aus einer Pistole mit Schalldämpfer abgefeuert worden waren. Auch das Ergebnis der Autopsie war festgehalten: Eine der drei Kugeln steckte mitten im Herzen. Rainer Gritz hatte nicht leiden müssen. Er war beinahe sofort tot.

Samstag, 14. Oktober

(t_0 minus 48)

Es durfte nicht wieder anfangen.
 Bitte nicht.
 Es durfte nicht wieder anfangen.

Er lag neben ihr und schlief. Sein Atem ging gleichmäßig, fast ohne Geräusch. Er hatte sich auf die Seite gedreht, das Gesicht in ihre Richtung, die eine Hand befand sich irgendwo unter seinem Körper, die andere auf ihrer Hüfte. Sie selbst lag auf dem Rücken, blickte an die dunkle Decke. Irgendwo hatte sie gelesen, dass die Stimme eines Menschen das Wichtigste war in der Liebe, wichtiger als Aussehen, Alter, Charme, Geld ... Dass es die Stimme war, die einen sexuell erregte und Verliebtheit auslöste. Bei ihr war das anders. Bei ihr waren es immer die Hände eines Mannes gewesen, die sie überreden konnten, mit ihm ins Bett zu gehen. Als sie Gabriel zum ersten Mal begegnet war, war ihr nach zehn Minuten klar gewesen, dass sie mit ihm schlafen würde – wenn er das wollte.

Sie sahen immer noch so jung aus, seine Hände. Und sie

fühlten sich noch genauso an wie damals, weich und warm und lebendig. Schon damals hatte sie gedacht, dass seine Hände gar nicht so richtig zu ihm passten, dass sie eigene Wesen waren, die selbständig agierten, besonders beim Sex. Sie arbeiteten präzise und sicher, als wüssten sie mehr als ihr Besitzer, als würden sie ein paar Geheimnisse kennen, von denen er selbst keine Ahnung hatte. Auch heute Nacht hatte sie von der ersten Berührung an gewusst, dass sie sich fallen lassen würde, dass es keine Zweifel geben würde daran, ob es richtig war, was sie taten. Es war, als hätte sich der Verschluss ihres BHs von allein geöffnet, noch bevor er ihn überhaupt berührt hatte, als gehorchten ihre Schenkel seinen Händen schon, ehe sie selbst überhaupt daran denken konnte, sie zu spreizen.

Es durfte nicht wieder anfangen. Sie hatte zwar noch die gleiche Kleidergröße wie vor neun Jahren, aber sie war eine andere Frau. Damals war sie mit vielen Männern ins Bett gegangen. Je nachdem, in welcher Stimmung sie war, betrachtete sie diese Zeit als eine Phase der Suche oder als die einer Persönlichkeitsstörung. Sie hatte sich nicht genommen, was sie wollte. Sie war genommen worden, entschiedenes Auftreten und gute Hände, das reichte. Als sie Gabriel begegnet war, war ihr ganzes Leben im Umbruch: Sie hatte eine Beziehung beendet und bald darauf ihren Beruf gewechselt, sogar die Stadt. Der Laden in Luzern war ihr Traum gewesen, und er war es bis heute. Als Journalistin zu arbeiten, das konnte sie sich gar nicht mehr vorstellen.

»Carola.« Er hatte ihren Namen gesagt. Im Schlaf? Oder war er wach? Sie streichelte sein Gesicht. Er nahm ihre Hand und drehte sich zur anderen Seite. Damals hatte sie wirklich gedacht: Das ist die ganz große Liebe. Und sie hatte es wirklich gefühlt: dass er sie auch liebte. Als er verschwand, brauchte sie ziemlich lange, um die Tatsache überhaupt zu begreifen. Und dann noch viel, viel länger, bis sie wieder halbwegs lebensfähig war. Bis dahin hatte sie immer gedacht, Liebeskummer, dieser schreckliche Liebeskummer, von dem Frauen immer redeten, den gab es doch gar nicht, das war doch eine Schimäre. Nur die Sehnsucht nach einem Gefühl, aber kein echtes Gefühl ...

Das Fenster war offen, und sie hörte eine Polizeisirene. Luzern war keine Hochburg des Verbrechens, vermutlich ein Verkehrsunfall. Er hatte sie getroffen, damals, in einem Café. Sehr sachlich war er gewesen, kalt. Später, rückblickend, als der Liebeskummer sie fast auffraß, fand sie: eiskalt. Und er hatte ihr einen Brief geschrieben, der am Tag nach dem Treffen in ihrem Briefkasten lag. Der war nicht kalt gewesen. Er hatte mit dem Satz geendet: »In einem anderen Leben, einem neuen, anderen Leben, werden wir uns wiederbegegnen, und ich werde es dir erklären, und es wird alles anders sein ...« Sie hatte diesen Brief erst vor einem Jahr weggeworfen.

In dem Hotelzimmer gab es eine orangefarbene Anrichte, ein großes, dominierendes Möbelstück, das sogar im Dunkeln irgendwie leuchtete. Es enthielt ein paar Schubladen und die Minibar, der Fernseher stand darauf. Drüber an der Wand hing ein farblich abgestimmtes Aquarell, ein Landschaftsmotiv im orangefarbenen Licht des Sonnenuntergangs. Die grässliche Idee eines Innenarchitekten.

War das hier das neue, andere Leben? Ein Hotelzimmer mit orangefarbenen Akzenten, in dem man sich schnell die

Kleider vom Leib gerissen hatte? Ein Fick zweier Menschen, die wussten, wie das ging? Ein guter Fick, weil sie eben beide gut waren – mit ihren Mündern, ihren Geschlechtsteilen, ihren Händen?

Sie spürte ihren Puls. Er war viel zu schnell, ihr Orgasmus war zwei Stunden her. Es durfte nicht wieder anfangen. *Sie* durfte es nicht wieder anfangen.

Samstag, 14. Oktober

(t_0 minus 48)

Wie viel wog das Leben? Hatte das Leben ein großes Gewicht? Oder ein kleines? Diese Frage hatte den Mann mit dem Rucksack schon als Teenager interessiert. Und nur weil es noch niemandem gelungen war, etwas zu messen, bedeutete das noch lange nicht, dass da nichts war. Den Körper eines Lebewesens vor und nach dem Tod wiegen wie einen Sack Getreide – wie konnten Menschen so dumm sein zu glauben, dass sich Gottes Genialität auf der Skala einer Waage zeigte? Aber die Menschen waren auch so dumm zu versuchen, den Schöpfungsakt nachzubauen, den Urknall, wie sie ihn nannten. Nachbauen mit ein paar Kupferdrähten in einem lächerlichen Tunnel. Wie viel wog Verstand? Hatte Verstand ein Gewicht?

Der Rucksack mit dem besonderen Geschenk für die Frau Professor war jedenfalls erstaunlich leicht, kaum zu spüren auf den Schultern. Er sah auf die Uhr: kurz nach vier. Die Zeit in der Nacht, in der fast alle Menschen schliefen, statistisch gesehen, das hatte er gelesen. Der Himmel über der Stadt war noch schwarz, die Straßen waren leer, völlig verlassen, die Straßenlaternen leuchteten nur für ihn. Genf, gutes altes Genf, dachte er. Hast viel zu bieten, nur kein ordentliches Nachtleben. Schon gar nicht in diesem Viertel. Es war still, er hörte nur die eigenen Schritte und das leise Schwappen des Wassers in der Flasche, die sich in der Seitentasche seines Rucksacks befand.

Als er in die Rue Mantour einbog, sah er sofort, dass im ersten Stock der Hausnummer 23 noch Licht brannte. Das war nicht im Plan. Konnte es sein, dass Frau Professor noch wach war? Schlafstörungen? Besuch? Er verlangsamte seine Schritte, näherte sich dem Hauseingang und ging daran vorbei. Nächste Querstraße rechts, noch mal rechts, wieder schneller jetzt. Einmal um den ganzen Block, wieder in die Rue Mantour. Das Licht brannte noch immer. Sollte er warten? Noch einmal um den Block laufen? Er hatte nicht alle Zeit der Welt. Irgendwann würde es hell werden. Und bald würde sich der Zustand des Geschenks drastisch verändern. Ein Taxi bog jetzt vor ihm in die Straße ein und kam ihm entgegen. Das Schild auf dem Dachbügel leuchtete und signalisierte, dass der Wagen frei war. Kurz bevor das Taxi ihn erreicht hatte, drosselte der Fahrer das Tempo und blickte ihn fragend durch die Windschutzscheibe an. Dann beschleunigte er wieder.

Das Fenster, in dem das Licht brannte, gehörte zur Küche, das wusste der Mann mit dem Rucksack aus dem Grundriss der Wohnung. So ein Licht konnte man schon mal vergessen haben, wenn man zu Bett ging. Er blieb kurz unter dem Fenster stehen. Keine Geräusche, kein Gelächter, keine Stimmen. Er zog die weißlichen Gummihandschuhe an und griff nach dem Schlüsselbund in seiner Manteltasche, nachgemachte Schlüssel, allesamt. Ruhig und wie selbstverständlich ging er auf die Eingangstür des Hauses zu. Obwohl es eine schwere, alte Tür war, gab sie kein Geräusch von sich, als sie aufging. Oben an der Wohnungstür ein Sicherheitsschloss. Der dritte Schlüssel passte. Er schlüpfte in den Gang. Es roch, wie Altbauwohnungen riechen. Die winzige Taschenlampe mit dem roten Lichtkegel, die er dabeihatte, brauchte er nicht, weil der Schein der Lampe aus der Küche in den Gang fiel. Er orientierte sich. Holzfußboden. Gefährlich wegen möglicher Geräusche. Umschalten auf Zeitlupe. Jede Bewegung höchstens ein Fünftel der üblichen Geschwindigkeit. Die dritte Tür rechts führte zum Schlafzimmer. Sie stand einen Spalt offen. Er blieb davor stehen und lauschte. Hörte sein eigenes Herz – und gleichmäßige Atemzüge aus dem Zimmer. Sehr langsam nahm er den Rucksack von der Schulter, sehr langsam holte er die kleine Wasserflasche aus der Seitentasche, und sehr langsam öffnete er dann den großen Reißverschluss.

Selbst in Zeitlupe hatte er nur etwa zehn Minuten benötigt, bis er wieder unten in der verlassenen Rue Mantour stand. Ehe er sich auf den Weg machte, blickte er noch einmal nach oben zu dem Fenster im ersten Stock. Es starrte jetzt genauso schwarz und unergründlich auf die Straße wie alle anderen. Das hatte er sich erlaubt, bevor er die Wohnung der Frau Professor verlassen hatte. Er hatte das Licht in der Küche gelöscht. Als er die nächste Straßenecke erreicht hatte und außer Sichtweite der Wohnung war, blieb er stehen, zog die Gummihandschuhe aus und verstaute sie im leeren Rucksack. Er nahm sein Handy aus der Manteltasche und tippte eine SMS. Er setzte eine ganze Reihe von Namen als Empfänger ein. Die Nachricht würde gleich beachtliche Entfernungen zurücklegen, dachte er. Aber das spielte keine Rolle. Eine SMS bewegte sich mit Lichtgeschwindigkeit. Der Mann war kein Physiker, aber als Arzt wusste man das auch. Der Inhalt seiner Nachricht war kurz und unverfänglich, bestand nur aus einem einzigen Satz: *Sophia hat einen neuen Freund.*

Samstag, 14. Oktober

(t_0 minus 48)

Sophia Welterlin war sechs Jahre alt, als ihr Vater einen Hund mit nach Hause brachte. Es war ein Foxterrier, drei Monate alt, mit schwarzen Knopfaugen und einem dreifarbigen Ohr, schwarz, braun, weiß. Sein Name war Robert. Am Anfang nannte ihn die Familie deshalb Robbie. Aber weil sich herausstellte, dass der Terrier gern klassische Musik hörte und Sophias Vater ein großer Schubert-Fan war, bürgerte sich schnell ein anderer Name ein: Aus Robert wurde Schubert. Und Schubert wurde zu Sophias wichtigstem Begleiter in ihrem Kinderleben. Eines Nachmittags im Mai, gegen zwei Uhr, kurz nach dem Mittagessen, läutete am Gartentor ein Mann in einem blauen Arbeitskittel. Niemals mehr sollte sie diesen Moment vergessen. Der Flieder vorm Haus blühte und duftete, die Sonne stand noch links vom Matterhorn. Hinter dem Mann, auf der Straße, parkte sein Wagen, ein Elektrowagen der städtischen Müllabfuhr. In Zermatt gab es keine Autos. Sophia lief ihm auf dem Kiesweg entgegen und fragte: »Ja, bitte?« Der Mann sagte: »Habts ihr einen kleinen weißbraunen Terrier? Mit einem blauen Halsband?«

»Ja«, antwortete Sophia und blieb sofort stehen.

»Den hab ich grad überfahren«, sagte der Mann. Er hatte Bartstoppeln. »Liegt hinten auf der Ladefläche, ihr könnt ihn runterholen. Oder soll ich ihn entsorgen?«

Schubert war nur zwei Jahre alt geworden. Sie begruben ihn am Ortsausgang, wo der Fußweg begann, der den Berg hinunter in den Ort Täsch führte. Jeden Tag nach der Schule ging Sophia zu dem kleinen Holzkreuz und legte eine Blume ab. Noch mit dreizehn tat sie das. Erst als die Hormone sich einmischten, als die Schule schwieriger wurde, die Eltern peinlich und das Café »New Sound« viel von ihrer Zeit forderte, erst dann durfte das Kreuz sich langsam zur Seite neigen und schließlich in Laub und Gestrüpp untergehen.

Als Sophia Welterlin an diesem Samstagmorgen in der Rue Mantour zum ersten Mal erwachte, nahte schon der Tag. Sie war noch verschlafen, ging nur kurz zur Toilette und wollte eigentlich gleich wieder zurück ins Bett, als ihr auffiel, dass das Licht in der Küche nicht eingeschaltet war. Darüber wunderte sie sich, weil sie der Meinung war, dass sie es hatte brennen lassen, wie jeden Abend in letzter Zeit. Früher als Kind hatte sie auch immer gewollt, dass irgendwo im Haus noch Licht war. Sie hatte sich dann sicherer gefühlt. Seit einiger Zeit war es wieder so.

Einen Moment zögerte sie, aber dann ging sie zur Küche, tastete nach dem Schalter neben der Tür und knipste die Lampe an. Vollkommen ruhig betrachtete sie das Bild, das sich ihr bot. Sie wunderte sich selbst, dass sie nicht erschrocken war. Mit einem fetten roten Farbpinsel waren überall Buchstaben hingeschmiert, auf dem Fußboden, auf der Tischplatte, quer über die Schränke und Wände, über den Kühlschrank, am Heizkörper. Die Buchstaben bildeten Sätze, immer wieder dieselben. Ein manisches Gekritzel. *Fass die Vergangenheit nicht an. Du wirst es nicht überleben.* Erst als der Gedanke langsam in ihr Gehirn sickerte, dass jemand hier in ihrer Küche gewesen war, während sie geschlafen hatte, dass er in aller Ruhe gearbeitet hatte, beschleunigte sich ihr Puls. Ihr wurde bewusst, dass sie vorhin beim Aufstehen noch etwas wahrgenommen hatte. Es war in ihrem Schlafzimmer gewesen. Ein Geruch, ein fremder Geruch. Sie stand noch in der Diele und setzte sich langsam in Bewegung, barfuß auf dem Holzboden, in ihrem nachtblauen Schlafanzug, ging sie Schritt für Schritt zurück Richtung Schlafzimmer. Sie hörte ein schmatzendes Geräusch, es war nicht laut, und als sie die Tür fast erreicht hatte, verwandelte es sich in ein Knurren. Sophia Welterlin betrat das Zimmer mit einem entschlossenen Schritt und knipste gleichzeitig das Licht an. Starr vor Angst blickte sie in die Augen eines Wesens, das ebenso starr vor Angst war. Dort in der Ecke saß ein kleiner Hund. Seine Augen waren schwarze Knöpfe, sein Fell war weiß und braun. Er wirkte verstört, irgendwie benommen, knurrte und wedelte gleichzeitig mit dem Schwanz. Er saß auf einer Decke, neben sich einen Napf mit Wasser. Auf dem Napf stand sein Name, gepinselt in Rot: *Schubert*.

Sophia Welterlin schrie so laut und lange, dass sogar der scheue Herr Hüterlin aus dem Stockwerk über ihr schließlich seine Wohnung verließ und herunterstieg, um nach dem Rechten zu sehen.

Samstag, 14. Oktober

(t_0 minus 48)

Gabriel Tretjak hatte die Erfahrung gemacht, dass man sich gewaltig täuschen konnte, wenn man glaubte, im Gesicht eines Menschen etwas lesen zu können. In diesem Fall aber war das Bild eindeutig. Sophia Welterlins Gesicht hatte sich auf erschreckende Weise verändert seit ihrer ersten Begegnung vor zehn Tagen. Das konnte auch das Make-up nicht kaschieren. Ihre Augen lagen tiefer, spähten aus faltigen Höhlen nach draußen, echsengleich. Ihre Lippen zitterten, und als sie ihren Bericht von der vergangenen Nacht abgeschlossen hatte, begann sie zu weinen. Sie machte keine Anstalten, es zu verbergen, schloss nur die Augen. Die Tränen kamen unter den Lidern hervor, liefen die Wangen hinab und gruben Flussbetten in die Schminke.

Sie saß auf einem Stuhl in ihrer Küche, inmitten der Wände und Gegenstände, die allesamt mit roter Farbe verunstaltet waren. Ihr Zopf war korrekt geflochten, sie trug schwarze Jeans und einen schwarzen Pulli. Tretjak fand, dass sie aussah, als wäre sie in ein Theaterstück hineingeraten, als hätte sie sich verirrt in ein absurdes Bühnenbild. Auch das Glas über dem Zifferblatt der Uhr hinter ihr war bekritzelt, aber man konnte sehen, was die Zeiger angaben: Nachmittag, zehn nach drei.

Er fragte sich, ob man auch ihm etwas von dem ansah, was in den letzten 24 Stunden in ihm vorgegangen war. Gefühle zulassen, mit Gefühlen leben wie mit dem Wetter, das sollte er lernen. Fand jedenfalls sein Therapeut.

Heute Morgen hatte er im Hotel in Luzern vom Mord an Rainer Gritz gelesen, eine kleinere Meldung in der »Neuen Zürcher Zeitung«. Der lange Gritz. Der lange, junge Gritz. Der gerade die Ermittlungen aufgenommen hatte in den Mordfällen, die seinen, Tretjaks Namen trugen ... Im Bett hatte er die Meldung gelesen. Carola hatte ihm die Zeitung gegeben, die vor der Hotelzimmertür gelegen hatte. Dann war sie gegangen, um ihren Teeladen zu öffnen. Ihr Geruch hatte noch in den Kissen und Laken gehangen, der Geruch ihrer Haut, ihrer Lust, und mit diesem Geruch die Erinnerung an den einen Sommer vor vielen Jahren.

Er hatte viel erzählt in diesem Bett, wie es sonst nicht seine Art war, fast die ganze Nacht waren sie wach gewesen. Und er hatte eine Flasche Milch beim Roomservice bestellen wollen, aber sie trank keine Milch mehr, seit eine Laktose-Unverträglichkeit festgestellt worden war. Vertrauen ... Schon eine Stunde nachdem er gestern in Carolas Laden gestanden war, ihren ersten Blick aufgefangen hatte, ihr überraschtes Lächeln, hatte er ein Hotelzimmer in Luzern gebucht und den Besuch bei Frau Welterlin in Genf auf den nächsten Tag verschoben.

Sophia Welterlins Wohnung in der Rue Mantour erinnerte ihn ein bisschen an seine frühere Münchener Wohnung – der Holzboden, die großen Fenster, die weit herunterreichten und hübsche Sprossen hatten, die hohen Decken ... Und der Blick von der Küche in den Hinterhof mit dem riesigen Baum. Hier war es eine Blutbuche, soweit er das beurteilen konnte.

»Wollen Sie uns nicht eine Tasse Kaffee machen?«, sagte Tretjak und deutete auf die große chromfarbene Espressomaschine auf der Arbeitsplatte, die nur einen Buchstaben des Geschmieres abbekommen hatte, ein rotes *V*. Der Rest des Wortes *Vergangenheit* verlief auf den weißen Wandkacheln dahinter.

»Natürlich«, sagte Sophia Welterlin und stand auf. Sie griff nach einer Küchenrolle, wischte sich die Tränen aus dem Gesicht und begann mit Tassen und Kaffee zu hantieren.

Wenn Chaostheoretiker die Gesetze des Lebens formulierten, benutzten sie gern den Begriff »System«. Ein »System« konnte alles sein: ein Staat genauso wie eine Familie. Für Chaostheoretiker war eine Firma ein »System«, auch eine Ehe war ein »System«, sogar der einzelne Mensch selbst. Gabriel Tretjak hatte sich viel mit Chaostheorie beschäftigt, da er sie enorm hilfreich fand für das, was er tat. Der Regler griff in Systeme ein, veränderte die Strukturen, Abhängigkeiten, Beziehungen eines, meistens sogar mehrerer Leben. Das wichtigste Gesetz der Chaostheorie lautete seiner Meinung nach so: Es gibt nur einen Ort, an dem ein System überleben kann. Diesen Ort nannten die Wissenschaftler den »Rand des Chaos«. Es war der Ort, an dem sich Innovation und Tradition die Waage hielten. Systeme, die ihre Tradition ganz über Bord warfen, sich zu viel und zu schnell veränderten, mussten genauso untergehen wie solche, die nichts mehr veränderten, in ihrer Tradition verharrten. Tretjak hatte keine Lust auf Kaffee, aber er wollte, dass Sophia Welterlin etwas tat, das sie schon hundertmal getan hatte. Der Rand des Chaos: Rituale geben Halt, stabilisieren, wenn zu viel Veränderung passiert. Rituale sind Tradition.

»Mit Milch?«, fragte sie, ohne sich umzudrehen.

Tretjak musste kurz an vergangene Nacht denken. Carola hatte einen kleinen Leberfleck über dem rechten Auge, direkt über dem Lid, man sah ihn nur, wenn sie blinzelte.

»Ja, gerne«, sagte er und bückte sich nach seiner Aktentasche unter dem Tisch. Er nahm sie auf den Schoß, holte einen Stapel weißes DIN-A4-Papier heraus und seinen Füller der Marke Parker. Beides legte er vor sich auf den Tisch. Als auch der Kaffee vor ihm stand und Sophia Welterlin ihm wieder gegenübersaß, begann er zu sprechen. In gleichmäßigem Tonfall, sachlich in der Wortwahl, immer wieder ihren Namen nennend. »Frau Welterlin, wir werden Folgendes tun ...« »Sie müssen verstehen, Frau Welterlin ...« »Wir werden das alles regeln, Sie müssen sich keine Sorgen machen, Frau Welterlin ...«

Der Regler. Der Profi in seinem Element. Auch ihn stabilisierten Rituale. Lag ihm wirklich etwas daran, dieser Teilchenphysikerin zu helfen? Oder floh er nur wieder einmal in die Routine seines Jobs, seines früheren Jobs, musste man ja sagen? In die Sicherheit, zu wissen, was zu tun war? Heute Morgen, als er vom Mord an Rainer Gritz erfahren hatte, war er sofort aufgestanden und hatte in seiner Tasche nach den Tavor-Tabletten gesucht. Er hatte sie zu Hause gelassen, vergessen. Ein gutes Zeichen, hätte Stefan Treysa gesagt. Er selbst hatte geflucht. Mit Gefühlen leben wie mit dem Wetter ... Da draußen braute sich etwas gegen ihn zusammen, etwas Bedrohliches, etwas, das ihm Angst machte. Von solchen Dingen hatte Treysa keine Ahnung. Es galt, klaren Kopf zu behalten. Gefühle hatten da noch nie weitergeholfen.

Gabriel Tretjak erklärte Sophia Welterlin, dass er sie aus dem Spiel nehmen würde. Dass er sie wegschicken würde aus ihrem Leben, bis alles aufgeklärt und geregelt sei. Seine alte Methode: Überlass dein Leben mir, ich nehme deinen Platz ein und beginne zu handeln. Rational und klar. Ohne die üblichen Hindernisse, die dir im eigenen Leben das Handeln so schwermachen: deine Beziehungen, deine Verpflichtungen, deine Abhängigkeiten. Dein in der Vergangenheit aufgetürmter Schrott, den du Biographie oder Charakter nennst ...

Das meiste, was er Sophia Welterlin erklärte, hatte er schon vor der Information über den nächtlichen Einbruch veranlasst. Lediglich den Zeitpunkt hatte er auf der Fahrt von Luzern nach Genf noch geändert. Ein paar Telefonate und E-Mails. Er hatte den Eindruck, dass man jetzt schnell handeln musste.

Sie war sichtlich erschöpft und hörte ihm gefasst zu. Manchmal mischte sich Erstaunen in ihren Blick, wenn ihr klar wurde, wie viele Details des Planes schon in die Wege geleitet waren. Tretjak wusste, wie schnell Menschen sich fügten, wenn jemand entschieden die Regie übernahm. Das war schließlich die Grundlage seines Geschäftes. Am Ort seiner Kindheit, dem schönen, früher sehr teuren Hotel »Zum blauen Mondschein« in Bozen, das seine Eltern geführt hatten, war ihm schon früh etwas aufgefallen: Je mehr Geld Menschen hatten, je erfolgreicher sie auf irgendeinem Gebiet waren, desto mehr neigten sie dazu, ihre persönlichen Dinge von anderen Menschen regeln zu lassen. Wer findet ein Internat für unseren Sohn? Wer sucht eine Villa für uns? Welcher Therapeut kann unsere Ehe retten? Wer führt uns bei der Bergwanderung?

Sophia Welterlin gehörte eher nicht in diese Kategorie, aber sie hatte Probleme, und sie war allein damit. Der kleine Hund, den sie sich inzwischen auf den Schoß gesetzt hatte, konnte daran nichts ändern. Aber die hohen alten Pinien in der Bucht von Baratti an der italienischen Riviera – die waren ein erster Schritt, auf diese Pinien setzte Tretjak. Er hatte Welterlins Vater in Zermatt angerufen, sich als Freund ausgegeben, der Sophia im Namen des Institutes CERN zu ihrem zehnjährigen Jubiläum ein besonderes Geschenk machen wollte, eine besondere Reise. Schnell hatte sich herausgestellt, dass es für die Familie Welterlin einen besonderen Glücksort gegeben hatte. Dreimal hatten sie dort Urlaub gemacht, Vater, Mutter, Tochter, einmal sogar mit dem Hund. Es war eine kleine Pension in der Bucht von Baratti, das einzige Haus weit und breit, dunkelrot angestrichen, mit einem wunderschönen Garten. Direkt am Meer, hundert Meter zum Sandstrand. Die Pension gab es noch immer, und jetzt im Herbst war es besonders schön dort, hatten sie am Telefon gesagt, keine Touristen mehr, aber das Wasser noch warm genug zum Baden. Welterlins Mutter war schon vor Jahren gestorben, aber ihr Vater war ziemlich fit, und er hatte sich über den Vorschlag, seine Tochter zu begleiten, sehr gefreut. Tretjak hatte die beiden Welterlins schon angemeldet in der Pension Aurora. Und er hatte einen Fahrer organisiert, der sie dorthin bringen würde.

»Wann?«, war alles, was die Physikerin fragte.

»Morgen früh«, antwortete Tretjak. »Für heute Nacht habe ich Sie im Beau Rivage hier in Genf untergebracht. Ihr Vater ist schon dort. Morgen früh um acht Uhr steht der Fahrer vorm Hotel. Sie können den Hund übrigens gern mitnehmen, Tiere sind immer noch erlaubt in dieser Pension. Wenn nicht, organisiere ich, dass er ins Tierheim kommt.«

Mit einer stummen Handbewegung signalisierte sie, dass der Foxterrier ein neues Zuhause gefunden hatte und mitkommen würde. Sie setzte ihn auf den Boden. Er blieb direkt vor ihr sitzen und starrte sie an.

»Wie lange?«, fragte sie.

»Wir werden sehen. Bis ich entscheide, dass Sie zurückkommen können.«

In den nächsten Wochen sollte ihn diese Szene immer wieder einholen, fast verfolgen. Nicht so sehr das Bild dieser Frau in der sonderbaren Kulisse als vielmehr der Satz, den er zu ihr gesagt hatte: ›Bis ich entscheide, dass Sie zurückkommen können.‹

»Ich muss erst mit dem Institut sprechen«, sagte sie, »Ich kann nicht einfach wegbleiben. Was soll ich denen sagen?«

»Schon erledigt«, sagte Tretjak. »Ich habe eine gute Ausrede organisiert, eine Einladung. Sie kennen Giuseppe Moreno?«

»Selbstverständlich«, sagte sie, »war mal Italiens berühmtester Physiker, seit Jahren auf der Liste für den Nobelpreis, muss schon über achtzig sein. Was hat der damit zu tun?«

»Er hat Sie spontan zu einem Meinungsaustausch über Ihre Forschung eingeladen, ein bilaterales Kolloquium«, sagte Tretjak und lächelte. »Das konnten Sie nicht ablehnen, nicht wahr? Die Unterlagen sind auf dem Weg in Ihr Institut. Sie müssen nur noch eine E-Mail an Ihre Kollegen schreiben, dass Sie diese Einladung annehmen und sofort abreisen mussten.« Er schob ihr seine mit Füller beschriebenen Blätter über den Tisch. In seiner steilen, gleichmäßigen Handschrift waren die wichtigsten Dinge aufgelistet.

»Moreno wohnt nicht direkt in der Bucht von Baratti«, sagte er, »eher fünfhundert Kilometer entfernt in Mailand, aber wen interessiert es, wo Sie wohnen? Er hat versprochen, tatsächlich einmal mit Ihnen zu telefonieren.«

Nichts war einfacher gewesen. Auch bei den Herren Wissenschaftlern war Geld ein starkes Argument. Der legendäre Moreno brauchte immer Geld. Nach Tretjaks Informationen hatte er zwei Hobbys, die beide mit den Jahren immer teurer wurden: sehr junge Frauen und sehr alte Maseratis.

Sophia Welterlin schüttelte nur müde den Kopf, fragte aber nichts, als ahne sie, dass sie die Antwort nicht würde hören wollen. Tretjak wusste, dass sie heute Nacht wach liegen würde in ihrem Hotelzimmer, dass sie die Gedanken sortieren und dass sich Widerstand in ihr regen würde. Plötzlich würde ihr das alles absurd vorkommen. Das war ganz normal. Sie würde versuchen, ihn anzurufen, um zu protestieren, um den Plan rückgängig zu machen. Aber sein Handy würde ihr nur immer wieder dieselbe Botschaft übermitteln: vorübergehend nicht erreichbar.

»Ich brauche Ihre Wohnungsschlüssel, Autoschlüssel, Zugangskarten zum Institut«, sagte Tretjak jetzt. »Ich brauche alle Telefonnummern und Namen, die Sie irgendwo gespeichert haben.« Er hielt kurz inne, um sich zu vergewissern, dass diese Sätze sie erreichten. »Ich werde oft hier in Ihrer Wohnung sein, ich werde Ihre Post öffnen, in Ihre Schränke schauen.«

Es war inzwischen später Nachmittag, in der Küche in der Rue Mantour war es relativ dunkel geworden. Die Sonne hatte sich hinter die Berge um Genf zurückgezogen. Die Schrift an den Wänden wirkte nun dunkelgrau. *Fass die Vergangenheit nicht an* ... Im Halbdunkel lassen sich unangenehme Wahrheiten leichter aussprechen, dachte Tretjak. Das Gesicht der Frau gegenüber lag im Schatten, ihr Mund war ein dunkler Strich.

»Sie sind mir noch etwas schuldig, Frau Welterlin«, sagte Tretjak, »das wissen Sie.«

Sie nickte. »Keine Geheimnisse, ich weiß«, sagte sie leise. »Irgendwie muss das alles mit dieser alten Geschichte zu tun haben. Jetzt holt es mich ein.«

Ein paar Minuten saßen sie sich schweigend gegenüber. Dann plötzlich beugte sich Sophia Welterlin vor, beugte sich weit über den Tisch und sagte ihm direkt ins Gesicht, in normaler Lautstärke: »Wissen Sie, wie oft er in meiner Phantasie auf dem Pflaster aufgeschlagen ist? Ich habe nie wirklich das Geräusch eines platzenden Schädels gehört. Aber glauben Sie mir, Herr Tretjak, ich kenne es trotzdem. Ich höre es jede Nacht, seit 25 Jahren.«

Die Klingel an der Wohnungstür war altmodisch und so schrill, dass Tretjak erschrak, als das Geräusch in die Stille platzte. Sophia Welterlin zuckte buchstäblich mit keiner Wimper. Stattdessen wiederholte sie: »Jede Nacht, seit 25 Jahren.« Sie hielt ihren Blick starr auf Tretjak gerichtet, auch als sie schließlich aufstand und in der Diele die Gegensprechanlage betätigte. »Oui?«, hörte Tretjak sie auf Französisch sagen.

Minuten später standen zwei Polizeibeamte in der Diele. Sie sprachen französisch und trugen die schönen dunkelblauen Schweizer Uniformen. Tretjak konnte sie durch die halb offenstehende Küchentür sehen. Der Foxterrier bellte kurz.

»Sie sind Frau Welterlin?«, fragte der ältere der beiden Beamten.

»Ja.«

»Ist das Ihr Hund, Frau Welterlin?«

»Ja, vielmehr nein«, antwortete die Physikerin. Tretjak konnte jedes Wort verstehen.

»Frau Welterlin, gestern Mittag ist in der Fußgängerzone ein Foxterrier verschwunden, der vor einem Laden angebunden war. Sein Name ist Dany. Soeben ging ein Hinweis bei uns ein, dass wir ihn hier bei Ihnen finden würden.«

Tretjak hörte, wie Sophia Welterlin ein »Mon Dieu« entwich.

»Haben Sie diesen Hund gestohlen, Frau Welterlin?«

»Nein, er wurde ... er ist ... man hat ihn mir heute Nacht ins Schlafzimmer gesetzt. Es war ... man ist eingebrochen.«

»Ein Einbruch ... Können wir uns irgendwo setzen?«, fragte der Beamte, sein Ton wurde unangenehmer. Sophia Welterlin knipste das Licht an, als sie die Küche betraten. Als die Polizisten zuerst die aggressive rote Schmiererei und dann ihn, Tretjak, sahen, griff der Ältere an seinen Pistolengürtel und löste die Schnalle über der Waffe. Der andere trat sofort rückwärts zwei Schritte zurück, blieb in der Tür stehen. Tretjak wusste genau, warum. Überblick behalten, Fluchtweg sichern. Polizisten waren darauf trainiert, dass sich harmlose Situationen plötzlich verändern konnten. Und Tretjak begriff, dass seine Unterhaltung mit Sophia Welterlin vorerst beendet war.

»Bitte bleiben Sie ganz ruhig«, sagte der Beamte. Dann forderte er Tretjak auf, vom Tisch aufzustehen und sich ans Fenster zu Sophia Welterlin zu stellen. »Darf ich fragen, wer Sie sind?«

Sophia Welterlin begann zu reden, etwas zu schnell, etwas zu durcheinander. Versuchte zu erklären. Der Hund drückte sich eingeschüchtert an ihr Bein. Vertrauen, schoss es Tretjak in den Kopf, ist eine sonderbare Angelegenheit.

»Warum haben Sie heute Morgen nicht die Polizei gerufen?«, fragte der ältere Beamte, während er Tretjaks Ausweis studierte. Tretjak sah, wie er den Ausweis mit einem vielsagenden Blick seinem Kollegen reichte. Dann legte er wieder eine Hand auf die Waffe und sagte, jetzt auf Deutsch:

»Herr Gabriel Tretjak, bitte stellen Sie sich mit erhobenen Händen dort an den Küchenschrank. Ich werde Sie nach einer Waffe durchsuchen.« Tretjak gehorchte, und der Polizist trat vor und tastete ihn ab. »Seit gestern werden Sie von der Münchener Kriminalpolizei gesucht«, sagte er. »Wissen Sie das? Die Fahndung steht im Zusammenhang mit dem Mord an einem Polizeibeamten.«

Über die Schulter sah Tretjak das erschrockene Gesicht von Sophia Welterlin. »Nein, das wusste ich nicht. Warum hat man mich nicht einfach angerufen? Die haben dort meine Nummer.«

Der Genfer Beamte zuckte nur mit den Achseln und gab ihm zu verstehen, dass er sich umdrehen und die Hände herunternehmen konnte. »Ich muss Sie beide jetzt bitten, mitzukommen ins Präsidium. Dort können Sie alles erklären.«

Sonntag, 15. Oktober

(t₀ minus 47)

Es war schon nach Mitternacht, als Tretjak vor dem Hotel Beau Rivage aus dem Taxi stieg. Er trug immer noch die Sachen, mit denen er sich heute Morgen in Luzern ins Auto gesetzt hatte. Die Bluejeans, das weiße Hemd, das dunkelgraue Jackett, den schwarzen, leichten Mantel. Tretjak setzte sich an die Bar, bestellte einen Wodka Tonic. Sophia Welterlin hatte das Zimmer 111. Sie war den Vernehmungen und der Bürokratie schon früher entkommen. Er hatte nicht mehr mit ihr sprechen können. Tretjak überlegte, ob er sie noch anrufen sollte, entschied sich aber dagegen. Vielleicht schlief sie schon. Er dachte an ihre Worte über den platzenden Schädel des Professors, der sich vor 25 Jahren aus dem fünften Stock gestürzt hatte. Welche Rolle hatte die damalige Assistentin Sophia Welterlin dabei gespielt? Er schickte eine SMS. *Gute Reise. Morgen Abend sitzen Sie am Strand. Grüßen Sie das Meer. T.*

Der Einbruch in der Rue Mantour war nun polizeilich aufgenommen und zur schon vorhandenen Akte über die Belästigungen von Sophia Welterlin hinzugefügt. *Fass die*

Vergangenheit nicht an ... Wie gut, dass Welterlin die früheren Sendungen angezeigt hatte. Der Hund, der für ein paar Stunden Schubert geheißen hatte, war wieder in seinem richtigen Zuhause. Tretjak selbst hatte im Beisein einer Genfer Kriminalbeamtin mit einem ausgesprochen unangenehmen Kommissar in München telefoniert. Bendlin war sein Name. Das Gespräch wurde mitgeschnitten. Tretjak gab zu Protokoll, dass er keine Ahnung hatte, was es mit den Morden an seinen Namensvettern auf sich hatte, dass er über diese Personen nichts wusste, dass er das alles auch schon Rainer Gritz mitgeteilt hatte. Das Gespräch drehte sich auch um sein Alibi. Am Freitagmorgen, als Rainer Gritz erschossen worden war, hatte Gabriel Tretjak noch am Lago Maggiore einen Kaffee getrunken, ehe er sich auf den Weg nach Luzern gemacht hatte – im »Pescatore«. Ja, hatte Tretjak erklärt, das konnte dort auch sicher jemand bezeugen, der Wirt zum Beispiel.

Als Tretjak sich an der Rezeption des Beau Rivage seinen Zimmerschlüssel geben ließ, überreichte man ihm noch einen großen wattierten Umschlag. Er öffnete ihn sofort. Er enthielt ein eingeschaltetes iPhone, einen schmalen Laptop, diverse beschriftete Schlüssel und ein abgegriffenes Notiz- und Adressbuch aus Leder. Außerdem einen Zettel mit einer Handynummer und dem knappen Kommentar: *Ab jetzt*.

Eines musste man dieser Sophia Welterlin lassen: Sie hatte Mut. Mit diesem Umschlag hatte sie sich ihm weit ausgeliefert. Auf ihrem iPhone konnte er die SMS lesen, die er gerade selbst abgeschickt hatte. Tretjak schickte sie noch einmal, jetzt an die neue Nummer.

»Ich brauche den Schlüssel doch noch nicht«, sagte er zu der Frau an der Rezeption. Er nahm den Umschlag unter den Arm, durchquerte das Foyer Richtung Ausgang und ließ sich draußen auf den Rücksitz des ersten wartenden Taxis fallen. »In die Rue Mantour, bitte.«

Er musste das Leben der Sophia Welterlin ohnehin umgraben, also konnte er genauso gut gleich damit anfangen. Er war nicht müde, und das wunderte ihn. Schließlich hatte er vergangene Nacht herzlich wenig geschlafen.

»Kommst du wieder, Gabriel?«, hatte Carola gefragt.

»Willst du, dass ich wiederkomme?«, hatte er entgegnet.

»Ja«, hatte sie gesagt.

Das Taxi überholte einen Genfer Streifenwagen, einen weißen Toyota mit einem auffälligen blauen Pfeil an der Seite. Vor ein paar Stunden hatte er selbst noch in solch einem gesessen. Was steckte hinter diesen Morden? Wer? Von seiner Verbindung zu den Toten mit seinem Namen wussten nur wenige Menschen. Galten die Verbrechen nur diesen Tretjaks? Oder auch ihm? Der lange Gritz, der lange, junge Gritz. War Gabriel Tretjak schuld an seinem Tod? Was sollte er tun?

Über der Stadt dehnte sich ein sternklarer Himmel mit einem hellen Dreiviertelmond im Süden. Es war schon nach ein Uhr, als Tretjak Welterlins Wohnung aufsperrte. Er machte kein Licht, setzte sich im Schimmer des Mondscheins an den Küchentisch. Versuchte mit Buenos Aires zu telefonieren, bekam aber niemanden an den Apparat, weder den Mann, der nun schon verdächtig lange verschwunden war, noch den anderen, der ihn in Tretjaks Auftrag finden sollte. Das war kein gutes Zeichen. Was, zum Teufel, sollte er tun?

Er suchte in seinem Handy nach einer gespeicherten

Mobilfunknummer. Er wusste nicht, ob der Anschluss noch existierte, und wenn, dann bekam er um diese Zeit sowieso nur noch die Mailbox. Er formulierte im Geiste schon die Nachricht, die er hinterlassen würde, als sich doch eine Männerstimme meldete.

»Hallo«, sagte die Stimme, und Tretjak versuchte, sich an sie zu erinnern.

»Kommissar Maler?«, fragte er.

»Wer spricht dort?«, fragte die Stimme. Sie klang müde, aber sie war die richtige.

»Hier ist Gabriel Tretjak. Ich … Habe ich Sie geweckt, Herr Maler?«

»Nein. Ich bin wach. Schlafen ist zurzeit nicht meine Stärke«, sagte Maler. Und nach einer kleinen Pause: »Was wollen Sie?«

»Ich muss Sie sprechen, Herr Maler. Es ist wichtig. Es geht um den Tod von Rainer Gritz.«

»Ich bin zurzeit nicht im Dienst«, sagte Maler.

»Ich weiß«, sagte Tretjak. Zurzeit nicht im Dienst … Dieser Kommissar Bendlin hatte es anders formuliert. ›Maler? Der kommt nie wieder.‹ Tretjak hörte am Telefon im Hintergrund eine Frauenstimme, die etwas fragte, das er nicht verstehen konnte. Aber er verstand Malers Antwort. »Ich telefoniere«, sagte er in beruhigendem Tonfall. »Alles ist gut, geh wieder schlafen, bitte.«

»Wann können wir sprechen?«, fragte Tretjak.

»Von mir aus jetzt«, antwortete August Maler.

»Gut«, sagte Gabriel Tretjak. Und beschloss, gleich so sitzen zu bleiben, ohne Licht.

Teil 2
Wirklichkeit

1

Der Besuch

Stefan Treysa entstieg dem ICE, der aus München im Berliner Hauptbahnhof eingefahren war, in denkbar missmutiger Stimmung. Erstens war es gar nicht nach seinem Geschmack: nur für einen einzigen Tag und eine Nacht irgendwo hinzufahren. Er hasste Kurzreisen. Zweitens hatte mit seiner Sitzplatzreservierung etwas nicht geklappt, und er hatte die vollen fünf Stunden im Speisewagen verbringen müssen, wo sich natürlich immer wieder der Kellner vor einem aufbaute. Noch einen Kaffee bitte, dann probier ich mal die Suppe, ein gemischter Salat, ein Wasser, ja, sprudelnd bitte ... Als er sich auf den Rolltreppen durch den zugigen Hauptbahnhof vom tiefsten Geschoss langsam nach oben zum Ausgang arbeitete, zweifelte er an dem ganzen Unternehmen, das er vor Monaten begonnen und eigentlich schon wieder ad acta gelegt hatte. Auch der Taxifahrer machte keine gute Miene, als er die Adresse hörte. Die Torstraße lag ziemlich nah am Bahnhof. Aber es goss in Strömen, ein Fußmarsch schied definitiv aus.

Die Adresse war sehr exklusiv. Es gehörte zum Konzept, dass man das von außen kaum wahrnehmen konnte. Treysa hatte sich im Internet informiert: ein sechsstöckiges Haus mit Eigentumswohnungen der Luxusklasse. Auf dem Dach ein Swimmingpool, im Erdgeschoss ein eigener Fitnessbereich.

Im Foyer saß ein Portier, der nicht nur den Eingang, sondern auch mehrere diskret angebrachte Videobildschirme im Blick hatte. Treysa war pünktlich, es war zwölf Uhr mittags.

»Ich bin mit Frau Medine Ügdur verabredet«, sagte er. In solchen Situationen wurde er gern für einen Lieferanten oder den Mann vom Cateringservice gehalten. Er trug keine teure Kleidung, und er war schon in der Schule dünn und unscheinbar gewesen. Aber dieser Portier war gut geschult. Seinem Gesicht und dem professionellen Lächeln war nichts zu entnehmen. »Einen Moment, bitte«, sagte er und griff zu einem Telefonhörer.

Medine Ügdur war eine wunderschöne Frau. Nach Treysas Berechnungen musste sie schon um die sechzig sein. Er fand, dass man durchaus eine gewisse Ähnlichkeit mit Gabriel Tretjak feststellen konnte. Die großen, fast schwarzen Augen, die schmale, aber markante Nase. Wahrscheinlich war ihr Haar unter dem Kopftuch genauso schwarz und dick wie Gabriels. Aber vielleicht bildete er sich das auch ein. Das Kopftuch war das Einzige, was an Medine Ügdurs Glauben oder an ihre türkische Herkunft erinnerte. Sie trug einen dunkelgrauen, sehr elegant geschnittenen Hosenanzug, darunter ein goldfarbenes, kragenloses Top. Das Kopftuch hatte dieselbe Farbe. Kein Schmuck, nur eine schlichte goldene Rolex am Handgelenk. Auch die Einrichtung der großen Wohnung ließ jeden orientalischen Einschlag vermissen. Schlichte, sicher sündhaft teure, olivgrüne Sitzmöbel auf einem dunkelbraunen, mattschimmernden Holzfußboden. An den weißen Wänden hing moderne Kunst. Rechts eine große Stehlampe, die aus einem langen, in den Raum schwingenden Arm aus Chrom bestand. Treysa sah, dass auf dem Glastisch eine Porzellanplatte mit kleinen, hübsch angerichteten Häppchen vorbereitet war und eine Karaffe mit Wasser. Er bemerkte auch zwei etwas abgenutzte Fotoalben, die schon bereitlagen.

»Sie sind mit dem Zug gekommen statt mit dem Flugzeug«, sagte Medine Ügdur, als sie Platz genommen hatten. »Fahren Sie gern Zug?«

»Nein, gar nicht«, antwortete Treysa. »Aber ich muss. Ich habe Flugangst.« Er lächelte. »Doch, ja, das gibt es, dass ein Psychologe Flugangst hat.«

Er musste daran denken, dass er Gabriel Tretjak in einem Zug kennengelernt hatte. Auf einer denkwürdigen Reise im Orientexpress. Von der Frau an Tretjaks Seite hatte man nie wieder etwas gehört. Stefan Treysas Begleitung hingegen war damals schon seine Ehefrau gewesen, mit der er bis heute verheiratet war.

»Erzählen Sie, Herr Treysa«, sagte Medine Ügdur. »Wie geht es Gabriel? Was ist aus ihm geworden? Was ist er für ein Mensch? Was macht er?«

Gute Frage, dachte Treysa. Er hatte seit vielen Tagen nichts von Gabriel Tretjak gehört. Er machte sich inzwischen Sorgen. Aber das gehörte nicht hierher. Hier waren zunächst eher Allgemeinplätze gefragt. Erfolgreicher Geschäftsmann, so etwas in der Art, gesundheitlich fit, Wohnung in München ... Gabriel Tretjaks Tante hatte ihren Neffen schließlich seit etwa dreißig Jahren nicht gesehen.

Vor über sechs Monaten hatte Treysa ihr geschrieben, einen richtigen Brief auf Papier. Es war gar nicht so leicht gewesen, sie ausfindig zu machen, und klar: Eigentlich durfte ein Therapeut so etwas nicht tun. Ohne Wissen seines Patienten in dessen Leben zu recherchieren, das entsprach definitiv nicht der Ethik des Berufsverbandes. Und war auch methodisch äußerst fragwürdig. Aber Stefan Treysa hatte sich gesagt, dass er ja in erster Linie Gabriels Freund sei. Und Freunde durften noch ganz andere Dinge. So hatte er sich auch in dem Brief vorgestellt, als Gabriels Freund *und* Therapeut. Er hatte Medine Ügdur geschrieben, dass er bei Gabriels Therapie immer wieder an eine Grenze stoße. Dabei gehe es stets um seine Kindheit, die Zeit, in der seine Mutter krebskrank wurde, mit einem inoperablen Gehirntumor dem Tod entgegenging. Die Zeit, in der Gabriels Vater das Weite suchte und schließlich sie, die Tante, anrückte, um ihre Schwester zu pflegen – bis sie starb. Treysa hatte geschrieben, er habe den Eindruck, es sei eine traumatische Zeit für Gabriel gewesen, die ihn jetzt einhole. »Aber er hat diese Zeit und seine Erlebnisse wie in einer eisernen Truhe eingeschlossen«, hatte Treysa am Schluss des Briefes formuliert. »Ich weiß, dass mein Anliegen nicht unproblematisch ist, und ich weiß nicht, welche Gefühle ich mit diesem Brief berühre. Trotzdem: Vielleicht können Sie mir und damit Gabriel dabei helfen, seine Truhe zu öffnen.«

Er hatte den Brief vorsichtshalber auf Englisch verfasst, aber er hatte trotzdem keine Antwort erhalten. Bis vor drei Tagen. Da war Medine Ügdur plötzlich am Telefon gewesen. Sie sprach perfekt deutsch und hatte ihn eingeladen.

Jetzt holte sie seinen Brief aus der Innentasche ihres Anzuges und legte ihn auf dem Tisch. »Ich wollte ihn nicht wegwerfen, habe ihn sogar lange mit mir herumgetragen. Dann lag er ewig auf der Kommode hier im Eingang«, sagte sie. »Ich wusste einfach nicht, was ich tun sollte, also tat ich nichts.«

»Und wodurch hat sich das geändert?«

»Was für Geschäfte macht Gabriel?«, war ihre Gegenfrage, und der Psychologe hatte plötzlich das Gefühl, auf der Hut sein zu müssen bei der Antwort. Stellte ihn hier jemand auf die Probe?

»Nicht so einfach zu beschreiben«, sagte er. »Eine Art Wirtschaftsberatung.«

Medine Ügdur beugte sich zum Tisch vor, schlug eines der Fotoalben auf. Obenauf lagen Zeitungsausschnitte. Die Berichte über die Morde vor einem Jahr, die Verhaftung Tretjaks, schließlich der Prozess gegen seine Freundin Fiona Neustadt, die eigentlich Nora Krabbe hieß. Treysa sah, dass Medine Ügdur alles verfolgt hatte. Und nun breitete sie Münchner Zeitungen der vergangenen Woche aus. Der Tod des Kriminalbeamten, der in dem Mord am Flughafen ermittelt hatte, dessen Opfer auch Gabriel Tretjak hieß – der richtige Stoff für den Boulevard. Wieder die alten Bilder von Gabriel, mit neuen Schlagzeilen versehen, reißerisch, in fetten Buchstaben, zum Beispiel in der Abendzeitung: *Was hat* er *mit den Morden zu tun?*

Die Frau mit dem goldenen Kopftuch sah Treysa an. »Ich habe immer versucht, mich über ihn zu informieren ... Ich bin doch seine Tante«, sagte sie schließlich. Sie nickte zustimmend, als hätte jemand anders das gesagt. Und als sie fortfuhr, war ihre Stimme rauer, sie musste sich räuspern. »Nicht nur für ihn waren die drei Jahre in dieser

Wohnung in dem Bozener Hotel schwierig, das dürfen Sie mir glauben. ›Zum blauen Mondschein‹ … was für ein Name.« Sie machte eine kleine Pause. »In den letzten Tagen war Leyla an einen intravenösen Morphiumspender angeschlossen, der ein blaues Licht aussandte, wenn die Flasche leer war. Ein blaues Licht in einem verdunkelten Zimmer.«

In solchen Momenten war sich Stefan Treysa immer unschlüssig, ob es ein Glücksfall war, dass er Psychologe war, oder eine Behinderung. In solchen Momenten schaltete sich ganz automatisch seine Professionalität ein, die mit wenigen Fragen das Gegenüber zum Weiterreden brachte. Und sein Gehirn notierte die Antworten. Als müsste er später, wie nach einer Therapiesitzung, alles aufschreiben.

»Wo war diese Wohnung?«, fragte er.

»Ganz oben unterm Dach. Das letzte Stockwerk musste man zu Fuß gehen. Später haben wir einen Treppenlift installieren lassen, für Leyla. Man hätte dort oben über die halbe Stadt schauen können, aber sie wollte immer alles dunkel haben.«

»War Gabriel viel bei ihr im Zimmer?«

»Wir haben versucht, das zu verhindern. Aber das ging natürlich nicht. Sie hat ihn immer wieder gerufen.«

Medine Ügdur nahm eines der Fotoalben, schlug es auf und zeigte Treysa ein Foto von Gabriel, elf Jahre alt war er da, wie sie sagte. Er hielt ein ziemliches großes Fernrohr mit beiden Händen über dem Kopf und lächelte. »Ich habe ihm zum Geburtstag ein Teleskop geschenkt«, sagte sie. »ich wollte, dass er sich ablenken konnte, besonders abends. Die Abende und Nächte waren ja am schlimmsten … Es hat geklappt, er ist oft los, zu Fuß raus

aus der Stadt, den Berg hoch, wo es dunkel genug war für die Sterne, stundenlang ist er oft weggeblieben, das war gut.«

»Warum war das gut?«, fragte Treysa.

Medine Ügdur dachte lange über die Antwort nach. Es war still in der großen Wohnung. Die Häppchen waren noch unberührt, nicht mal Wasser war eingeschenkt. Treysa war grade mal eine halbe Stunde hier. Sie hatten keine Zeit verloren, dachte er.

»Ich muss etwas ausholen«, begann sie. »Unsere Familie hatte lange keinen persönlichen Kontakt zu Leyla. Sie war ... wie soll ich sagen ... ein Dickkopf, immer schon. Aber ich liebte sie dafür. Den Mann, den mein Vater für sie ausgesucht hatte, lachte sie aus. Und als sie diesen Paul Tretjak heiratete, war es vorbei. Mein Vater hat ihr eine größere Summe Geld überwiesen – nicht als Geschenk, eher wie eine Abfindung. Dieses Geld steckte im ›Blauen Mondschein‹. Leyla und ich haben uns nur ab und zu heimlich geschrieben. Gesehen und gesprochen habe ich sie erst wieder, als sie krank wurde.«

Treysa sagte nichts. Und Medine Ügdur sprach weiter. »Wir wissen ja nicht, wie lange sie diesen Tumor schon hatte, unbemerkt, verstehen Sie? Gehirntumore, ich wusste das nicht, verändern auch die Persönlichkeit. Herr Treysa, diese Frau im Hotel ›Zum Blauen Mondschein‹ und meine Schwester Leyla, wie ich sie kannte, die hatten nicht mehr viel gemeinsam, eigentlich gar nichts. Damit würde ich es gern bewenden lassen.« Sie griff jetzt nach der Karaffe, füllte die Gläser und reichte ihm den Teller mit dem Essen. Treysa griff nach einer kleinen runden Pumpernickelscheibe mit Lachs und Avocado.

»Leben Sie allein hier?«, fragte er. Treysa wusste,

dass ihr Mann Adem Ügdur schwerreich war. Als Treysa ihn gegoogelt hatte, hatte sich auf seinem Computerbildschirm ein Imperium aufgetan: Ügdur hatte in Istanbul und Ankara Privatuniversitäten gegründet, diverse Nachhilfedienste für Schüler und Studenten aufgebaut, er investierte in clevere Onlinedienste zum Erlernen von Sprachen. Wo immer es um nichtstaatliche Bildung ging, tauchte sein Name auf.

»Das Wort ›allein‹ würde ich nicht benutzen«, antwortete seine Frau. »Selbständig. So würde ich das nennen. Ich lebe selbständig.« Sie lächelte. »Wissen Sie, ich habe Freundinnen und Freunde, und mein Mann und ich ... also, auch wir sind Freunde. Er kommt mich immer besuchen, wenn er in Berlin ist, wir telefonieren, er ist da, wenn ich ihn brauche. Und umgekehrt. Er ermöglicht mir dieses Leben. Und ich ihm seines. Vielleicht sind Ehen nicht für das Alter gemacht, jedenfalls nicht, wenn man darunter dasselbe Bett und dieselbe Wohnung versteht. Was meinen Sie?«

Treysa zuckte die Achseln. Er hatte in letzter Zeit immer öfter den Eindruck, ein altmodischer Mensch zu sein. Gerade ging es ihm wieder so. »Gabriel kam dann zu einer Südtiroler Bauernfamilie in Pflege«, sagte er. »Er erzählt davon nichts, sagt nur, die seien sehr nett gewesen. Wissen Sie etwas darüber? Haben Sie noch einmal Kontakt zu ihm aufgenommen?«

Medine Ügdur schaute an Treysa vorbei zum Fenster. Der Regen hatte eher noch zugelegt. Die Wohnungen mochten exklusiv sein, der Ausblick war es nicht. Man sah eine graue Häuserfront, auf der ein riesiges Plakat angebracht war: *Ihr Büro in Berlin-Mitte. Ziehen Sie um in den Erfolg. Flächen bis zu 500 qm zu vermieten.*

»Einmal habe ich dort in dem Bauernhof angerufen, wo er untergebracht war, dort oben in den Bergen. Es gab nur ein Telefon, es stand in der Küche. Man musste ihn rufen. Es hat lange gedauert, bis er am Apparat war.« Sie nippte an ihrem Wasserglas. Es kostete sie Überwindung, zu erzählen, das konnte sie nur schlecht verbergen. »Wissen Sie, was er zu mir gesagt hat? Und bedenken Sie, er war ja eigentlich noch ein Kind.« Sie holte sichtbar Luft. »Er hat gesagt: ›Ich will euch alle nie wiedersehen und von euch nie wieder etwas hören.‹ Mitten in der Küche, vor allen Leuten hat er das zu mir gesagt. Und dann hat er es noch mal wiederholt.«

Stefan Treysa sah, dass sie Tränen in den Augen hatte.

»Ja. Gabriel hat den Satz noch mal wiederholt, und zwar auf Türkisch. Er sprach kein Wort Türkisch, er hasste die Sprache, seit seine Mutter immer mehr davon Gebrauch machte. Er hatte den Satz auswendig gelernt.« Sie schwieg einen Augenblick, ehe sie sagte: »Durch diesen Telefonhörer kam eine derartige Eiseskälte … Unheimlich war das.«

Ein merkwürdiger Nachmittag. Jeder konstruiert sich seine Wahrheit, dachte Stefan Treysa. Was wusste Medine Ügdur von Gabriels Vater? Nichts, sagte sie, der sei schon weg gewesen, als sie kam. Sie wisse nur das, was Leyla über ihn gesagt habe, und das sei jede Minute anders gewesen. Mal war Paul Tretjak der Teufel gewesen, mal der einzige Mensch, der Leyla je geliebt hatte.

Und Luca, der Bruder?

»Der Halbbruder«, korrigierte sie, winkte aber gleich ab, als wollte sie sich für die Bemerkung entschuldigen. »Luca hat Leyla wohl von Anfang an nicht akzeptiert. Kann man verstehen, ist ja normal, er wollte keine neue

Mutter. Aber Leyla hat ihn gehasst. Jedenfalls die Leyla, die ich vorgefunden habe.«

»Welches Verhältnis hatte Gabriel zu seinem Bruder?«

»Was früher war, kann ich nicht sagen. In der Zeit, von der wir reden, hat Gabriel sich immer bemüht, dasselbe zu empfinden wie seine Mutter, egal, worum es ging, auch was Luca betraf. Sie sind der Psychologe, Sie haben dafür sicher eine Erklärung.«

Als Stefan Treysa sich verabschiedete, sah er sie noch so lange in der Wohnungstür stehen, bis die Lifttüren sich geschlossen hatten. Er hätte gewettet, dass Medine Ügdur noch nie vorher über die Zeit des Sterbens ihrer Schwester gesprochen hatte. Jedenfalls nicht auf diese Weise. Und er fragte sich, wie ihr Alltag aussah, mit ihren vielen Freundinnen und Freunden.

Treysa übernachtete im Hotel Savoy im Westen der Stadt. Es war ihm empfohlen worden, er war kein Berlinkenner. Als er im Zimmer war, schrieb er eine SMS an Tretjak. *Gabriel, bitte melde dich, heute noch. Stefan.* Das Letzte, was er von ihm gehört hatte, war, dass er die Frau besuchen wollte, die auf seiner Vertrauensliste ganz oben stand.

»Vertraut sie auch dir?«, hatte er ihn gefragt.

»Ich glaube, ja«, hatte Gabriel geantwortet.

»Wie und wo hast du sie kennengelernt?«

»Bei einem Job.«

»Das heißt, du hast sie irgendwie manipuliert, oder? ›Geregelt‹, wie du sagst …«

»Kann sein.«

»Weiß sie das?«

»Nein.«

Jeder konstruierte sich seine Wahrheit. Aber es war nicht seine Aufgabe, Wahrheiten herauszufinden. Oder irgendwem irgendwelche Wahrheiten aufzutischen. Seine Aufgabe bestand darin, Gabriel aus seiner Krise herauszuhelfen, ihm zu ermöglichen, ein tragfähiges Fundament für seine Identität zu erstellen. Das Leben wurde im Alter ja nicht leichter, bei niemandem.

Stefan Treysa ging in die Sauna, dann aß er bei einem Chinesen um die Ecke Ente süßsauer. Unten im Hotel Savoy gab es eine Zigarrenbar. Stefan Treysa tat, was er nur ungefähr fünfmal im Jahr tat: Er rauchte eine Zigarre. Dieses Mal eine Montecristo No. 4. Als er schlafen ging, war es schon nach elf Uhr, eher spät für seine Verhältnisse. Er bat um einen Weckruf um sechs, sein Zug nach München ging kurz nach sieben. Das Bett war groß und angenehm, aber er vermisste den warmen Körper seiner Frau. Das Handy hatte er den ganzen Abend über eingeschaltet gelassen. Aber es war still geblieben. Keine Nachricht von Gabriel Tretjak.

2

Ein Stammtisch

Das Restaurant »Käfer« war eine Institution in München. Es lag in der Prinzregentenstraße im Stadtteil Bogenhausen, nur ein paar Meter vom Friedensengel entfernt, einem der Münchner Wahrzeichen. Ein Denkmal mit einem riesigen goldenen Engel, das an fünfundzwanzig friedliche Jahre nach dem Deutsch-Französischen Krieg 1870/71 erinnern sollte. Das war einer von August Malers Lieblingsplätzen, die Bank am Fuß der Säule, der Blick auf die Isar. Er war lange nicht dort gewesen, dachte er, bevor er den »Käfer« betrat. Wer hier aß, wusste, dass das Essen gut und teuer war. Aber er wusste noch etwas mehr: Hier saß eine Elite der Stadt, hier saßen Leute, die gern zeigten, dass sie es geschafft hatten, dass sie mehr hatten als andere, wichtiger waren als der Rest. Und es gab Gäste, die das Image sehr genau kannten und genossen und doch im Schatten bleiben wollten – und sich gerade deswegen noch wichtiger fühlten. Sie saßen in Nischen, in Nebenzimmern, ganz diskret. Geschäftsleute zum Beispiel, die einem Treffen einen besonderen Glanz verleihen wollten, auch Politiker, sogar die Chefs des Fußballclubs führten ihre exklusiven Neuzugänge oft in dieses Restaurant.

Eine dieser Nischen hatten jeden Mittwochmittag um 12.30 Uhr zwei alte Herrschaften reserviert, eine weißhaarige Frau und ein weißhaariger Mann, immer fein angezogen, sie immer im Kostüm, meist dunkelgrau, er immer in Anzug und Weste, meist dunkelblau. Sie aß immer Salat und Fisch, er immer eine Leberknödelsuppe und dann einen Schweinsbraten. Sie reservierten den Tisch unter dem Namen Mayer, aber so hießen sie nicht. Beide waren sie Jahrgang 1935.

Der Mann in dem dunkelblauen Anzug war zehn Jahre alt gewesen, als sein Vater vor seinen Augen verhaftet, später verurteilt und hingerichtet wurde. Hans Breitmann war der Vater, einer der schlimmsten Nazi-Verbrecher, verantwortlich für Hunderttausende von Toten. Und eben sein Vater. Walter Breitmann war der einzige Sohn. Im »Käfer« nahm er mittwochs gern noch einen Nachtisch. Vanilleeis mit heißen Himbeeren.

Die Frau in dem grauen Kostüm war ebenfalls zehn Jahre alt gewesen, als man den Vater abgeholt und später verurteilt hatte zu dreißig Jahren Haft. Traugott von Gerrach war der Vater, einer der hochrangigsten Nazi-Schergen, verantwortlich für Tausende von Toten. Und eben ihr Vater. Maria von Gerrach, die Tochter. Sie trank mittwochs nach dem Essen einen doppelten Espresso.

Seit Jahrzehnten fanden ihre Treffen statt. Die Kellner im »Käfer«, das hatte Maler Erfahrung gebracht, mochten dieses Paar, auffallend gutgelaunt seien sie immer, wobei vor allem der Mann über ein geradezu sensationelles Kichern verfüge. Die Rechnung begleiche am Ende immer sie, mit einem großzügigen Trinkgeld.

Es war kurz vor 14 Uhr, als August Maler an diesem Mittwoch an den Tisch der beiden trat. Beige Hose, beige Stoffjacke, ein bisschen blass um die Nase, aber sonst hätte man auf den ersten Blick keinen Unterschied zu früher bemerkt.

»Entschuldigen Sie bitte«, sagte Maler, »darf ich Sie kurz stören?«

Maria von Gerrach schaute ihn durchaus freundlich, aber auch leicht spöttisch an. »Um was geht es, bitte?«

»Ich bin von der Polizei, genauer: von der Mordkommission. Mein Name ist Maler. Ich habe ein paar Fragen, dauert nicht lange. Darf ich mich setzen?«

»Aber bitte«, sagte Walter Breitmann und kicherte. Ein meckerndes, junges Kichern, das so gar nicht zu dem seriös wirkenden weißhaarigen Mann passte. »Müssen wir Angst vor Ihnen haben?« Wieder kicherte er. »Sie müssen wissen, wir sind keine ängstlichen Leute. Uns kann nichts mehr schrecken, nicht mal die Polizei.« Sein Kichern hörte gar nicht mehr auf.

Maler setzte sich. »Sagt Ihnen der Name Wolfgang von Kattenberg etwas?«

Maria von Gerrach bekam plötzlich einen strengen Zug um den Mund. »Moment, jetzt habe ich erst einmal eine Frage. Wie kommen Sie auf uns? Wieso stehen Sie hier?«

»Ich ermittle in einem Mordfall«, sagte Maler. »Das Opfer ist Wolfgang von Kattenberg, 51 Jahre alt. Er wurde in einer Privatmaschine am Flughafen gefunden. Wir wissen bislang wenig über ihn. Daher noch einmal meine Frage: Sagt Ihnen der Name etwas?«

Maria von Gerrach wurde noch ein wenig strenger. »Sie haben auf meine Frage nicht geantwortet, Herr Kommissar, ich wiederhole sie ebenfalls noch einmal: Wie kommen Sie auf uns?«

»Frau von Gerrach«, sagte Maler, »Herr Breitmann, ich will nicht um den heißen Brei herumreden. Mir wurde gesagt, niemand weiß so viel über Menschen mit einer ähnlichen Familiengeschichte wie Sie beide.«

»Wer sagt das?«, fragte sie.

»Das darf ich Ihnen nicht sagen.«

»Maria«, sagte Walter Breitmann, »wir wollen den Herrn Kommissar nicht weiter quälen. Er möchte etwas über Nazi-Kinder wissen, alle wollen das immer wissen. Wie lebt es sich mit solchen Namen, Göring, Himmler, Breitmann, von Kattenberg ... Im Grunde bin ich nie in meinem Leben etwas anderes gefragt worden. Wie ist das, wenn man ein Monster als Vater hat? Wird man dann auch ein Monster?« Er kicherte wieder. Kurze Pause. Wieder Kichern. »Wolfgang von Kattenberg? Nein, ich kannte ihn kaum. War ja schon die Enkelgeneration. Ich war bei seiner Abiturfeier, die Familie hat das damals groß gefeiert, lange her. Du warst auch da, Maria, oder?«

Maria von Gerrach nickte. »Er trug damals als Einziger Jeans, er wollte ein kleiner Rebell sein. Lange Haare hatte er, der Wolfgang. Bisschen arrogant war er, gefiel mir. Ich mochte ihn. Es hat mich nicht überrascht, als er eines Tages verschwunden war. Kurze Zeit danach war auch der Bruder verschwunden. Der war älter, wie hieß der noch?«

»Philipp. Philipp hieß der«, sagte Breitmann. »War so ein riesiger Kerl.«

»Bei den Kattenbergs hat sich eine ganze Generation ausgelöscht, ja, selbst ausgelöscht. Die dritte Generation, wenn Sie so wollen. Sind alle nach und nach verschwunden. Auch die zwei Cousins von Wolfgang und Philipp waren auf einmal weg. Keiner wusste etwas. Und die Alten wollten nicht, dass man nach ihren Kindern fragt. Sie schwiegen. Im Schweigen sind wir alle gut.« Maria von Gerrach lachte, trocken, kurz.

»Was heißt verschwunden? Wie kann man einfach verschwinden?«, fragte Maler.

Maria von Gerrach nahm den letzten Schluck aus ihrer Espressotasse. »Herr Kommissar, wir denken, wir müssen Ihnen die Sache ein wenig ausführlicher erklären. Dürfen wir Ihnen etwas anbieten? Kaffee? Oder wollen Sie etwas essen? Bitte, was Sie wollen. Betrachten Sie sich als unser Gast.«

»Vielen Dank«, sagte Maler, »aber ich möchte jetzt gar nichts.« Er war froh, das Zittern seiner Hände beruhigen zu können, indem er sie unter dem Tisch verschränkte.

»Schauen Sie«, begann Maria von Gerrach im Tonfall einer Lehrerin. »Die Deutschen haben irgendwann nach 1945 beschlossen, dass die Nazis im Grunde nichts mit ihnen zu tun hatten. Die Deutschen seien irgendwie das Opfer einer kleinen Gruppe von brutalen Leuten geworden. So hat man sich das zurechtgelegt: Man sei von ihnen verführt, verraten und missbraucht worden. Von Hitler, von Himmler, von Hess, von Breitmann und auch von meinem Vater, Traugott von Gerrach. Und auch von von Kattenberg. Das waren die Teufel, die die armen Deutschen ins Unglück gestürzt hatten. Ihre Namen wurden zum Inbegriff des Bösen. Und diese Namen tragen wir. Walter und auch ich. Die Namen sind bis heute verpönt, man stellt uns mit ihnen an den Pranger. Es wird nie enden. Das ist unser Schicksal.«

Ein kurzes Geschichtsreferat über ihr Verständnis der deutschen Schuld, dachte Maler.

»Sie wollten etwas erfahren über uns Nazi-Kinder«, sagte Walter Breitmann. »Es ist Schicksal. Mehr gibt es darüber nicht zu sagen.«

»Was haben Sie für Eltern, Herr Kommissar?«, fragte Frau von Gerrach. »Waren Ihre Eltern etwa keine Nazis?«

Maler zögerte. »Nicht so einfach zu sagen bei mir.«

»Auch was Schlimmes dabei?«, fragte Breitmann. »Reden Sie nur. Gegen uns haben Sie eh keine Chance.« Er kicherte.

»Ich wurde adoptiert. Ich kenne meine Eltern nicht. In der Familie meines Pflegevaters waren ein paar Hitlerjungen dabei, mehr wohl nicht.« Maler war die Lust auf dieses Gespräch vergangen, er hatte überhaupt keine Lust mehr. Seine Beine fingen an zu kribbeln. Er wäre so gerne aufgestanden. Aber er konnte nicht gehen, er musste noch nach dem anderen Mann fragen, nach Christian Senne, das war der eigentliche Grund, warum er hier war. Maler hörte sich sagen: »Noch einmal zurück zu Wolfgang von Kattenberg. Was wissen Sie über sein Verschwinden?«

»Ich war noch nicht fertig.« Maria von Gerrach klang nicht mehr gereizt. Eher genüsslich, nach dem Motto: Jetzt hören Sie mir erst mal zu. »Kinder wie wir haben drei Möglichkeiten, mit dieser Geschichte umzugehen. Die erste ist die von der Gesellschaft akzeptierte und erwartete: Man wirft sich in den Staub, man entschuldigt sich für die bösen Eltern, man verzweifelt am Schicksal. Wer sich so verhält, verhält sich politisch korrekt.«

»Ich habe noch nie verstanden, für was ich mich entschuldigen soll. Dass mich meine Mutter geboren hat?«, sagte Walter Breitmann.

»Zweite Möglichkeit«, fuhr Maria von Gerrach fort, »man verteidigt den Vater. Er sei anders gewesen, als alle sagen. Man sagt: Ich habe ihn anders erlebt, zu mir war er anders. Großer Aufschrei der Gesellschaft. Wie kann man nur ein Monster achten, ja sogar lieben? Die Folge: Man wird geächtet, ausgeschlossen, verachtet.«

Breitmann sagte: »Herr Kommissar –«

Aber Frau von Gerrach redete bereits weiter: »Die dritte Möglichkeit haben die vier Kattenbergs gewählt. Sie sind verschwunden, haben vermutlich anderswo neu angefangen, mit einer neuen Identität. Das kennt jeder von uns Nazi-Kindern, die Sehnsucht, jemand anderes zu sein. Die Frage ist nur, ob es wirklich eine Lösung ist. Ich glaube, nein. Aber das fragen Sie besser die Kattenbergs.«

»Wolfgang von Kattenberg kann ich leider nicht mehr fragen. Ich verstehe immer noch nicht, wie ein solches Verschwinden funktioniert«, sagte Maler.

»Aber Herr Kommissar«, rief Walter Breitmann, »jetzt tun Sie aber arg naiv! Ihr von der Polizei macht das doch auch. Heißt es nicht Zeugenschutzprogramm? Man siedelt jemanden um in ein anderes Leben. Und die Kattenbergs haben das selbst übernommen. Ist übrigens nicht strafbar, Herr Kommissar, ein anderer Mensch zu werden. Oder?«

»Es geht mich nichts an, aber Ihre Gelassenheit finde ich doch erstaunlich«, sagte Maler. »Darf ich Sie beide fragen, warum Sie sich nicht erkundigen, wie Wolfgang von Kattenberg ermordet wurde und vielleicht, warum? Interessiert Sie das gar nicht?«

»Wir sind keine neugierigen Menschen«, antwortete Maria von Gerrach.

»Ich würde tippen, dass es um Geld ging«, sagte Breitmann.

»Was meinen Sie?«, fragte Maler.

»Es geht doch immer ums Geld«, sagte Breitmann. Und fuhr fort: »Da ist noch etwas, das die Nazi-Kinder unterscheidet, was Maria vorhin noch nicht genannt hat: Es gibt die Reichen und die Armen. Die Reichen haben es geschafft, das Geld aus dem Dritten Reich zu retten, die Armen haben das nicht geschafft. Die von Kattenbergs sind sehr reich, bis heute. Ich zum Beispiel bin arm, man könnte sagen: mittellos. Deshalb bringt mich auch niemand um.« Er kicherte.

»Mittagessen im Käfer – so mittellos sieht das hier nicht aus«, sagte Maler.

»Maria zahlt, immer«, antwortete Breitmann. »Ich will Sie nicht mit meinem Lebenslauf langweilen. Aber ich habe nie einen Beruf gelernt, nie eigenes Geld verdient. Das Einzige, was ich habe, ist ein Spendenkonto. Anhänger meines Vaters, alte und junge, zahlen auf dieses Konto ein, mal anonym, mal mit Namen. Es ist nicht viel, Herr Kommissar, keine Sorge, aber es ist das einzige Geld, was ich habe. Wenn Sie so wollen, bezahlen Nazis meinen Unterhalt. Schlimm, Herr Kommissar?«

»Das müssen Sie schon selbst wissen«, sagte Maler.

Es entstand eine Pause. Die Kellner hatten den Tisch längst abgeräumt.

»Frau von Gerrach«, sagte Maler, »Sie sprachen vorhin von den drei Möglichkeiten, die Leute mit Ihrer Familiengeschichte haben. Sie haben für sich also den ersten Weg gewählt?«

Walter Breitmann startete wieder sein Kichern.

Maria von Gerrach sagte: »Walter und ich machen das so: Wir bieten eine Oberfläche, auf der sagen wir politisch Korrektes, dass sich das Dritte Reich nie wiederholen darf, solche Sachen. Und was wir wirklich denken, behalten wir für uns, und zwar wirklich für uns. Wir glauben nämlich, dass unsere Geschichte nur einer versteht, der auch eine solche Geschichte hat. Und genau deshalb sind die Nazi-Kinder eine verschworene Gemeinschaft, ob sie wollen oder nicht.«

»Fluch und Segen«, kicherte Breitmann.

»Und deshalb wissen Sie beide auch so gut Bescheid über das Leben der anderen Nazi-Kinder?«, fragte Maler.

»Ja, deshalb, weil es unser Leben ist«, sagte sie. »Wir sind eine ziemlich große Gruppe. Wir feiern Geburtstage zusammen, Taufen der Kinder, wir sehen uns bei Abiturfeiern und bei Beerdigungen. Und wir bleiben unter uns. Keiner spricht darüber, was wir tun.«

Maler schaute die beiden an, ihre Gesichter, und sie fingen an zu verschwimmen, sie verzerrten sich, wurden zu Grimassen. Maler wusste nicht mehr, wo er hinschauen sollte. Die Halluzinationen, dachte er, bitte nicht jetzt … Die Gesichter der Alten wurden zu Horrorfratzen, unterstützt vom Grinsen der Maria von Gerrach, flankiert vom Dauergekicher Walter Breitmanns. Für einen Moment dachte Maler, er würde ohnmächtig. Wurde er ohnmächtig?

Ein paar Stunden später auf dem Balkon seiner Wohnung war August Maler eingenickt. Ein paar Minuten – oder länger? Jedenfalls hatte er diese schrecklichen Gesichter vor sich. Ein Albtraum. Nein, es war doch real gewesen, er hatte doch vor ihnen gesessen. Er hatte mit ihnen über Christian Senne geredet, über dessen Hass auf seinen Vater. Er hatte gefragt, was er hatte fragen wollen. Kein Albtraum. Realität. Oder gehörte das eine zum anderen? Durch das offene Balkonfenster hört er die Kinder spielen.

Realität. Er schaute auf die Uhr, sieben Uhr abends, die Luft war grau und warm, es hatte aufgehört zu regnen. Maler hatte Angst. Er hatte das Gefühl, seine Angst sei größer geworden, seit er die Tabletten abgesetzt hatte, die meisten wenigstens.

Es war gut, dass jetzt die Balkontür aufging und Inge kam. »Na, Herr Kapitän, alles okay?«, fragte sie. Sie nannte ihn oft Kapitän, was ihm gefiel, meistens wenigstens.

»Bin gerade eingeschlafen. Horror. Die Gesichter der beiden Alten sind mir erschienen, wie in der Geisterbahn.«

»Von meinem Tisch aus sahen die zwei freundlich aus, wie zwei nette alte Leute«, sagte Inge. Sie war mitgekommen, hatte drei Kaffee und eine große Flasche Wasser getrunken, und ein Stück Kuchen hatte sie auch gegessen. Sie hatte ein guter Gast sein wollen, nicht auffallen.

»Nein, das sind keine netten Leute, das versichere ich dir. Die zwei sind das Grauen.«

»Ich habe jetzt die ganze nächste Woche freigenommen. Ging problemlos. Jetzt bin ich dein Chauffeur.«

»Danke dir, Inge.« Maler griff nach ihrer Hand. Er sagte ihren Vornamen nicht oft, immer nur, wenn es ihm wichtig war, und dann auch nur, wenn er etwas Freundliches sagen wollte.

»Also, der Plan ist: Wir fahren als Nächstes zu diesem Christian Senne nach Niederbayern. Wie heißt der Ort?«

»Oberhaselbach«, sagte Maler. »Muss ein ganz kleines Nest sein, nur Hausnummern, keine Straßennamen.«

»Was wird das für ein Typ sein, dieser Senne?«

»Gespannt bin ich auf den. Du hättest sehen sollen, wie die beiden heute Mittag zur Salzsäule erstarrt sind, als ich seinen Namen nannte. Frau Gerrach nannte ihn den Teufel schlechthin.«

»Was weißt du über ihn?«

»Praktisch nichts. Er ist der Sohn von einem der Männer, die Auschwitz organisiert haben, Martin Senne hieß er. Christian Senne hasst seinen Vater, hat sogar einen Film über ihn gemacht, eine bittere Abrechnung, ein Dokument voller Hass und Wut, sehr obszön soll es auch sein. Breitmann sagte, Christian Senne habe sich auf ewig versündigt, so dürfe man mit seinem Vater nicht umgehen. Da habe ich ihn doch kurz gefragt, ob nicht Millionen Tote die größere Sünde sind. Darauf hat er nur den Kopf geschüttelt.«

»Hast du irgendeine Vorstellung, was Senne mit dem Tod von Rainer zu tun haben kann?«, fragte Inge.

»Nein, gar keine. Vielleicht wird Tretjak bald mehr sagen. Er hätte eigentlich schon anrufen sollen«, er sah auf die Uhr. »Im Moment bin ich nichts als eine Marionette«, sagte er und lächelte. »Ich tue, was befohlen wird.«

Für einen Augenblick wusste Inge Maler nicht, was sie sagen sollte. Sie entschied sich auch für ein Lächeln. »Bleibst du noch ein bisschen draußen?«

»Ja, noch ein bisschen.«

Sie strich ihm übers Haar und öffnete die Balkontür. »Bis später.«

»Du musst mir was versprechen«, sagte Maler. »Du musst mir in den nächsten Tagen sagen, was real ist und was nicht. Was Wirklichkeit ist und was mein Wahn, ja?«

»Wird gemacht, Herr Kapitän.«

Maler saß noch eine lange Weile auf dem Balkon. Er musste an Gritz denken. Rainer war einer gewesen, der immer da gewesen war. Maler spürte den Schmerz des Verlustes, jetzt spürte er ihn. Rainer war nicht mehr da. Rainer war ein Freund gewesen. Über Freunde denkt man nicht nach, hatte Maler immer gesagt, sie sind einfach da. Aber über tote Freunde denkt man nach, dachte er. Was für ein Grauen. Rainers Tod. Albtraum und Realität.

3

Der Brief

Sie lief wie betäubt durch die Landschaft. Es stimmte nicht, dachte sie, dass der Wind unsichtbar ist. Man musste ihn nur sichtbar machen. Hier hatten die Pinien diese Aufgabe übernommen. Wer vor ihnen stand, dachte nur ein Wort. Und es war nicht das Wort »Baum«, sondern das Wort »Wind«. Jahrzehnte hatte der Wind gebraucht, um seine Form in diese Bäume hineinzudrehen, hineinzumassieren. Deshalb konnte man ihn jetzt sehen.

Im Grunde verhielt es sich bei den Teilchen der Materie so ähnlich, fand Sophia Welterlin. Man musste sie sichtbar machen, und man konnte sie auch sichtbar machen. Früher hatte man sie durch Nebelkammern geschickt und ihre Bahn an einem Kondensstreifen verfolgen können wie bei einem Flugzeug am Himmel. Heute wurden die Bausteine der Welt in großen Datenmengen sichtbar, man konnte sagen, in den Bildern, die große Rechner malten – mit den Farben der Messergebnisse aus den Experimenten.

Betäubt von der Droge Zeit, das war sie. Weil sie hier

ihre Kindheit riechen konnte, weil sie sich für Sekunden fühlte wie damals im Urlaub mit ihren Eltern. Aber auch weil sie ihren Vater hier sah, in der gleichen Kulisse, ihren Vater, der so alt geworden war, aber immer noch dieselbe Badehose trug wie vor vierzig Jahren. Wieso alterten Badehosen nicht? Ihr Vater behauptete, dass der rothaarige Brocken von Mann, der in der Küche stand, der kleine Bub von damals sei, der tagelang mit einem Dreirad und ernster Miene im Eingangsbereich der Pension auf und ab gefahren war. Ihr Vater war glücklich. Glücklich, wieder hier zu sein, glücklich, mit seiner Tochter Zeit zu verbringen. Spürte er die Nähe des Todes nicht? Oder hatte er einfach keine Angst davor?

Schon am zweiten Tag in der Bucht von Baratti hatte sie angefangen aufzuschreiben, was sie Tretjak hatte sagen wollen, bevor die Polizei kam. Ihren Laptop hatte sie ihm ausgehändigt, deshalb schrieb sie auf einem linierten Schreibblock, den man ihr hier gegeben hatte. Eigene Briefbögen hatte die kleine Pension »Aurora« nicht. Sie schrieb abends, in der Stunde vor dem Essen, saß in ihrem Zimmer, blickte über das Meer. Jeden Abend wanderten diverse Seiten des Blockes zerknüllt in den Papierkorb. In immer neuen Versuchen näherte sie sich der Wahrheit, merkte immer wieder, wie schwer es ihr fiel, Gedanken nicht nur zu formulieren, sondern sie überhaupt zuzulassen. Mit welchen Worten fing man an? Es gab so viel zu erklären. Mal nahm sie für ihr Geständnis den Anlauf über die Welt der Wissenschaft. Dann erklärte sie Tretjak, wie groß die Konkurrenz unter den Forschern war, dass es hinter der noblen Attitüde oft richtige Kämpfe gab, erbittert ausgefochten, mit widerwärtigen Mitteln, sie schrieb, dass man selbst davon erfasst werden konnte, ehe man es sich versah ...

Ein anderes Mal versuchte sie es über die Krankheit ihres Professors. Sie schrieb, dass depressive Menschen einem leidtun mussten, weil sie arm dran waren, dass sie aber deshalb noch keine sympathischen Menschen waren, nur weil sie diese Krankheit hatten ... Auch dieser Versuch landete im Papierkorb.

Sie hatten einen kleinen Fiat Panda gemietet, ihr Vater und sie. Abends fuhren sie meistens die schmale Teerstraße zum anderen Ende der Bucht, wo ein neues Restaurant mit großer Terrasse stand. Die Straße folgte der sichelförmigen Bucht, man blickte während der kurzen Fahrt direkt auf den Sonnenuntergang. In dem Restaurant bestellten sie Linguine mit Hummer oder gegrillten Fisch, tranken Wein und redeten über ihre Familie, über eine neugeplante Seilbahn in Zermatt oder den amerikanischen Präsidentschaftswahlkampf. Aber natürlich schweiften ihre Gedanken immer wieder ab. *Fass die Vergangenheit nicht an* ... Wer steckte dahinter? Wer wusste so viel über sie, dass er so mit ihr spielen konnte? Dass er nachts in ihre Wohnung spazieren konnte? Wie vielen Menschen hatte sie je von ihrem Hund Schubert erzählt? Von ihrer Tochter, die sie nach der Geburt weggegeben hatte? Und vor allem: Was bezweckte die Person? Das Ende ihres Experimentes am CERN? Wirklich nur das?

Später an den Abenden, in ihrem Zimmer, wo der Schreibblock auf dem Tisch lag und die Müdigkeit nicht kommen wollte, beamte sich Sophia Welterlin 25 Jahre zurück. Die junge Physikerin, gerade fertig mit dem Diplom, Assistentin des großen Professors Sennlaub, ihres Doktorvaters. Die Arbeiten zur Identifizierung der Quarks und ihrer Eigenschaften, Versuche, die Dunkle Materie zu erklären. Sophia Welterlin Tag und Nacht am Rechner, damals noch mit komplizierten Programmiersprachen, vergraben in Fachliteratur, damals noch ohne Internet. Und der große Professor? Immer wieder abgetaucht, verschwunden, tagelang, ohne Erklärung. Zuerst hatte sie gedacht: ein Alkoholproblem. Dann hatte sie gedacht: Kokain, gerade die ganz große Modedroge, kam aus der Werbung in die Wissenschaft. Dann war sie sicher: Rotlicht, Frauen. Sogar an eine tropische Krankheit hatte sie mal geglaubt, er hatte von Reisen nach Afrika erzählt. Oder Aids? Fast ein Jahr hatte es gedauert, bis sie begriffen hatte: Professor Dr. Sennlaub war psychisch krank, er stand unter schweren Medikamenten, musste immer wieder stationär in die Klinik. Der Mann, mit dem sie damals zusammen war, sagte ihr immer: Du darfst dich nicht so ausbeuten lassen, das ist alles deine Arbeit, und am Ende wird er sich damit schmücken ...

Am fünften Abend in der Bucht von Baratti schrieb sie den Brief an Gabriel Tretjak in einem Rutsch. Er geriet gar nicht besonders lang, zwei Seiten. Und endete mit der Feststellung: »Ich habe dafür gesorgt, dass Sennlaubs Zustand publik wurde, seine schwere psychische Erkrankung, seine Klinikaufenthalte. Ganz bewusst habe ich das getan, über mehrere Kanäle. Ich habe sogar Worte wie Schizophrenie ins Spiel gebracht, das klang noch schlimmer als Depressionen. Und damals war eine andere Zeit. Sennlaub wurde sofort beurlaubt, kurz vor dem großen Kongress. Zuerst sollte sein Auftritt einfach entfallen, aber dann habe ich dort referiert. Der Start meiner Karriere, ohne Zweifel. Ja, Professor Sennlaub war schon vorher suizidgefährdet. Aber ich bin trotzdem sicher, dass es meine Schuld ist, dass er sich das Leben genommen hat.«

Sophia Welterlin steckte den Brief in einen neutralen Umschlag. Seit sie hier war, hatte sie schon mehrmals vergeblich versucht, Tretjak zu erreichen. Auch jetzt ging er nicht ans Telefon, als sie fragen wollte, wohin sie ihren Brief schicken sollte. Schließlich schrieb sie ihre eigene Adresse auf den Umschlag, Rue Mantour, Genf. Der Regler las ja ohnehin ihre Post. Sie gab den Brief an der kleinen Rezeption ab und ging nach draußen.

Ihr Vater stand schon neben dem Fiat, wartete auf sie und schaute ein paar Jungs zu, die am Strand in der Abendsonne Fußball spielten. Er trug ein grün-blau gestreiftes Poloshirt, Khakihosen und eine Sonnenbrille. Gut sah er aus.

4

Die Telefonnummer

Es war der Schmerz, der ihn zu seinem Arzt getrieben hatte, zu Bruno Delgado, der mehr ein Freund als ein Doktor für ihn war. Ein Schmerz, der eine eigene Dimension hatte, den er mit nichts vergleichen konnte, was ihm vorher an Schmerzen begegnet war. Es musste um die Mittagszeit gewesen sein, er war wohl schon eine Stunde wach gewesen, als der Schmerz gekommen war. An den Armen hatte es angefangen, war zu den Beinen hinuntergezogen, wieder hoch, dann war es überall. Ein paar Sekunden nur, dann war es vorbei. Aber es hatte ausgereicht, dass er am Boden lag, gekrümmt. Es hatte sich angefühlt, als wäre heißes Öl durch seinen Körper gelaufen.

»Wie heißes Öl?«, fragte Delgado. »Klingt nicht gut. Du siehst schlecht aus, noch schlechter als sonst.« Normalerweise hätte er gelacht nach einem solchen Satz, doch diesmal sagte er: »Wir nehmen dir Blut ab, dann gehst du einen Stock tiefer zum Röntgen, und wir machen noch ein EKG. Dann setz dich in ein Café, und in zwei Stunden bist du wieder hier, und wir schauen uns zusammen die Ergebnisse an.«

Die kleine Privatklinik lag im Stadtteil Palermo Soho, einer der angesagtesten Gegenden von Buenos Aires. Er kannte die Straßen um die Plaza Serrano wie kein anderer, er kannte jeden Club, jedes Hinterzimmer, jede Sauerei, die hier veranstaltet wurde, und hier wurden verdammt viele Sauereien veranstaltet. Er liebte den Zustand, berauscht, betäubt, bewusstlos durch die Nacht zu ziehen, durch die Nächte, und sich am nächsten Morgen nur an wenige Bilder erinnern zu können. Diesmal tauchte die kleine Blonde vor ihm auf. War sie dreizehn gewesen? Eher jünger.

Er setzte sich in ein Café, erster Stock, mit Blick auf den kleinen Platz, der tagsüber so friedlich aussah. Die Sonne schien. Er bestellte ein Wasser und trank es nicht. Er konnte gar nichts zu sich nehmen. Vorhin auf der Treppe hatte er gedacht: Der Schmerz kommt wieder, es geht wieder los. Die Hand war heiß geworden, doch dann war es gleich wieder vorbei gewesen. Gott sei Dank. Das hatte er tatsächlich gedacht: Gott sei Dank. Wobei Gott für ihn nun wirklich keine relevante Dimension darstellte. Auf was man nicht alles kam, wenn man die Not spürte.

Als er wieder ins Vorzimmer von Bruno Delgado kam, sagte die Sprechstundenhilfe: »Herr Tretjak, Sie können gleich reingehen, der Doktor wartet schon auf Sie!«

Delgado saß hinter seinem Schreibtisch, er setzte sich ihm gegenüber. Er mochte Delgado vor allem deswegen, weil er der einzige Arzt war, den er kannte, der viel trank, viel rauchte und alle Drogen der Welt nahm, immer mit dem Zusatz: »Ich bin Arzt, ich kann das. Man braucht nur das richtige Gegenmittel, und dafür bin ich Arzt geworden.« Delgado redete viel, eigentlich ununterbrochen. Diesmal schwieg er.

»Komm, sag was. Wie ist die Lage?«, fragte der Mann, der hier Tretjak hieß.

»Die Lage ist sehr schlecht. Mehr als das: Sie könnte nicht schlechter sei. Gabriel, ich habe wirklich überlegt, wie ich dir das sagen soll.«

»Was willst du mir sagen?«

»Du wirst sterben. Und zwar unfassbar schnell. Du wirst sterben. Wahrscheinlich heute noch. Gabriel, du lebst nur noch ein paar Stunden.«

Wie bitte? Was hörte er da? Sterben? Er? Er hatte das Gefühl, sich in einen Zuschauer zu verwandeln. So war das also, wenn einem jemand sagte, du stirbst. In seinem Kopf ging alles durcheinander. Ich. *Ich. Wirklich ich.* Kein anderer. Dann fragte er: »Was ist das denn für eine Krankheit?«

»Du hast keine Krankheit. Du bist vergiftet worden. Dramatisch vergiftet. Ich schätze vor zehn Stunden etwa, mitten in der Nacht also.«

»Vergiftet?«

»Ich vermute, du hast eine Kapsel geschluckt, in der die andere, die Giftkapsel, drin war. Erinnerst du dich an irgendwas?«

»Bruno, du kennst mich. Gestern war 'ne harte Nacht. Ich habe im Lauf der Stunden bestimmt zehn Pillen eingeworfen. Ich erinnere mich doch nicht mehr an jede einzelne.«

Delgado stand auf. »Das ist kein Partygift, das hier ist nicht zufällig passiert. Du hast ein Höllengift bekommen, ein militärisches Kampfgift. An solches Zeug kommt kein Drogendealer ran. Du weißt, ich habe mich mit so etwas viel beschäftigt. Mit dem Zeug werden Leute gefoltert, bis sie es nicht mehr aushalten und alles verraten. Dafür reichen schon Spuren von diesem Gift aus, und du hast eine Überdosis bekommen. Das ist ein Mordanschlag.«

»Was ist da drin in dem Gift?«, fragte Tretjak.

»Ich verstehe nicht: Was meinst du?«

»Ist das 'ne Art Säure?«

»Ja. Das trifft es ziemlich genau.«

»Ich habe heute Morgen eine SMS bekommen, ich habe sie null verstanden.« Er zog das Handy aus seiner Jeans und gab es dem Arzt. »Da, schau mal.«

Die SMS lautete: *Lieber Herr Katt. Das ist die Formel Ihrer Säure. Klingt ganz harmlos, oder?* Es folgte eine Kette chemischer Zeichen und Zahlen. Und am Ende stand: *Schönen Tag.*

Delgado schüttelte nur den Kopf: »Wer macht so was?«

»Ich habe keine Ahnung.«

»Was soll das mit dem *Herrn Katt*?«

»Erzähl ich dir vielleicht ein anderes Mal. In Wirklichkeit bin ich ... O Mann«, er wischte mit den Händen über sein Gesicht. »Wie geht es jetzt weiter, Bruno?«

Delgado setzte sich wieder hin. Er legte einen Revolver auf den Tisch. »Wenn ich dir einen Rat geben darf, als Freund: Erschieß dich. Und zwar bald. Du hast noch zwei, drei Stunden, dann gehen die Schmerzen richtig los. Wir können kaum was dagegen tun. Morphium zum Beispiel würde die Wirkung der Säure noch verstärken. Nach deinen Blutwerten zu schließen, haben deine Leber und Niere bereits aufgehört zu arbeiten. Du hast nach der Lage gefragt. So ist die Lage.«

Der Mann stand auf, ging zur Tür, den Revolver hatte er eingesteckt.

»Hast du jemanden, den du anrufen kannst?«, fragte Delgado.

Er zuckte mit den Achseln.

»Du kannst auch hierbleiben«, sagte Delgado, »das weißt du.«

Als er auf der Plaza Serrano stand, schossen die Gedanken durch seinen Kopf. Herr Katt. Herr von Kattenberg, sein alter Name. Peter von Kattenberg. Wie lange er diesen Namen nicht mehr an sich herangelassen hatte. Es hatte ihm immer gute Laune gemacht, dass er in Wahrheit sechs Jahre jünger war als in seiner neuen Existenz in Argentinien. Er hatte einen Joker, hatte er immer gedacht. Sechs Jahre Joker. Und jetzt?

Hast du jemanden, den du anrufen kannst? Familie? Fehlanzeige. Lebten seine Eltern noch? Er wusste es nicht. Auch egal. Das war eine Bedingung gewesen: keine Nachrichten aus dem alten Leben. Der Regler hatte die Bedingungen formuliert. Er nannte ihn so, den Regler, schon wegen der Namen, damit man nicht durcheinanderkam. Seine Ansage war gewesen: Dein altes Leben gibt es nicht mehr. Wenn du im neuen Leben ein Problem hast, melde dich, das lösen wir. Er nahm sein Handy in die Hand, rief die Nummer von Mario auf. Mario war der kleine Regler in Buenos Aires. Er hatte ihn oft angerufen.

»Hier ist Gabriel.«

»Mann, wo bist du? Wir suchen dich wie verrückt.«

Er schilderte ihm in wenigen Sätzen die Lage. Schweigen am Ende der Verbindung. »Wir müssen uns treffen«, sagte er schließlich zu Mario, »sofort.«

Er ging in das Café zurück, nahm aber dieses Mal gleich

an der Tür Platz. Er bestellte eine Flasche Wasser und einen Kaffee.

Die Kellnerin fragte, ob alles in Ordnung sei.

»Ja, ja«, sagte er, »alles in Ordnung.«

Seine Hände begannen wieder heiß zu werden.

Gibt es jemanden, den du anrufen kannst? Marcella fiel ihm ein. Marcella. Vielleicht die einzige Frau, die ihm jemals wirklich etwas bedeutet hatte, vielleicht der einzige Mensch überhaupt. Ein Theater hatten sie zusammen gründen wollen, große Pläne hatten sie gehabt. Letztlich hatte ihre Liebe nur ein paar Monate gedauert. Eines Morgens, kurz nach dem Aufwachen, hatte sie Schluss mit ihm gemacht. Einfach so. ›Wir passen einfach nicht zusammen‹, hatte sie gesagt. ›Gabriel, lebe du dein Leben, und ich lebe meins, tschüs.‹ Sie hatte wahrscheinlich nie verstanden, wie sehr sie ihn verletzt hatte. Das kleine Theater hatte sie dann allein eröffnet. Er war nie dort gewesen, hatte sich nie wieder bei ihr gemeldet. Man konnte nicht gerade sagen, dass er ein großer Kämpfer war.

Er hatte noch rund eineinhalb Millionen amerikanische Dollar auf der Bank. Vier Millionen waren es mal gewesen. Marcella sollte das Geld erhalten, alles. Alleinerbin Marcella, die Frau mit dem schönsten Busen der Welt. Mal sehen, dachte er, wie sie wohl damit klarkommen wird, reich zu sein.

Kurz nachdem sich Mario an den Tisch gesetzt hatte, versuchte er, den Regler auf dem Handy zu erreichen. Vergeblich. Kopfschüttelnd steckte er das Telefon weg. In diesem Augenblick kamen die Schmerzen wieder, und der Mann, der sich auch Tretjak nannte, brach schreiend zusammen. Es herrschte große Aufregung, der Notarzt wurde gerufen, Tische wurden zusammengestellt, damit man ihn hinlegen konnte. Als er sich auf den Tischen wieder zusammenkrümmte, kam die zweite SMS auf sein Handy: *Lieber Herr Katt. Rufen Sie doch mal diese Nummer an: 00 31 – 64 05 45 89. Es wird Sie überraschen. Schönen Tag noch.*

Es war das Letzte, was Peter von Kattenberg in seinem Leben tat: Er las die SMS und gab Mario das Handy. Dann blickte er zur Seite und sah, dass der Notarzt einen gelblichen Fleck auf seinem Kittel hatte. Ekelhaft.

5

Im Haus Nummer 8½

Oberhaselbach war ein winziges Dörfchen in Niederbayern, zwischen den Kleinstädten Straubing und Landshut. Es wurde umrahmt von Mittelhaselbach und Unterhaselbach. Alle drei zusammen hatten knapp vierhundert Einwohner. Die Häuser, einige davon Bauernhäuser mit Balkonen voller roter Geranien, gruppierten sich um eine beachtlich große Kirche. Es gab Straßen, aber keine Straßennamen, nur Hausnummern: Oberhaselbach 1, Oberhaselbach 1 ½, Oberhaselbach 2, Oberhaselbach 2 ½. Die halben Nummern gab es wohl, damit die Nummern insgesamt nicht zu hoch wurden. Überhaupt schien Oberhaselbach kein Ort für besondere Extravaganzen zu sein. Man setzte hier auf den Gemeinsinn. Es gab einen Schützenverein, einen Burschenverein und eine Freiwillige Feuerwehr. Es war nicht schön hier, das würde keinem einfallen. Aber das Wort Idylle drängte sich geradezu auf. Klein, beschaulich – musste das nicht idyllisch sein?

August Maler dachte an eine Erzählung des russischen Schriftstellers Leo Tolstoi, die sich darum drehte, dass kein

Papier der Welt ausreichen würde, vollständig und genau aufzuschreiben, was in einem Menschen an einem einzigen Tag vorging. Vermutlich passierte selbst in einem Ort wie Oberhaselbach hinter den Hausmauern eine ganze Menge, Banales, aber auch Gewichtiges. Zum Beispiel im Haus Nummer 8 ½. Ein stattliches Einfamilienhaus mit Garten. Ein grüner Rasen, noch durchnässt vom Regen der letzten Tage. Eine Hollywoodschaukel ohne Polster. Ein Stall mit zwei, drei Kaninchen. Ein Apfelbaum, einige Blumen, einige Pflanzen, allesamt gelb. Konnte man einem Haus das Glück oder das Unglück darin von außen ansehen?

August Maler drückte an diesem späten Montagmorgen die Klingel am Haus Nummer 8 ½, und erst einmal tat sich nichts. Maler drückte wieder. Funktionierte die Klingel nicht, oder war niemand da? Doch dann öffnete sich die Tür, und eine rundliche Frau tauchte auf.

»Ja, bitte«, sagte sie überraschend freundlich, in bayrischem Ton. »Was kann ich für Sie tun?«

»Ich würde gerne Herrn Christian Senne sprechen.«

»Und um was geht's, bitte?«, fragte sie.

»Mein Name ist Maler. Ich bin von der Polizei, Mordkommission.« Er hob seinen Ausweis in die Höhe, einen Ausweis, der vor sieben Monaten abgelaufen war.

»Und was wollen Sie von meinem Mann?«

»Komplizierte Geschichte. Darf ich reinkommen?«

»Natürlich, entschuldigen Sie. Kommen S' rein.«

Ein langer Flur mit ein paar Bildern an der Wand. Naive Malerei nannte man das wohl. Kühe, grüne Wiesen, solche Sachen. Eine großräumige Küche mit Esstisch, er würde sagen, Landhausstil. Maler musste sich immer zwingen, auf Wohnungen und Inneneinrichtungen zu achten. Rainer Gritz war darin immer ein Meister gewesen. Er war in ein Wohnzimmer gekommen und hatte sofort gewusst, wie es um die Leute finanziell stand. Manchmal war es das abgenutzte Sofa gewesen, aber auch mal eine sündteure Kuckucksuhr. Die hatte über dem Esstisch eines Zollbeamten gehangen. Gritz war aufgefallen, dass sie sehr edel restauriert worden war, unter anderem mit einem speziellen italienischen Lack. Und das konnte sich ein Zollbeamter mit 1600 Euro Monatsgehalt leisten?

Malers Sache waren immer die Menschen. Er brauchte nur ein paar Blicke, um zu erkennen, was mit Frau Senne los war. Er sah den Alkohol in ihrem Gesicht, die aufgequollene Haut, die wässrigen Augen. Er sah die Angst. Wobei Inge immer sagte: Du siehst überall die Angst. Er fragte sich, ob Frau Senne immer schon so dick gewesen war. Er hätte gewettet, dass sie früher schlanker war und attraktiv. Annabel Senne fragte ihn, ob er eine Tasse Kaffee trinken mochte. Ohne Kaffee sei für sie ein Morgen kein richtiger Morgen, sagte sie. Maler sah das Zittern unter der Freundlichkeit. Er sah sie vor sich, diese Frau und ihre Weinkrämpfe, die sie schon seit längerem begleiteten.

»Ist Ihr Mann da?«, fragte Maler.

»Nein.« Annabel Senne stand am Herd, mit dem Rücken zu ihm. Sie drehte sich nicht um. »Mein Mann ist tot. Sie müssen entschuldigen, dass ich das erst jetzt sag. Ich möcht nicht Ihre Zeit verschwenden.«

»Tot? Um Gottes willen. Ich muss mich entschuldigen. Ich hatte keine Ahnung.«

»Mein Mann ist vor drei Wochen gestorben. Er wollte, dass es keiner erfährt. Ich war alleine auf seiner Beerdigung. Ich und ein Pfarrer. Auch das wollte er. Wissen S', mein Mann hat die Menschen nicht gemocht. Er hat sie gehasst, die Menschen.«

»Darf ich fragen, woran er gestorben ist?«

»Leukämie. Blutkrebs. Eine Krankheit, die zu meinem Mann passte. Er hat selbst mal g'sagt: ›Irgendwann sterbe ich an meinem eigenen Blut.‹«

Maler schwieg.

»Sagen Sie mir trotzdem, was Sie von ihm wollten?«

Maler erzählte ihr von dem Verschwinden der vier von Kattenbergs, dass zwei von ihnen tot waren, der eine am Münchner Flughafen gefunden in seinem ausgebrannten Flugzeug. Der andere von einem Mähdrescher überfahren in England. Er erzählte ihr auch von seiner Begegnung mit den Nachfahren Breitmanns und von Gerrachs – und wie sehr sie Christian Senne verachtet hatten. »Ich wollte von Ihrem Mann wissen, was er von den von Kattenbergs weiß und ob er sich vielleicht vorstellen kann, wer ihnen nach dem Leben trachtet.«

»Da kann ich Ihnen leider nicht helfen«, sagte Annabel Senne. »Mir ist das alles in den letzten Jahren zu viel geworden. Ich habe ihm g'sagt, er soll mich mit seiner Vergangenheit in Ruh lassen. Wissen Sie, als ich meinen Mann vor dreißig Jahren geheiratet hab, war klar, wie sehr ihn seine Familiengeschichte bedrückt. Vielleicht hab ich mich sogar deshalb in ihn verliebt, seine Wut, seine Art, mit seinem Schicksal umzugehen. Sein Vater war ja nicht irgendein Nazi, der war ein Schlächter, ein Folterer, ein verlogenes Schwein, der war ja alles zusammen. Aber die Wut wurde mit den Jahren immer schlimmer, sie hat angefangen, meinen Mann zu zerstören, und mich auch. Als ich ihm gesagt hab, ich mag es nicht mehr hören, als ich es ihm jeden Tag gesagt hab, hat er mich eines Tages angeschaut und gesagt: ›Na gut.‹ Von da an hat er davon geschwiegen. Und wir zusammen haben auch geschwiegen.«

»Haben Sie Kinder?«, fragte Maler.

»Nein. Er wollte keine. Er hat gesagt, mit seinem Namen muss Schluss sein. Er wollte sein Geschlecht ausmerzen, solche Sätze hat er gesagt. Ich hab es akzeptiert. Hat keinen Sinn, darüber nachzudenken, jetzt schon gar nicht mehr.«

Sie sagte, sie hätten in den letzten Jahren ein sehr einsames Leben geführt, nach und nach hätten sie alle Freunde und Weggefährten verloren. »Irgendwann kam immer der Punkt, wo er nach den Konsequenzen fragte: Was machen wir alle mit unserer Schuld? Es kann doch nicht sein, dass wir alle unsere Familiengeschichten leugnen? Herr Kommissar, ich sag's Ihnen, diese Fragen hält keiner aus.«

»Der Tod eines Krebskranken ist auch für Angehörige schrecklich«, sagte Maler. »Sie haben eine schlimme Zeit hinter sich.«

»Nein«, sagte sie. Und ihr Gesicht fror ein. »Nein, gar nicht. Mein Mann ging vier Tage vor seinem Tod in die Klinik. Er sagte, er will sich mal durchchecken lassen, er fühlt sich nicht so wohl, hat er g'sagt. Ich hab ihm am Abend ein paar Sachen in die Klinik gebracht. Ich bin ins Stationszimmer und hab den Arzt gefragt, wie lange mein Mann wohl bleiben müsse. Da hat der mich ganz mitleidig angeschaut. ›Frau Senne‹, hat er gesagt, ›Sie müssen jetzt sehr stark sein. Ihr Mann ist zum Sterben hier.‹ ›Zum Sterben‹, hat er gesagt, Herr Kommissar.« Tränen schossen ihr in die Augen.

»Und Sie wussten gar nichts? Sie wussten nichts von der Krankheit Ihres Mannes?«

»Gar nichts wusste ich. Mein Mann hatte mir nichts gesagt, jahrelang. Er sagte, er hat mich schonen wollen. Und dann ging es sehr schnell. Vier Tage später war er tot.«

Auf dem Küchentisch lagen ein paar Zettel, vollgeschrieben mit Nummern und Zahlen. Hunderte von Nummern. Maler deutete auf die Zettel, um die Totenschwere dieses Gesprächs zu verlassen. »Ist das eine Art Lotterie oder Bingo, was Sie da spielen?«

»Nein, ich schreib die Nummern von Geldscheinen auf. Ein Tick. Wenn ich einen neuen Schein habe, muss ich die Nummer aufschreiben. Hab ich schon länger, ist was Zwanghaftes, glaub ich.«

»Hatte Ihr Mann ein Arbeitszimmer? Kann ich es mir vielleicht mal anschauen?«

»Ja, oben. Aber da gibt es nichts zu sehen. Mein Mann hat es ausgeräumt, bevor er ins Krankenhaus ging.«

Als Maler am Gehen war, schon in der Haustür stand, fragte er: »Haben Sie Pläne? Werden Sie hierbleiben?«

»Noch keine Pläne. Aber hierbleiben kann ich nicht. Ich weiß nur noch nicht, wohin ich soll.«

»Sie sind die Alleinerbin?«

»Ja«, sagte Annabel Senne, »aber Alleinerbin von nichts. Das Haus ist gemietet. Das Konto ist leer. Witwenrente. Sei's drum.«

»Ihr Mann hat von der Familie von Kattenberg vor etwa anderthalb Jahren 500 000 Euro erhalten, eingezahlt auf ein Schweizer Konto. Wissen Sie von dem Geld?«

Annabel Senne wusste nichts von dem Geld und nichts von dem Konto. Als Maler in seinen Wagen stieg, stand sie an der Gartentür. Er glaubte ihr, dass sie wirklich gar nichts wusste über ihren Mann.

»Wir fahren nach Straubing ins Krankenhaus«, sagte er zu Inge. Den Namen des Arztes hatte er sich aufgeschrieben. Dr. Lars Matthiessen. Ein beeindruckender Mann, hatte Frau Senne gesagt. Die Hälfte des Jahres arbeite er in der Straubinger Klinik, die andere Zeit als Arzt in Krisengebieten Afrikas. Sie habe gute Gespräche mit ihm gehabt.

Auf der Fahrt nach Straubing schilderte Maler seiner Frau die Eindrücke seines Hausbesuchs. Inge hörte sich alles an, ihr einziger Kommentar war: »O Gott, diese arme Frau.«

Maler nickte. »Ja, du siehst, es gibt Frauen, die treffen es noch schlimmer als du mit mir.« Er versuchte ein Grinsen, es misslang. Inge lachte.

Wovon er ihr nicht erzählte, waren die Zettel, die Annabel Senne mit den Nummern von Geldscheinen beschrieben hatte. Maler hatte in den letzten Wochen viel Psychologisches gelesen, die Bücher stapelten sich schon in der Wohnung. Bei Freud hatte er über Zwangsstörungen gelesen, die dieser als verzweifelten Versuch beschrieb, erfahrene Enttäuschung zu bewältigen, eine zerstörte Ordnung wiederherzustellen. Und tatsächlich hatte im Jahr 1912 eine Patientin bei ihm gesessen, die nicht aufhören konnte, die Nummern von Geldscheinen aufzuschreiben. Freud notierte, das fehlgeleitete Unterbewusstsein dieser verletzten Seele versuche, durch das Festhalten der Nummern eine Verlässlichkeit herzustellen – eine Verlässlichkeit, die sie in ihrem Leben schmerzhaft vermisste. Hätte Freud Annabel Senne helfen können?, fragte sich Maler. Und dachte dann: Was man alles so denkt, wenn der Tag lang ist.

Inge parkte den Wagen direkt vor der Klinik. »Du setzt dich hier in das Café. Ich bringe diesen Doktor hierher. Das schaffe ich schon.« Als Maler sie fragend ansah, sagte sie: »Du kannst nicht wieder in ein Krankenhaus gehen. Erinnere dich, wie es beim letzten Mal war. Du fällst mir um. Ich sage dem Doktor, wir wollen kein Aufsehen erregen, deshalb wartest du draußen.«

»Wir?«, fragte er.

»Ja, wir. Ich bin deine Assistentin, was sonst?«

Maler nahm ihre Hand und küsste sie kurz auf die Wange. Er ging in das Café und bestellte irgendetwas, von dem er wusste, dass er es ohnehin nur schwer würde trinken können, ohne es vor lauter Zittern zu verschütten.

Überraschend schnell war Inge zurück, mit Doktor Matthiessen im Schlepptau. Ein schmaler Mann, asiatisch aussehend, Maler tippte auf japanisch, zu Recht, wie sich später herausstellte. Matthiessen und Inge setzten sich.

Der Arzt sagte, er habe leider nur ein paar Minuten. »Ich muss gleich operieren.« Er hatte die Krankenakte von Christian Senne dabei und begann direkt zu referieren: »Die Leukämie-Diagnose erfolgte vor zwei Jahren. Herr Senne hat jede Behandlung abgelehnt. Er war sehr entschlossen. Da die Krankheit schon weit fortgeschritten war, konnte ich das auch nachvollziehen. Hier habe ich alles schriftlich: Seine Patientenverfügung, seine Erklärungen, dass er keine Schmerzen leiden möchte. So kam es auch. Es war ein sanfter Tod.« Matthiessen schaute auf die Uhr. »Kann ich sonst noch etwas für Sie tun?«

»Seine Frau wusste nichts von seiner Krankheit, bis kurz vor seinem Tod. Wussten Sie das?«

»Ja«, sagte Matthiessen. »Er wollte, dass niemand davon weiß. Wir sprachen viel darüber. Er wollte es so, er wollte niemanden sehen. Für die Frau war das schrecklich, ich weiß das. Das erleben wir übrigens hier im Krankenhaus nicht selten.« Er machte eine Pause. »Wir Deutschen sind nicht gut im Sterben, gestatten Sie mir diesen Ausdruck. Wir sind nicht gut im Sterben, weil wir nicht gut im Leben sind. Ich bin viel in Afrika, in den ärmsten Gegenden. Ich arbeite als Arzt dort, die Hälfte des Jahres. Die Sterbekultur ist völlig anders dort, viel, viel menschlicher. Ich könnte lange darüber reden, aber die Zeit drängt.«

»Wir wollen Sie nicht aufhalten«, sagte Maler. »Noch eine Frage, Herr Doktor: Kannten Sie die Familiengeschichte von Christian Senne?«

»Sie meinen die Sache mit dem Vater? Ja, das wusste ich. Hat er erzählt.«

»Hat er Sie auch nach Ihrer Familiengeschichte gefragt?«

»Nein, dabei wäre bei mir familiengeschichtlich durchaus etwas los. Mein japanischer Großvater hat auf Seiten der Deutschen gekämpft. In der Familie meiner deutschen Mutter gab es auch den einen oder anderen Nazi. Nein, da hat er nie danach gefragt. Herr Senne war am Ende wahrscheinlich mehr mit sich selbst beschäftigt.« Matthiessen gab Maler noch seine Visitenkarte. »Hier stehen meine Nummern. Ich bin ab nächster Woche im Kongo, aber wenn Sie noch eine Frage haben, bin ich immer zu erreichen.« Dann verabschiedete er sich.

Später fragte sich Maler, ob ihm damals schon etwas hätte auffallen müssen bei dem Gespräch mit Lars Matthiessen.

Auf der Rückfahrt nach München wurde kaum gesprochen. Auch das Radio blieb ausgeschaltet, keine Musik, keine Nachrichten. Nur einmal fragte Inge: »Hast du irgendeine Idee, warum dieser Tretjak den vier Kattenbergs seinen eigenen Namen gegeben hat? Das ist doch völlig krank!«

»Keine Ahnung«, sagte Maler. »Gabriel Tretjak ist einer, der mit dem Leben spielt, mit den Menschen. Vermutlich hat er auch schon wieder angefangen, mit mir zu spielen.« Warum meldete er sich nicht? Und antwortete auf keine Nachricht?

Maler bemerkte, dass seine Hände wieder stärker zitterten. Er sah in den Außenspiegel. Der schwarze Volvo, der einige Zeit hinter ihnen gefahren war, hatte die Autobahn verlassen. Er hatte für einen Moment geglaubt, diesen Wagen auch schon in München gesehen zu haben. Wahrscheinlich hatte er sich geirrt.

6

Der Auftrag

Der Mathematiker Gilbert Kanu-Ide kam sich vor wie in einem Albtraum. War es möglich, dass sein stinknormales, herrlich langweiliges Dasein nur 65 Stunden zurücklag? Sein Wagen schoss über den Waldweg, viel zu schnell. Und genau dafür war er nicht gemacht, der kleine alte Triumph Spitfire mit Faltverdeck, den er sich geleistet hatte, als er den Job am CERN bekommen hatte. Steine krachten von unten an das Chassis, Äste zersplitterten an den Seiten, die Blattfedern ächzten, und die Achsen schlugen bei jedem tiefen Loch hart auf den Boden. Kanu-Ide hatte größte Mühe, das alte Holzlenkrad festzuhalten. Viel, viel zu schnell. Er fuhr viel zu schnell. Aber dennoch zu langsam. Der Wagen, der ihn verfolgte, war ein Geländewagen, ein dunkelgrüner Mitsubishi, ein ähnliches Grün wie sein Triumph, fast schon absurd. Der Mitsubishi klebte an seiner Stoßstange. Es war helllichter Tag, verdammt nochmal, es war helllichter Tag! Sogar die Sonne schien, das herbstliche Licht brach durch das Laub der Bäume. Das konnte alles nicht wahr sein.

Gilbert Kanu-Ide hatte keine Ahnung, wohin der Weg führte. Als die Forstschranke auftauchte, überlegte er kurz, ob er sie durchbrechen konnte. Aber der Schlagbaum war ein massiver Holzstamm und ziemlich genau auf der Höhe seiner Windschutzscheibe. Also bremste er und kam knirschend wenige Meter vor der Schranke zum Stehen. Der Motor ging sofort aus, wie an jeder Ampel, Scheißvergaser. Der Mitsubishi stoppte direkt hinter ihm, ungefähr zwei *Millimeter* hinter ihm, der Kühlergrill schien das kleine Heckfenster im Faltdach fast zu berühren. Auch dort wurde der Motor abgestellt. Nie vorher hatte der Mathematiker Gilbert Kanu-Ide vor Angst gezittert. Er versuchte zum wiederholten Male, was er in den vergangenen Stunden schon so oft versucht hatte: den Mann anzurufen, der ihm das alles eingebrockt hatte. Seine Finger tippten blitzschnell, während seine Augen im Rückspiegel einen Mann aus dem Mitsubishi aussteigen sahen. Kanu-Ide hörte das Tuten in der Leitung, aber dieser Tretjak nahm nicht ab.

Der Mann hinter ihm hatte etwas in der Hand. Kanu-Ide sah genau, was es war, und er wusste, dass es real war, was er da sah. Es war eine Pistole, eine riesige Pistole, die dadurch noch riesiger wurde, dass vorn ein Schalldämpfer aufgeschraubt war.

Plopp.

Der Wagen ruckte, irgendetwas zischte. Kanu-Ide spürte, dass es warm wurde zwischen seinen Beinen. Das Zischen kam vom Hinterreifen. Das Warme bedeutete, dass er sich gerade in die Hose machte.

Plopp.

Der nächste Reifen, jetzt vorn. Der Mann stand neben dem Wagen und winkte mit der Waffe: aussteigen. Er sah aus wie ein Verkäufer in einem Baumarkt, dunkelblauer Arbeitskittel, graue, kurzgeschnittene Haare, graue, teilnahmslos blickende Augen hinter einer schmalgefassten Brille. »Seien Sie bloß vorsichtig«, hatte der Wissenschaftler heute Nacht zu Kanu-Ide gesagt. »Das sind unheimliche Leute, mit denen ist nicht zu spaßen, das sind Killer.« So hatte er das gesagt. Killer.

Kanu-Ide konnte den Befehl des Mannes mit der Pistole nicht befolgen. Er blieb einfach sitzen. Sein Körper gehorchte ihm nicht mehr. Und sein Gehirn, das schon so viele Probleme gelöst hatte, jedenfalls auf dem Papier, wusste nichts Besseres zu tun, als im Zeitraffer zu rekonstruieren, was geschehen war. Als suchte es nach einem Fehler in der Matrix, als wollte es die Rechnung noch mal vom Anfang durchgehen, weil das Ergebnis am Ende nicht stimmte. Nicht stimmen konnte.

Es war der Montag gewesen. Der Tag, an dem Frau Welterlin nicht erschienen war, weil sie überraschend zu irgendeinem Kolloquium reisen musste. So war es ihnen mitgeteilt worden. Aber er wusste ohnehin, was er zu tun hatte, er hatte es ja mit ihr besprochen. Herausfinden, wie viel Zeit sie am Großhirnrechner einsparen konnten, wenn sie mit den Messungen etwas später begannen, näher an t_0 herangingen, den Zeitpunkt des eigentlichen Experimentes. Der Auftrag war relativ öde, erforderte aber viel Rechnerei und präzise Ansätze. Man konnte sich nicht den geringsten Fehler leisten, keine kleinste Ungenauigkeit.

Natürlich ging es immer ein bisschen anders zu, wenn die Chefin nicht da war, laxer eben. Man stand mehr in den Gängen herum, lachte mehr, die Mittagspause geriet auch etwas länger. Und am Schreibtisch schweiften die Gedanken noch leichter ab als sonst. Er fand sie sehr sexy, die Frau Welterlin, und er wusste auch, warum. Sie erinnerte ihn an die Mutter seiner ersten Freundin. Sechzehn waren sie damals gewesen, die Mutter wohl um die vierzig, eigentlich uralt für ihn. Aber sie hatte diese Art von kurviger Figur gehabt, um die sich die Kleider auf besondere Weise legten. Ein kleiner runder Bauch, rechts und links davon zwei Täler, die sanft abfielen und sich zwischen den Schenkeln verloren. Oben richtige Brüste, schwer im BH, das sah man, hinten ein richtiger Po, rund, ausladend und einladend. Einmal hatte sie vergessen, das Badezimmer abzuschließen, er war hereingekommen, und sie hatte nackt vor ihm gestanden. Er sah das dichte dunkle Haar über ihrer Scham, die großen Brustwarzen, nur Bruchteile von Sekunden, dann blickte er weg und stammelte eine Entschuldigung. Sie sah ihm dabei direkt in die Augen, überhaupt nicht erschrocken. ›Macht doch nichts‹, hatte sie gesagt und gelächelt, nur ein ganz kleines bisschen, aber es war unübersehbar gewesen: Sie hatte gelächelt. Mit ihrer Tochter hatte er zum ersten Mal in seinem Leben Sex gehabt. Aber die Mutter geisterte bis heute durch seine Phantasien. Und Sophia Welterlin hatte auch diese Figur, die man nur noch in alten Filmen sehen konnte. Seine jetzige Freundin war eher zwischen Model und Fitnesstrainerin angesiedelt. Kunstgeschichte studierte sie, aber sie ging nie zur Uni, jobbte lieber so herum. Zurzeit als Fahrradkurierin. Hatte sich das ungefähr teuerste Fahrrad der Welt gekauft, und er hatte ihr gesagt, dass sie deshalb in diesem Job eigentlich nie Geld verdienen würde, rein rechnerisch gesehen. Aber er hatte ihr zum Geburtstag etwas Lustiges geschenkt: einen Sensor, den sie an den Schuh stecken konnte. Er war mit GPS ausgestattet und zeichnete im Genfer Stadtplan die Wege ein, die sie auf ihrem Superbike zurücklegte. Hatte er selbst programmiert. So entstand ein optisches Tagebuch, jeden Tag ein neues Linienbild von Genf. ›Ist doch ein tolles Kunstprojekt‹, hatte er zu ihr gesagt. ›Viel zu logisch für Kunst, das kapierst du nicht‹, hatte sie geantwortet. Trotzdem hatte er an diesem Montag etwas Zeit damit verbracht, die Bilder in unterschiedlichen Farben und Kontrasten zu bearbeiten. Irgendwie sah er sie doch schon auf riesigen Leinwänden in Galerien hängen – und Amy als umschwärmte Künstlerin davor, vielleicht in einem roten Kleid statt der üblichen Cargohosen? Vielleicht inzwischen etwas weicher und runder, weil sie nicht mehr so viel Fahrrad fahren musste?

Wenn die Institutsleiterin nicht da war, ging man natürlich auch einen Tick früher nach Hause. Es war kurz nach 17 Uhr, als Gilbert Kanu-Ide den Mann sah, der auf dem Parkplatz neben seinem Triumph wartete. Südländischer Typ, schlank, Mitte vierzig. Er trug einen dunkelblauen Anzug und darunter ein schwarzes Hemd.

»Schöner Wagen«, sagte der Mann, ließ aber gar keine Entgegnung zu, sondern fuhr gleich fort: »Ich will keine Zeit verlieren, Herr Kanu-Ide«, sagte er. »Ich arbeite im Auftrag von Frau Professor Welterlin. Ich heiße Gabriel Tretjak. Frau Welterlin ist, sagen wir, in Schwierigkeiten geraten. Und Sie und ich werden ihr helfen.«

»Schwierigkeiten? Was für Schwierigkeiten?«

»Ich werde Ihnen alles erklären, aber nicht jetzt«, sagte dieser Mann. »Jetzt muss erst mal klar sein, dass Sie kooperieren.«

Der Mathematiker Kanu-Ide hätte sich selbst nie als

ausgeschlafenen Typen bezeichnet, aber das hier kam selbst ihm suspekt vor. »Hören Sie«, sagte er, »ich möchte erst mit Frau Welterlin selbst sprechen. Ich werde sie anrufen und ...«

»Das können Sie nicht«, unterbrach ihn der Mann und zeigte ihm ein iPhone. »Das hier ist ihr Telefon.« Und dann sagte er: »Lassen Sie es mich so formulieren: Sie haben keine Wahl. Und damit meine Worte nicht in den Wind geredet sind, werde ich ihnen etwas Nachdruck verleihen.« Sein Gesicht war freundlich, sein Blick klar und aufmerksam. »Wenn Sie nicht kooperieren, Herr Kanu-Ide, wird das verheerende Folgen für Sie haben, für Ihr Leben jetzt – und für Ihre Zukunft. Dafür werde ich sorgen. Und dass ich das kann, werde ich Ihnen beweisen. Ich verstehe, dass Sie mir nicht glauben, also steigen Sie bitte in Ihr schönes Auto und fahren los. Aber achten Sie auf Ihr Telefon. In fünf Minuten werde ich sämtliche Daten löschen, jede SMS, E-Mail, jedes Foto, jede Telefonnummer, jede App, jedes Programm ... alles, verstehen Sie? Synchron natürlich auch auf Ihrem Basisrechner. Und ich werde hier weitere zehn Minuten warten. Für den Fall, dass Sie Ihre Daten zurückhaben wollen – und noch einmal über Ihre Kooperation nachdenken.«

Jetzt war sicher: Dieser Typ war ein Spinner. Kanu-Ide war Mitglied im »White-Horse«-Hackerclub. Nicht nur, dass sein iPhone und sein Computer besonders gewieft gesichert waren, er wusste auch, was möglich war – und was nicht.

»Auf Wiedersehen«, sagte er, »Herr ...«

»Tretjak«, sagte der Mann. »Bis gleich.«

Kanu-Ide sah, wie er in einen anthrazitfarbenen BMW stieg und eine Zeitung aufschlug.

So hatte der Albtraum angefangen. Zehn Minuten später saß er tatsächlich neben Tretjak in dessen BMW, und eine Stunde später war die Sache eingetütet.

Tretjak hatte es ernst gemeint, er hatte offensichtlich phantastische Verbindungen. Der Mann, der in seinem Auftrag eben mal das gesicherte iPhone gehackt hatte, war Ehud Mandelbaum, eine Legende unter den Hackern, ein Gott. Kanu-Ide hatte die Dokumente gesehen, mit denen Sophia Welterlin terrorisiert worden war, kannte die Recherchen Tretjaks zu dem Thema. Er war sogar eingeweiht worden in die Geschichten aus Welterlins Vergangenheit, den Selbstmord des Professors und die Geburt ihrer Tochter, die dann aber nicht bei ihr groß geworden war. Was diese beiden Informationen betraf, hatte Tretjak sich ziemlich deutlich ausgedrückt: »Sollte das in irgendeiner Form Ihre Lippen oder Ihre Tastatur verlassen, werden Sie Ihres Lebens nicht mehr froh.«

Da hatten sie immer noch in seinem BMW gesessen, der inzwischen aber in der Rue Mantour geparkt war. Gilbert Kanu-Ide kam die Situation unwirklich vor, aber sie war auch aufregend, spannend. So etwas hatte er noch nie erlebt. Amy würde es gefallen. Tretjak gab ihm einen Schlüsselbund. »Das sind die Schlüssel zu Frau Welterlins Wohnung«, sagte er. »Sie gehen morgen ganz normal ins Institut, aber ab sofort wohnen Sie hier. Ich habe einen guten Rechner installieren lassen, auf dem ist alles gespeichert, was ich Ihnen erzählt habe. Das Passwort ist ›Schubert‹.«

»Und Sie?«, fragte er. »Wo werden Sie sein? Wie arbeiten wir zusammen?«

»*Zusammen* – das ist sicher nicht das richtige Wort«,

sagte er und lächelte. Er sah eigentlich recht sympathisch aus. »Herr Kanu-Ide, ich verfolge in dieser Angelegenheit mehrere Fährten. Was Sie betrifft, so haben Sie jetzt einen ganz klaren Auftrag: Sie werden die Wissenschaftler unter die Lupe nehmen. Und zwar alle, die damit zu tun haben könnten. Spionieren Sie den Kollegen im Institut hinterher, finden Sie raus, wer innerhalb des CERN aus welchen Gründen auch immer etwas gegen Ihr Projekt ›Casimir‹ oder gegen Frau Welterlin persönlich hat. Durchforsten Sie das Umfeld des Professors, der sich damals umgebracht hat, gibt's da vielleicht irgendwen, der Rache nehmen will ...«

»Wieso macht das eigentlich nicht die Polizei?«, fragte Kanu-Ide dazwischen, aber Tretjak ignorierte die Frage.

»Ich habe von einer Gruppierung von Wissenschaftlern erfahren«, sagte er, »die nehmen Sie bitte als Allererstes unter die Lupe. Alles Physiker, leugnen die Relativitätstheorie und sind sehr religiös. Nennen sich ›Anima‹, Seele. Ist alles oben im Computer. Die scheinen mir fanatisch und geheimbündlerisch genug. Spannen Sie Ihre White-Horse-Jungs ein, Herr Kanu-Ide, von mir aus Ihre Tante, mir egal, nur: Nehmen Sie es nicht auf die leichte Schulter. Sie würden es wirklich bereuen.« Tretjak sah auf die Uhr. »Es ist jetzt halb sieben. Ich gebe Ihnen 48 Stunden Zeit, um Resultate zu liefern. Übermorgen Abend komm ich zu Ihnen in diese Wohnung. Hier ist meine Handynummer. Rufen Sie an, wenn Sie früher etwas haben.« Er gab ihm einen Zettel.

Mit Füller beschrieben, dachte Kanu-Ide, wie vor hundert Jahren. »Haben Sie schon mal was von positiver Motivation gehört?«, fragte er. »Bis jetzt haben Sie nur gedroht ...«

Da lächelte er wieder, dieser Tretjak. »Sie haben recht, beinahe hätte ich's vergessen. Wenn Sie gute Resultate liefern, lassen wir Ihren Triumph richtig schick restaurieren. Und wir reden darüber, wobei ich Ihnen sonst noch helfen kann.« Er ließ den Motor an. »Bis übermorgen.«

»Okay«, sagte Gilbert Kanu-Ide, und plötzlich fiel ihm ein, dass er schon seit einer halben Stunde mit Amy vor dem Kino verabredet war. Merde. Er griff nach seinem Telefon und wollte sie anrufen, da sah er eine SMS von der Nummer, die Tretjak ihm gerade gegeben hatte. *Ihre Kino-Verabredung habe ich übrigens absagen lassen, Sie mussten heute länger arbeiten. T.* Der Mann war wirklich auf Draht.

Das hatte er an diesem verdammten Montag jedenfalls gedacht. Aber warum war er dann nicht erschienen wie verabredet? Warum war er die ganze Zeit nicht erreichbar gewesen? Was wurde hier gespielt? Wer war dieser Tretjak? Warum, warum nur hatte er, Gilbert, sich auf das Ganze eingelassen?

Kanu-Ide hatte seinen Teil der Verabredung erfüllt, mehr als das. Er hatte geackert wie ein Tier, sich sogar von einem White-Horse-Typen ein bisschen Speed und Koks besorgt, damit er nicht schlappmachte. Unmengen von Informationen hatte er zusammengetragen, am Ende wusste er, wer mit wem schlief im CERN und wer Schulden hatte. Die Familiengeschichte des unseligen Professors hatte er durch die Jahrzehnte verfolgt bis in die zweite deutsche Fußballbundesliga, zu einer lesbischen Enkelin. Alles Schrott, unbrauchbar, nichts dabei, was Frau Welterlin hätte bedrohen können … Aber er hätte diesem Tretjak alles präsentiert, allein schon um zu zeigen, was er draufhatte. Erst ganz zum Schluss hätte er die heiße Kohle auf den Tisch geworfen, doch, ja, er hatte ein Resultat, und zwar ein ziemlich brisantes. Diese Gruppierung, diese »Anima«-Leute, ja, das war die richtige Spur gewesen, aber nur die Spur, nicht das Ziel ...

Der Mann in dem Arbeitskittel griff mit der freien Hand nach der Autotür und zog sie auf, ganz langsam, fast bedächtig. »Aussteigen«, sagte er auf Deutsch.

Kanu-Ide blieb sitzen und starrte in die Mündung der Waffe. Er wollte sagen: ›Ich kann nicht.‹ Aber er konnte nicht mal das.

»Aussteigen«, wiederholte der Mann. Und plötzlich spürte Kanu-Ide, dass sich seine Beine aus dem Wageninneren schraubten, und dann stand er auf einmal doch. Stand auf dieser sonnendurchfluteten Waldlichtung, irgendwo in den Bergen über Genf, ein Specht hämmerte in der Stille, das Metallrohr des Schalldämpfers war grau, und dieses matte metallische Dunkelgrau war etwa zehn Zentimeter vor ihm und zeigte auf seine Stirn.

Killer. Das hatte der Physiker von »Anima« gesagt. »Ja, wir haben das angefangen, diese Aktion *Fass die Vergangenheit nicht an.*« Er hatte es sofort zugegeben. »Wir haben es gemacht, weil wir überzeugt sind, dass man nicht tun darf, was ihr da vorhabt am CERN.« Ein ziemlich alter Mann war das gewesen, faltig und weißhaarig und hager. Der Sprecher von »Anima« oder zumindest etwas Ähnliches, vielleicht eine Art Nestor. Er hatte Kanu-Ide gleich am Telefon zu sich nach Hause eingeladen. In ein kleines, ziemlich hässliches Reihenhaus am Stadtrand. Dort hatten sie gesessen, im Wohnzimmer, Tee hatte es gegeben.

»Sie sind Mathematiker, sagten Sie? Ja, die Mathematiker ... den Mathematikern ist immer alles gleichgültig. Mit euch kann man nicht reden. Es sind eben nicht nur Zahlen, um die es geht, verstehen Sie? Die Zahlen zeigen uns die Welt, es ist die Sprache Gottes – die Frage ist nur, ob wir sie auch verstehen, wie wir sie verstehen ...«

»Anima« war eine Gruppe von Physikern, die fast alle Theorien der modernen Physik ablehnten. Nicht die Formeln, auch nicht die Ergebnisse der Experimente – sondern die Philosophie dahinter, das Weltbild, das daraus entstand. Zum Beispiel die Relativität der Zeit, wie sie Einsteins Theorie formulierte.

»Aber die Relativitätstheorie stimmt. Das Navigationssystem in Ihrem Auto arbeitet mit ihren Gesetzen«, hatte Kanu-Ide gesagt. »Und sorgt dafür, dass Sie nicht an den Baum fahren.«

Da hatte der Alte gleich abgewinkt. »Das weiß ich, junger Mann. Darum geht es nicht. Die Formeln stimmen. Newtons Formeln haben auch gestimmt. Sie haben den Verbrennungsmotor gebracht. Auch nicht schlecht. Ich sage Ihnen, Gott hat die Welt aus drei Stoffen geschaffen: Materie, Raum und Zeit. Eure Interpretation der Formeln sagt, Materie sei nur eine Wahrscheinlichkeitswelle – was für ein absurder Begriff. Die Zeit laufe, wie sie wolle, vor und zurück, schnell und langsam – lächerlich. Und der Raum, der arme Raum, der kriegt von euch jedes Jahr zusätzliche Dimensionen und Krümmungen und Falten und Parallelräume verordnet ... Eure Formeln stimmen, junger Mann, aber euren Verstand habt ihr verloren.«

»Und deshalb mussten Sie Frau Welterlin quälen?«

Er war nicht unsympathisch, dieser Alte. Jetzt schüttelte er den Kopf. »War vielleicht nicht richtig, das Ganze. Aber wissen Sie, die jungen Leute in unserer Gruppe wollten auch mal was tun, nicht immer nur reden ... Verstehe ich ja, und ich halte das Projekt ›Casimir‹ auch für Gotteslästerung, also warum nicht mal offensiver werden? So war das.«

Aber dann hatte sich etwas verändert. Der Alte hatte ihm erklärt, dass sich »Anima« nur im digitalen Raum zusammenfand. Es gab keine Kaminabende, Workshopwochenenden, auch keine Geheimtreffen in Hinterzimmern. Man begegnete sich nur in speziellen Chatrooms, kommunizierte über E-Mail und Skype. Diskussionen, Abstimmungen, Planung von Aktionen – alles passierte im Internet. Die Sprache war Englisch, die Mitglieder stammten aus ganz Europa. Deutsche, Franzosen, Ukrainer, Engländer ... Fast nur Männer. Als sie die Aktion *Fass die Vergangenheit nicht an* starteten, mit Plakaten an Bauzäunen, nachts geklebt, zeigte das schnell Wirkung. Es gab zwei, drei Artikel in der Zeitung, man rätselte, wer dahintersteckte. Und »Anima« bekam Zulauf, neue Leute, neue Vorschläge. Es wurde schnell unübersichtlich, wer diese Leute waren, wie sie Zugang zu den geschlossenen Foren fanden. Aber alle hatten zunächst den Eindruck, der frische Wind tue der Gruppe gut. Doch dann wurden die Vorschläge für Aktionen radikaler, aggressiver, fokussierten sich immer mehr auf die Person Welterlins. Die »Anima«-Foren wurden überschwemmt mit Bildern und Informationen über sie, es wurden Parolen formuliert, die ganz und gar nicht mehr dem Geist der Gruppe entsprachen.

»Wir merkten, dass wir benutzt wurden, hatten plötzlich den Eindruck, zum Werkzeug einer gezielten Aktion zu werden«, erklärte der alte Physiker. »Es waren auch nicht wirklich viele Leute, es sollte nur den Anschein haben. Wir erkannten das, weil wir die Diskussion suchten, und wir haben Erfahrung mit pluralistischen Diskussionen im Netz. Hier kamen nur stereotype Antworten, so religiöses Ideologiezeugs, egal, wo man ansetzte. Und die weiteren Aktionen, diese direkten Sendungen an Frau Welterlin, waren schon nicht mehr unsere ... Uns wurde das unheimlich.«

Der Mann trank seinen Tee, saß da, in seinem Tweedjackett mit korrekt gebundener Krawatte, so wie er wahrscheinlich ein Leben lang immer und überall dagesessen hatte. Gilbert Kanu-Ide hatte in diesem Moment das aufregende Gefühl gehabt, auf der richtigen Spur zu sein. Der Alte hatte ihm noch erläutert, wie sich die ursprünglichen Mitglieder von »Anima« zurückgezogen hatten. Wie sie neue, noch besser abgeschirmte Chatrooms und Foren eröffnet hatten. Sie hatten sogar zwei anonyme Hinweise an die Genfer Polizei gegeben, aber die waren wohl untergegangen.

»Das war dann nicht mehr unsere Sache, fanden wir jedenfalls, vielleicht war das falsch«, sagte der Wissenschaftler. »Wir wollten vor allem unsere Gruppe schützen und geheim bleiben. Wir haben zwei sehr gute Computerleute, die haben das gemacht. Aber einer von ihnen ist diesen neuen Leuten mal nachgegangen, elektronisch nachgegangen. Und er war plötzlich in einem Kommunikationsstrang gelandet, der mehr als bedenklich war, da ging es um Waffen und Foltertechniken, das hatte mit der Aktion gegen das CERN gar nichts mehr zu tun. Aber es waren dieselben Leute.«

»Können Sie mir das zukommen lassen?«, hatte Kanu-Ide gefragt. Und das war wahrscheinlich der Fehler gewesen. Spätabends hatte er den Link geschickt bekommen.

Und mitten in der Nacht hatte der alte Physiker ihn noch angerufen. »Seien Sie bloß vorsichtig«, hatte er gesagt. »Diese Leute sind unheimlich. Das sind Killer.«

Der Pfad hatte zu nichts mehr geführt, die Mails waren längst gelöscht worden. Aber nun hatte er selbst eine digitale Spur hinterlassen. Und heute Morgen die Sache mit Amy. Als er ihr von seinem Auftrag erzählt hatte und die Rue Mantour erwähnte, hatte sie plötzlich gesagt: »Da habe ich was hingeliefert, ein Päckchen. Ich hab es vorher bei einer Adresse ziemlich draußen am Stadtrand abgeholt.« Sie hatten in den Karten nachgesehen, die der Sensor gemalt hatte. Und er hatte ungläubig auf die Adresse gestarrt. »War das ein alter, weißhaariger Mann, der dir das Päckchen gegeben hat?« »Nein, der war so mittel. Zehn Jahre älter als du, würde ich sagen«, hatte Amy geantwortet. Er war noch mal hingefahren zu dem Reihenhaus. Und hatte geklingelt. Aber der alte Physiker hatte nicht geöffnet. Die Rollläden waren heruntergelassen gewesen. Als er wieder in den Wagen gestiegen war, war ihm zum ersten Mal der Mitsubishi aufgefallen.

Er hätte nicht auf diesen Waldweg abbiegen sollen. Was für ein Schwachsinn. Aber da war er schon nervös gewesen, hatte überlegt, ob ihn der Wagen verfolgte. Er war auffällige Umwege gefahren, weit raus aus der Stadt. Eigentlich hatte er nur sichergehen wollen, dass er eben nicht verfolgt würde. Deshalb war er abgebogen, in diesen Weg, weil es doch irgendwie so sein musste, dass der Mitsubishi einfach geradeaus weiterfahren würde. Man war doch nicht im Film, verdammt! Aber der Wagen war nicht weitergefahren, er war auch abgebogen. Und hinter ihm geblieben, auf dem immer schmaler werdenden Weg, bei immer höherem Tempo.

Der Mann mit der Pistole griff jetzt mit der freien Hand in die Brusttasche seines Kittels und holte sein Handy hervor. Mit einem kurzen Seitenblick schaltete er eine Funktion ein. Wenn es nicht so absurd gewesen wäre, hätte Kanu-Ide gedacht, der Mann wollte ein Foto machen. Doch genau das tat er jetzt. Er richtete zwei Geräte gleichzeitig auf Kanu-Ides Gesicht. Die Pistole, jetzt etwas von der Seite, damit sie besser im Bild war, und das Handy von vorne.

Klack.

Das war der Fotoauslöser, nicht die Pistole. Das Gehirn des Mathematikers Gilbert Kanu-Ide registrierte jedes Detail, die Bewegung jedes Fingers, jeden Blick, alles. Der Mann sandte das Foto an jemanden. Und dann schickte er sich an, ein zweites Bild zu machen. Diesmal galt seine Aufmerksamkeit aber mehr der präzisen Ausrichtung des Schalldämpfers als der Kamera. Es war unschwer zu erraten, welches Bild dem ersten folgen sollte.

Teil 3
Schuld

1

Orionnebel

Jedes Mal, wenn er die Augen öffnete, sah er dasselbe Bild vor sich. Nur ein paar Sekunden lang, dann schlief er wieder ein. Das Bild zeigte einen Garten mit hohen Bäumen, im Hintergrund war eine Terrasse mit Tischen und Stühlen. Er kannte diesen Garten und diese Terrasse, er wusste, dass sich unmittelbar daneben, außerhalb des Bildes, das Gebäude erhob mit dem geschwungenen altmodischen Schriftzug *Zum blauen Mondschein*. Aber mit dem Bild stimmte etwas nicht, irgendetwas war falsch ... Schlafen, wieder schlafen. Warum war er so unendlich müde?

Das war die erste Information, die Gabriel Tretjaks Gehirn verarbeitete: ein Bild vom Garten des Hotels, wo er aufgewachsen war. Die zweite Information: Dieses Bild war seitenverkehrt, gekontert, wie früher ein falsch eingelegtes Dia. Die dritte Information kam von unterschiedlichen Stellen seines Körpers, es war eine unangenehme Information, die sich nach vorn drängte: Schmerz. Sein Genick und sein Hinterkopf schmerzten, sein rechter Ellenbogen schmerzte, seine Hüftknochen, seine rechte Hand. Der Schlaf nahm ihm diese Information wieder weg, aber die Schlafphasen wurden kürzer, die Zeiten dazwischen länger. Allmählich setzte Gabriel Tretjaks Gehirn die Informationen zusammen, und er begriff seine Situation.

Er befand sich auf einer Art Liegestuhl, festgeschnallt an Armen und Beinen. Sogar sein Kopf war irgendwie fixiert, er konnte ihn nicht drehen, weder nach links und rechts noch nach oben und unten. Vor ihm eine Wand, auf die das Foto des Gartens projiziert war. Der Lichtstrahl des Beamers kam von hinter ihm, lief gerade über seinen Kopf auf die Wand zu. Sonst war der Raum dunkel, er konnte nicht sehen, wie groß er war. Einen Geruch konnte er feststellen, der ihm bekannt vorkam, aber es fiel ihm nicht ein, woher. Die Kopfschmerzen waren fast unerträglich, sein Mund fühlte sich an, als hätte er ein ekelhaftes Tier darin. Wie ein trockener Lehmklumpen lag seine Zunge am Gaumen, und sie schien zu wachsen, sich auszudehnen. Zahnarzt? War das der Geruch? Ein Hauch von Zahnarzt? Dieser gekippte Stuhl, war das ein Zahnarztstuhl? Sein irritiertes Gehirn verfolgte den Gedanken: Er musste dringend seine untere Brücke erneuern lassen, hinten rechts, das stand schon seit einem halben Jahr an, aber er hatte keine Lust gehabt, deshalb nach München zu fahren. München, Maccagno ... Unscharf zogen seine Gedanken von Wort zu Wort. Stand er unter Drogen? Wo war er eigentlich? Genf? Er war doch in Genf gewesen ... Sein Freund Lichtinger hatte immer gute Zähne gehabt, eine weiße, blitzende Festung im Mund ... Wann hatte das Bild an der Wand gewechselt? Da stand jetzt Lichtinger, grinsend, auf seinem ausgestreckten Unterarm saß ein riesiger Raubvogel, der aus unergründlichen Augen in die Kamera blickte.

Gabriel Tretjak hatte in seinem Leben nie Schläge bekommen, schon als Junge hatte er sich nicht geprügelt, niemals. Er war in seinem Leben durchaus in gefährlichen Situationen gewesen, aber er hatte keine Erfahrung mit Schmerzen, die durch Schläge entstehen. Aber dieser pochende Schädel und das heiße, harte Genick, das schon weh tat, wenn er nur die Augen drehte – so musste sich das anfühlen, wenn man mit einer Eisenstange einen übergebraten bekommen hatte. War er dann gestürzt? Auf die rechte Seite?

Als er das nächste Mal aufwachte, sah er an der Wand das Bild einer Frau mit einem langen Zopf. Sein Gehirn fand den Namen relativ schnell. Welterlin, Sophia Welterlin. Sie nahm von einem Mann im Anzug etwas entgegen, eine Urkunde vielleicht. *Fass die Vergangenheit nicht an ...* Die Schmiererei in ihrer Küche. Tretjak erinnerte sich, dass er dort gesessen hatte, im Dunkeln mit dem Telefon. Und dann? Was war dann passiert?

Es war vollkommen still in diesem Raum hier, nur die Lüftung des Beamers surrte leise.

»Sie werden jetzt erfahren, was mit Ihnen geschehen wird«, sagte plötzlich eine Stimme. Es war eine Frauenstimme, ihr Tonfall war ruhig und freundlich. Gabriel Tretjak erkannte sie sofort, jeder erkennt sie sofort, dachte er, diese Art von Stimme. Sie kam aus Navigationssystemen, man hörte sie in Warteschleifen, man konnte sich von ihr seine E-Mails vorlesen lassen. Sie kam von schräg hinter ihm im Raum, dem Klang nach aus einem kleinen, billigen Lautsprecher, der etwas übersteuert war.

»Ich werde Sie verhungern lassen«, sagte die Stimme, absurd sympathisch, als würde sie angeben: »In einhundert Metern bitte links abbiegen.«

Ich werde Sie verhungern lassen ... Im Kreisverkehr bitte sterben ...

»Flüssigkeit werden Sie erhalten«, fuhr die Stimme fort. »Aber essen werden Sie in Ihrem Leben nie mehr. Den Zeitpunkt Ihres Todes werden wir genau auf den Zeitpunkt des Experimentes im CERN legen. Genau bei t_0 wird das Experiment Ihres Lebens ein Ende haben.« Der Lautsprecher knackte, und plötzlich war es stockdunkel, weil der Beamer abgeschaltet worden war.

Tretjak hörte, dass sich hinter ihm eine Tür öffnete, er nahm einen leichten Luftzug wahr, hörte ein paar Schritte, dann drückte ihm jemand von hinten etwas hart in den Mund. Es war offenbar eine Art Schnabeltasse, und das Wasser begann sofort zu fließen, viel zu schnell, er hatte Mühe, so schnell zu schlucken, und verschluckte sich schließlich so heftig, dass er keine Luft bekam und von einem panischen Hustenanfall geschüttelt wurde. Sein Kopf drohte zu zerspringen.

Als er sich beruhigt hatte, waren die Person und die Tasse verschwunden, und er sah ein neues Bild an der Wand. Es zeigte ein Gebilde aus dem Weltall, den großen Orionnebel mit dem berühmten Trapez aus vier heißen, jungen Sternen.

Der Lautsprecher hinter ihm begann leise zu rauschen. »Sie werden sehen, dass die Zeit nicht rückwärtslaufen kann, Herr Tretjak«, sagte die Stimme. »Und Sie werden sehen, dass man nichts von dem, was geschehen ist, ungeschehen machen kann.« Tretjak wartete auf weitere Sätze, aber es kamen keine mehr. Der Lautsprecher hörte auf zu rauschen, die Stimme schwieg.

Der Orionnebel glich einer grünlichen Fledermaus im Flug durch das schwarze Weltall. 1300 Lichtjahre entfernt, spuckte Tretjaks Gehirn aus. Das grünliche Licht benötigte also 1300 Jahre, um die Entfernung zurückzulegen. Pro Sekunde legte das Licht 300 000 Kilometer zurück. Im Weltall waren 1300 Lichtjahre keine Distanz, eher das Gegenteil, der Orionnebel war zum Greifen nah, ein Nachbar sozusagen, dachte Tretjak. Er versuchte, seinen Verstand auf diese Fakten zu konzentrieren. Ihn sich dort im All ein wenig ausruhen zu lassen.

»Du bist gefühllos«, hatte sein Therapeut Stefan Treysa einmal zu ihm gesagt, »nicht nur anderen, sondern auch dir selbst gegenüber.« Und sein Therapeut war angetreten, das zu ändern. Tretjak hoffte sehr, dass es ihm noch nicht gelungen war. Es war sein letzter Gedanke, bevor er wieder einschlief.

2

Fifth Avenue

Angefangen hatte es mit einem Brief der Journalistin Carola Kern vor genau neun Jahren, vier Monaten und siebzehn Tagen. Der entscheidende Satz in diesem Brief lautete: »Nach meinen Recherchen sind weite Teile des Vermögens Ihres Großvaters in Ihr Bankhaus geflossen, nach meinen Informationen rund 200 Millionen Mark – was sagen Sie zu dem Vorwurf, Ihr Geschäft sei aufgebaut auf den Millionen eines Massenmörders?«

Wie es dieser Journalistin wohl heute ging? Ob sie es jemals bereut hatte, ihren Beruf aufzugeben? Hübsch war sie gewesen, damals, ausnehmend hübsch, sie hatten sie beschatten lassen, wochenlang, sie hatten Hunderte von Fotos von ihr gehabt, ein paar Nacktbilder waren auch dabei, geschossen an einem Sommerabend, beim Baden an einem entlegenen See. Ein Mann war keiner dabei gewesen, überhaupt war kein fester Begleiter an ihrer Seite aufgetaucht, eher mehrere Männer, mal dieser, mal jener. Was die schöne Carola heute so trieb? Würde ihn wirklich interessieren. Ob sie damals geahnt hatte, in welcher Gefahr sie war? Man hatte ernsthaft überlegt, ob man einen brutalen Sexualmord inszenieren sollte, dem sie zum Opfer gefallen wäre. Es könnte ihn durchaus reizen, ihr das eines Tages zu erzählen und ihr dabei tief in die Augen zu schauen, dachte der Mann, dessen Name nun seit neun Jahren Tretyak lautete.

Er stand im 22. Stock eines Gebäudes an der Fifth Avenue in New York und blickte aus dem Bürofenster auf den Central Park. Wobei er nicht viel sah vom Park – es wurde schon dunkel –, sondern hauptsächlich sich selbst, in der Scheibe gespiegelt. Normalerweise versetzte ihn sein Spiegelbild immer in gute Stimmung, er hielt sich für einen außerordentlich gutaussehenden Mann. Doch diesmal funktionierte es nicht. Er blickte ein paarmal hin, aber sah jedes Mal einen Fremden, der nichts mit ihm zu tun hatte. Ein merkwürdiges Gefühl. Woher kam das?

Der Brief der Journalistin war der Anfang gewesen. Damals lebte er in Heidelberg, hatte eine Verlobte und war persönlich haftender Gesellschafter der kleinen, aber feinen Heidelberger Privatbank »Haller & Koch«, einer Bank mit Milliardenumsätzen, die sich um das Geld der Reichsten des Landes kümmerte. In Wahrheit gehörte ihm die Bank, ihm, Patrick von Kattenberg, zum Top-Banker ausgebildet in den USA und London, in Mumbai und Shanghai. Er sprach acht Sprachen, darunter drei verschiedene chinesische Dialekte. Er wollte »Haller & Koch« zur größten Privatbank der Welt machen. In seinen Zielen war er nie durch Bescheidenheit aufgefallen, doch Diskretion galt ihm dabei als oberstes Gebot. Und das ging erheblich weiter als üblicherweise im Bankgeschäft. Diskretion bedeutete in seinem Fall vor allem, dass er nie auftauchen durfte, dass er immer im Hintergrund bleiben musste. Es war keine Frage des Charakters, es lag an der Scheiß-Geschichte dieses Landes. Und dann kam dieser Brief, der genau auf diese Scheiß-Geschichte zielte und daran erinnerte, dass der Reichtum der Familie von Kattenberg nach dem Zweiten Weltkrieg einzig und allein in dieser Scheiß-Geschichte begründet lag.

Richard von Kattenberg. Der Großvater. Einer der treuesten Weggefährten von Adolf Hitler, von Anfang an. Und einer der brutalsten, einer, der gern selbst quälte. Er hatte Konzentrationslager besucht und sogenannte Modenschauen veranstalten lassen. Die jüdischen Frauen mussten vor den SS-Leuten posieren. Am Ende mussten sie sich ausziehen, die SS-Männer vergaben Punkte. Richard von Kattenberg vergab Extrapunkte für den schönsten Busen. Vierzig bis fünfzig Frauen wurden begutachtet, die drei Punktbesten wurden begnadigt, die anderen mussten sterben. Als bei den Nürnberger Prozessen von Kattenbergs Todesurteil verkündet worden war, war lauter Applaus unter den Zuschauern aufgebrandet.

Richard von Kattenberg war auch eine der gierigsten Nazi-Größen gewesen. Zuständig für die Arisierung osteuropäischer Länder, hatte er Banken und Privatvermögen liquidiert, Landgüter und Kunstsammlungen beschlagnahmen lassen – und von allem erhebliche Beträge für sich persönlich abgezweigt. Niemand hatte davon gewusst, nicht einmal Hitler. Von Kattenberg hatte ein Netz von Auslandskonten angelegt, vor allem in der Schweiz und in den USA, die Besitzverhältnisse frühzeitig verschleiert und dafür gesorgt, dass nur Anwälte seines Vertrauens Zugriff auf das Geld hatten, welches sie nach 1945 seiner Familie zukommen ließen, diskret, verstand sich. Die Journalistin hatte sich geirrt: Es ging um weit mehr Geld, als sie vermutet hatte. Der Großvater hatte aus den Gebieten, die sich das Nazireich einverleibt hatte, mehr als 500 Millionen amerikanische Dollar angesammelt.

Nach der Ankunft des Briefs der Journalistin war die Lage rasch klar gewesen: Es war völlig ausgeschlossen, dass man öffentlich erklärte, das finanzielle Fundament sowohl der Bank als auch der Familie bestehe aus dem Blutgeld des Großvaters. Das hätte jeden Ruf zerstört, Entschädigungsforderungen bedeutet und wahrscheinlich den Ruin der Bank. Es musste daher zweierlei passieren. Zunächst musste mit allen Mitteln verhindert werden, dass die Vorwürfe zu diesem Zeitpunkt bekannt wurden. Dazu kam der wesentlich weiter reichende Plan B: die Konsequenz zu ziehen aus der Familiengeschichte, mit dem Ziel, den Namen von Kattenberg von der Enkelgeneration Richard von Kattenbergs an zu löschen. Was nichts anderes hieß, als dass die Brüderpaare Patrick und Peter sowie Philipp und Wolfgang in fernen Ländern eine neue Existenz beginnen mussten, zu den allerbesten Bedingungen natürlich. Des Weiteren sollte Vorsorge getroffen werden, etwa durch hohe Zahlungen und regelmäßige Spenden an jüdische Organisationen, so dass man zu einem späteren Zeitpunkt offensiv und moralisch gestützt auf Anklagen aus der Vergangenheit reagieren konnte. Es sollte ein Drehbuch der Ehrenrettung angelegt werden bei gleichzeitigem Erhalt des größten Teils des Vermögens.

Neun Jahre. Er ging in seinem holzgetäfelten Büro ein paar Schritte auf und ab, groß genug war es ja. Alles war gutgegangen, der Plan hatte funktioniert. Er war wieder Boss einer Privatbank, diesmal hieß sie »Snyder & Curtis«, auch hier Milliardenumsätze und das Ziel, die größte Privatbank der Welt zu werden. Niemand hatte unter die Lupe genommen, wie »Haller & Koch« allmählich ab- und »Snyder & Curtis« aufgebaut worden war. Er hatte eine neue Familie, eine Frau, schön und reich, zwei wunderbare Jungs, Zwillinge, sechs Jahre alt, die das Bankhaus später mal übernehmen würden, ganz sicher. Es hatte Spaß gemacht, sich ein neues Leben auszudenken. Den Autounfall der serbischen Eltern, das Aufwachsen in einem Internat. Es hatte noch mehr Spaß gemacht, als kleiner Abteilungsleiter im Investmentbanking anzufangen. Und außer ihm hatte nur einer gewusst, dass auch dieses Drehbuch damals schon feststand: wie er innerhalb von sechs Jahren an die Spitze der Bank gelangen und dieses Büro im 22. Stock beziehen würde.

Hatte er gut gemacht, dieser Gabriel Tretjak. Der Regler. Der Typ beherrschte seinen Job, das konnte man nicht anders sagen. Er erinnerte sich noch gut, wie ihm Tretjak die zwei Seiten Papier gegeben hatte mit der Überschrift »Das Verschwinden des Patrick von Kattenberg«, Unterzeile: »Was jetzt zu tun ist«. Sein Verschwinden wurde mit einer schweren Rückenoperation eingeleitet, der er sich angeblich unterziehen musste, mit langem Klinikaufenthalt in Australien. Tretjak hatte ihm ein paar Basics erklärt: Wenn man ein neues System startete, musste sich das alte auflösen; jeder Kontakt zwischen dem alten und dem neuen System gefährdete in hohem Maße das gesamte Projekt. Was in seinem Fall konkret bedeutete: keinerlei Kontakt mit der alten Familie, mit dem alten Leben, keinerlei Kontakt mit den drei anderen Verschwundenen, und zwar für immer. Und es bedeutete, dass Tretjak auch die Journalistin loswurde, ebenfalls in ein neues Leben. Sie hatte es gar nicht gemerkt, die Verwirklichung eines Traums, so etwas in der Art, sie dachte, es wäre ihre Entscheidung. Und Tretjak hatte ihm auch seine Verlobte vom Hals geschafft. Gott, war das mal eine angenehme Trennung gewesen, ohne den lästigen Seelenschmerz.

Dann war da noch die Sache mit dem Namen. Tretjak hatte es eine Kontrollmaßnahme genannt. Alle hießen von nun an wie er. So könnte er sie leichter im Blick behalten. Als er, Patrick von Kattenberg, diesen Vorschlag abgelehnt hatte, hatte Tretjak geantwortet: »Sie verstehen nicht, es ist kein Vorschlag, es läuft entweder so oder gar nicht. Sie können sich das 24 Stunden überlegen.« Am Ende hatte er ihm einen Buchstaben abhandeln können. Tretyak. Mit Ypsilon. Ein Buchstabe, immerhin. Er hatte es wieder geschafft, nicht zu sein wie die anderen.

Neun Jahre. Der Mann, der seitdem Tretyak hieß, nahm an seinem Schreibtisch Platz, drückte auf die Telefontaste und bestellte bei seiner Sekretärin eine frische Kanne grünen Tee. Er öffnete eine schwarze Mappe aus Pferdeleder, drei Fotos lagen darin, eines von seinem Bruder, jeweils eins von den beiden Cousins. Fünfzehn Jahre alt waren diese Bilder, aufgenommen im Garten ihres Heidelberger Hauses. Altes Leben. Und jetzt waren sie tot, alle drei, alle drei umgebracht. Grausam umgebracht, keine schöne Sache. Er schaute sich die Bilder an. Neun Jahre nicht mehr gesehen. Spürte er irgendeinen Schmerz? Nein. Er hatte seine Familie noch nie gemocht, und die drei auch nicht. Die drei waren tot, und wann war er an der Reihe? Hatte er Angst? Ein klein wenig vielleicht. Aber im Grunde war er sich sicher, dass es bei ihm um etwas anderes ging. Um Geld, wie immer? Um Macht? Wann kam der Erpresseranruf, der Brief, die Mail? Warum kam nichts?

Was war das für ein System, das hier zurückschlug?

Vor zwei Jahren hatte es die Sache mit dem verrückten Christian Senne gegeben. Er wollte 500 000 Euro, zur Behandlung seiner Krankheit, zur Altersversorgung seiner Frau. Es hatte verschiedene Überlegungen gegeben, das Problem aus der Welt zu schaffen. Sollte man nun an die Öffentlichkeit gehen? Sollte man ihn aus dem Weg räumen? Man entschied sich fürs Zahlen, alle waren überzeugt, Senne würde nicht noch einmal mit Forderungen kommen. Ein armer Hund, der sich viel zu viel Kopf machte um seinen mörderischen Vater, ein armer Hund, der am Ende seines Leben auch mal ein bisschen Kohle haben wollte, wenn auch nur für seinen Krebs. Konnte dieser tragische Mensch hinter der Mordserie stecken? Das konnte er sich nicht vorstellen, überhaupt nicht.

Tretyak hatte mehr als hundert Leute beauftragt, für seine Sicherheit zu sorgen, alles Top-Leute. Seine Frau konnte keinen Schritt mehr machen ohne Sicherheitsmann. In der Schule seiner Kinder hatten Spezialisten ihre Plätze bezogen. Seiner Frau hatte er erzählt, dass eine Morddrohung gegen ihn vorlag. Von allem anderen wusste sie nichts, natürlich nicht. Seine Frau hatte ihn gefragt, ob er nicht auch die Polizei einschalten wollte.

Polizei? Er trank einen Schluck Tee und musste schmunzeln. Polizei. Da setzte er lieber auf seine Leute. Und außerdem war er gespannt, was sich Tretjak einfallen ließ. Der andere, der mit J. Bis jetzt hatte er nichts von ihm gehört. Aber das bedeutete bei dem Mann gar nichts, so viel stand fest.

3

Ampere

»Ich weiß, dass Sie nicht an Gott glauben. Nicht an den Himmel, nicht an irgendein Jenseits. Aber finden Sie nicht, dass Menschen für das, was sie in ihrem Leben getan haben, Rechenschaft ablegen sollten? Wenn schon nicht vorm Jüngsten Gericht, dann vielleicht – vor mir?«

»Wer sind Sie?«, fragte Gabriel Tretjak in den dunklen Raum hinein. »Wer bist du?«

»Bleiben wir bei Ihnen, Herr Tretjak. Sie werden sterben, und Sie sollten wissen, warum.« Die Stimme aus dem Lautsprecher sprach ohne Pause und ohne Akzente. Ein Automat, der Texte vorlas. »Aber es wäre etwas eintönig, wenn ich die Anklageschrift einfach nur verlese. Wir wollen Sie am Ende Ihres Lebens nicht langweilen, oder?«

Der Beamer hinter ihm ging an, warf ein Stakkato von Bildern an die Wand, sehr schnell hintereinander. Tretjak sah Zeitungsausschnitte über den Bombenanschlag auf den Banker vor zwanzig Jahren, der ihm und seinem Freund Lichtinger einen Koffer mit sehr viel Geld gebracht hatte, er sah Menschen, die er schon vergessen hatte, in deren Leben er eingegriffen hatte, er sah seinen Vater, seinen Bruder, er sah den Gehirnforscher Kerkhoff, ein Polizeifoto von dessen Leiche, der Fall letztes Jahr war das, er sah ein Bild der vier jungen Männer aus der Familie von Kattenberg, er sah Frau Welterlin, auch einen deutschen Innenminister, dessen Drogenentzug er so geregelt hatte, dass niemand etwas davon erfuhr ... Es ging durcheinander, wild durcheinander, und dann fing es wieder von vorn an. Bei manchen Bildern war er sich nicht sicher, zu schnell waren sie wieder verschwunden. Die Stimme aus dem Lautsprecher schwieg lange. Erst als sich die Serie bestimmt schon dreimal wiederholt hatte, schaltete sie sich wieder ein.

»Die Fesseln an Ihren Händen und Füßen können Strom führen«, sagte sie. »Wenn Sie meine Fragen wahrheitsgemäß beantworten, können Sie diese Information wieder vergessen. Wenn nicht, werde ich Ihrem Gehirn mit ein paar elektrischen Impulsen helfen.«

Stille.

»Sind Sie bereit für die erste Frage?«

Gabriel Tretjak nickte stumm. Der Stromstoß war kurz und heftig. Vielleicht war das Schlimmste daran noch gar nicht die Stärke, sondern der Schreck.

»Sie haben vergessen zu antworten«, sagte die Stimme. »Sind Sie bereit?«

»Ja«, sagte Gabriel Tretjak.

4

Marzipan

Jetzt kam der zweite Termin an diesem Vormittag. Der erste vor knapp zwei Stunden war brutal gewesen, zu viel für ihn, viel zu viel. Doch auf eine merkwürdige Weise fühlte er sich fast erleichtert, nach dem Motto: Jetzt kann mich gar nichts mehr erschüttern. Wovor soll ich jetzt noch Angst haben? Er hatte in seinem Leben und besonders in den letzten Wochen eines gelernt: Angst war eine Größe, die zunächst immer weiter wuchs, aber irgendwann war sie nicht mehr steigerbar. Angst war eine Größe, die sich erschöpfen konnte.

August Maler betrat das Polizeipräsidium in der Münchner Ettstraße im Schatten der Frauenkirche. Er musste die Pförtner nicht einmal anschauen, damit sie die Sicherheitstür öffneten. Die Männer in der blauen Uniform hatten die Erscheinung des Kommissars nicht vergessen. 14 Monate war er nicht mehr hier gewesen. Früher hatte er immer die Treppe genommen, zu seinem Büro im zweiten Stock, jetzt fuhr er Aufzug. Es war niemand auf dem

Gang, er brauchte niemanden zu grüßen, niemandem etwas zu antworten, niemandem etwas zu erklären. Er klopfte kurz an der Tür seines alten Büros und trat ein. Als seine alte Sekretärin Marianne Gebauer ihn sah, brach sie in Tränen aus. »August«, schluchzte sie. Sie hatte gewusst, dass er kam, und sich bestimmt vorgenommen, auf keinen Fall zu weinen. Aber natürlich war Maler klar gewesen, dass sie weinen würde. Marianne weinte immer schnell, wenn es um Persönliches ging.

»Wie geht es dir?«, wollte sie fragen, aber die Worte verschwanden in ihrem Schluchzen. Sie stand auf, und er nahm sie in den Arm, nicht lange, es war mehr die Andeutung einer Umarmung. »Du kannst reingehen«, sagte sie, »er wartet schon auf dich.«

Günther Bendlin, klein und drahtig, beflissen und eifrig, der neue kommissarische Leiter des Morddezernats. Wer hätte das gedacht. Maler konnte davon ausgehen, dass Bendlin ihn nicht mochte. Er hatte ihn all die Jahre bei jeder möglichen Beförderung übergangen. Maler und Gritz waren sich in ihrer Einschätzung einig gewesen: Bendlin war zuverlässig und sicher kein schlechter Polizist, aber ihm fehlte die Kreativität. Maler und Gritz waren sich ganz sicher: Bendlin hatte noch nie eine Idee gehabt, schon gar keine, die einen Fall gelöst hatte.

Bendlin trug einen grauen Anzug und eine rote Krawatte. Das war neu. Maler glaubte sich zu erinnern, ihn nie in etwas anderem als Jeans gesehen zu haben, aber er konnte sich täuschen. Bendlin erhob sich, als Maler eintrat. Sie nahmen an dem kleinen Besprechungstisch Platz. Zwei Tassen standen da, eine Thermoskanne mit Kaffee, eine Schale mit Plätzchen. Es waren die berühmten Marzipanplätzchen von Marianne Gebauer, selbstgebacken, natürlich.

»August, ich möchte zunächst etwas sagen.« Man merkte, dass Bendlin die nächsten Sätze eingeübt hatte, man merkte es immer, wenn Leute auswendig gelernte Sätze aufsagten, Maler kannte das aus Hunderten von Verhören. »Ich habe nicht vergessen, dass dies dein Büro ist, August. Ich möchte, dass du das weißt. Ich sitze hier nur vorübergehend. Wenn du wieder zurückkommst, dann ist das wieder dein Büro. Selbstverständlich.«

»Danke«, sagte Maler. Nichts weiter.

»Wie geht es dir?«, fragte Bendlin.

»Es geht«, sagte Maler. Für einen Moment glitt sein Blick durch den Raum. Mein Büro? Alles hier war ihm fremd, vollkommen fremd. Er konnte sich nicht vorstellen, dass er hier jahrelang gesessen hatte. Wie viele Tassen Kaffee hatten Rainer und er hier wohl getrunken? Die Erinnerungen blieben alle wie hinter einer Nebelwand. Er blickte auf seine Hände. Auch sie waren ihm fremd, als würden sie nicht zu ihm gehören. Jetzt musste er aufpassen. Er kannte diese Gefühlsspirale: Das Fremdheitsgefühl rückte von außen nach innen und mündete im Gefühl, von allem abgekoppelt zu sein, vor allem von sich selbst. Ein Therapeut hatte ihm geraten, in solchen Momenten irgendetwas ganz Plumpes zu tun, um die Spirale im Kopf zu durchbrechen, zum Beispiel ein volles Glas an die Wand zu werfen oder wenigstens umzuschütten. Das würde manchmal schon reichen.

Maler blickte die Kaffeekanne an. Dachte an den Therapeuten und ließ es dann doch sein.

»Ich meine, wie geht es dir gesundheitlich?«, fragte Bendlin.

Maler ließ die Frage unbeantwortet. Er wollte so schnell wie möglich diesen Raum, dieses Stockwerk, dieses Gebäude wieder verlassen. Er war hier, um seinen Kollegen von der Mordkommission zu erzählen, was er wusste. Dieser Fall hatte so gewaltige Ausmaße angenommen, das war nur zu schaffen mit den Kollegen, mit dem Polizeiapparat. Maler war klar: Er brauchte Hilfe.

Er berichtete, er habe nach der Ermordung von Rainer Gritz einen Anruf von Gabriel Tretjak bekommen, dem echten Gabriel Tretjak. Der habe ihn über die vier Männer informiert, die vier von Kattenbergs. Dass sie alle vier vor neun Jahren aus ihrem alten, belasteten Leben hatten verschwinden wollen und dass er, Tretjak, ihnen das neue Leben organisiert hatte. Maler erzählte, wie ihn Tretjak auf die Spur der beiden alten Nazi-Kinder im »Käfer« gesetzt hatte. Und auf den wütenden Christian Senne, der vor wenigen Wochen gestorben war. Er berichtete Bendlin auch von seinem traurigen Besuch bei der Witwe Senne und von seiner Begegnung mit dem Arzt im Krankenhaus, der sich die Hälfte des Jahres in Afrika engagierte. Maler erzählte vom Giftmord an dem dritten Kattenberg in Buenos Aires. Und Maler fasste zusammen: Drei der vier Kattenbergs waren tot. Einer, ein Bankier in New York, lebte. Noch. Man musste davon ausgehen, dass die Ermordung von Rainer Gritz im Zusammenhang mit diesen Taten stand.

Für ein paar Augenblicke war es still in dem kleinen Büro des Mordkommissariats. Kaffee und Plätzchen standen unberührt auf dem Tischchen. Maler hatte im Grunde offenbart, dass er tagelang auf eigene Faust, ohne Auftrag, ohne Genehmigung, ermittelt hatte. Gritz hatte ihm zwar gesagt, dass er beim Polizeipräsidenten eine Sondergenehmigung für ihn besorgt habe, doch Maler hatte sich darum überhaupt nicht mehr gekümmert. Nein, Maler war in eigener Sache unterwegs. Im Alleingang. Es wäre ein Leichtes gewesen für Bendlin, die alten Rechnungen mit einer wütenden Szene aufzuarbeiten: Was bildest du dir eigentlich ein? Wer glaubst du, wer du bist?

Doch nichts davon geschah. Bendlin stand auf, ging zu seinem Schreibtisch, holte ein paar Akten und setzte sich wieder. »Hier ist das Ergebnis der Obduktion der beiden Leichen aus der Maschine am Münchner Flughafen. Das war nicht einfach ein Doppelmord. Das war eine unvorstellbare Folterorgie, die sich über Tage hinzog.« Er fuhr fort: »Ich spare mir jetzt den biographischen Hintergrund des Mannes, scheint ja sowieso nichts zu stimmen. Über eine frühere Identität wussten wir nichts. Alles, was du erzählt hast, höre ich zum ersten Mal.«

Gabriel Tretjak alias Wolfgang von Kattenberg. Schien ein Lebemann gewesen zu sein, hatte mit Rennpferden gehandelt, eine Art Weltreisender in Sachen Glücksspiel, Hongkong, Sotschi, Dubai. Großspuriges Auftreten, er hatte immer genug Geld, keiner wusste, woher. »Nach allem, was wir gehört haben, muss das ein ziemlich unangenehmer Typ gewesen sein. Er hatte wohl ein ganzes Rudel Feinde, einige von ihnen richtig üble Typen«, sagte Bendlin.

Und der Mann hatte eine Freundin gehabt. Carla Almquist. Schwedin, viel jünger als er, Anfang dreißig, Juristin, gutbezahlter Job in einer renommierten Anwaltskanzlei in London. Anscheinend das komplette Gegenteil von ihm: seriös, beste Beziehungen zu ihren Eltern und Geschwistern, freundlich, alle hatten sie gemocht. Die Beziehung der beiden schien noch sehr frisch gewesen zu sein;

Freunde von Carla Almquist berichteten, sie hätten sich erst vor wenigen Monaten kennengelernt. Alle hatten sich gewundert, was sie mit dem Kerl wollte, alle waren davon ausgegangen, dass es sicher nicht lange halten würde.

Dann wurde Carla Almquist entführt. Neun Tage vor ihrem Tod. Elf Tage bevor sie in dem Flugzeug gefunden wurde. »Sie wurde entführt, und von Kattenberg bekam Bilder auf sein Handy geschickt, auf denen sie zu sehen war.«

Maler schaute Bendlin fragend an.

»Eine Bilderserie haben wir auf seinem Laptop gefunden: Sie war nackt auf eine Art OP-Tisch geschnallt, mit Handschellen gefesselt. Sie wurde vergewaltigt, von einem maskierten Mann. Aber nicht nur das.« Bendlin stockte.

Maler wollte ihn eigentlich gar nicht mehr fragend anschauen.

»Sie hatte überall Wunden, kleine Schnitte. Sie wurde regelrecht massakriert. Willst du noch weitere Details hören?«

Maler winkte ab.

»Von Kattenberg muss zunächst auf eine Lösegeldforderung gewartet haben. Aber es kam nichts. Und dann haben sich die Täter ihn geholt. Wir vermuten, er musste dem Sterben seiner Freundin bis zum Ende zuschauen. Einen Tag später starb er selbst.«

»Woran?«, fragte Maler.

»Herzversagen, verursacht durch eine Überdosis Adrenalin, ausgelöst durch verschiedene chemische Substanzen, die ihm über Tage zugeführt worden waren, nach und nach. Im Obduktionsbericht steht: Er ist innerlich zum Kochen gebracht worden. Sonst ist noch festgestellt worden, dass sämtliche Knochen an den Händen gebrochen waren.«

Was für ein entsetzlicher Tod, dachte Maler. Die Angst immer weiter steigern, immer weiter, immer weiter. Bis du krepierst.

Bendlin nahm einen Marzipankeks. »Wir hatten bisher eine Milieutat vermutet. Diese Theorie können wir jetzt wohl vergessen.«

»Sehe ich auch so«, sagte Maler.

Bendlin zog aus einem grünen Aktenordner ein weißes Formular heraus, einen Reiseantrag, ausgefüllt von Rainer Gritz. Er legte ihn Maler hin.

Dienstreise München – Penzance, stand da, erster Flug nach London um 6 Uhr 15, zweiter Flug nach Penzance um 8 Uhr 20, Rückflug Penzance, 20 Uhr 15, Rückflug London 21 Uhr 55. Mietwagen in Penzance. *Reisegrund: Mordfall Gabriel Tretjak.* Rainer Gritz hatte eine schöne Handschrift gehabt, gut lesbar.

»Das war einen Tag vor seinem Tod. Er hat mit niemandem von uns mehr sprechen können. Weißt du etwas?«

Maler schüttelte den Kopf.

»Warum ist er nach Penzance gefahren? Er muss irgendeine Spur gehabt haben. Ich habe mit dem dortigen Kollegen gesprochen, einem Kommissar Spencer. Ein eher wortkarger Typ.«

Maler verkniff sich die Frage nach Bendlins Englischkenntnissen. Er hatte sich oft geärgert über die fehlenden Sprachkenntnisse einiger seiner Mitarbeiter. Wenn es darum ging, mit Kollegen von Europol in Brüssel zu telefonieren, verschwanden viele gern mal auf dem Klo. Er glaubte sich zu erinnern, dass Bendlin einer davon gewesen war.

»Rainer hat Spencer um die Mittagszeit getroffen«, fuhr Bendlin fort, »nur kurz, das Gespräch hat wohl nur eine halbe Stunde gedauert. Spencer sagte, er habe sich gewundert, dass der Münchner Kollege extra wegen dieser Geschichte angereist war. Der Tod von diesem Gabriel Tretjak war für sie ein Unfall. Überfahren von einem Mähdrescher. Sie hatten die Akte bereits geschlossen. Spencer wusste nicht, was Rainer an diesem Tag in Penzance noch gemacht hat. Er sagte etwas von einem Zeitungsredakteur, ich habe hier irgendwo den Namen. Den haben wir noch nicht erreicht.«

»Habt ihr irgendwas auf Rainers Handy gefunden? Hat er in England telefoniert?«, fragte Maler.

»Nein. Keine SMS, kein Gespräch. Du weißt ja, er hat nie gerne telefoniert.«

Maler schaute Bendlin an. Er mochte ihn nicht, das würde sich wohl nie ändern. Aber in einem war er sich ganz sicher: Bendlin war wirklich erschüttert über den Tod von Gritz, egal, wie die beiden sich früher verstanden hatten, egal, dass Bendlin diesen Job nur bekommen hatte, weil Gritz nicht mehr lebte. Maler spürte die Wut bei Bendlin, die zum Polizistsein gehörte wie die schlechte Bezahlung, die Nachtschichten und die Klagen über irgendwelche bescheuerten Richter: Wehe, wenn einem Kollegen etwas passierte. Sofort stellte sich jeder vor, dass es auch ihn hätte treffen können. Wir kriegen das Schwein, das das gemacht hat. Das war Polizistencode.

Mordfall Gabriel Tretjak. So hatte es Gritz auf seinen Reiseantrag geschrieben. Eigentlich hätte er *Mordfälle* Gabriel Tretjak schreiben können, dachte Maler. Es war ja damals schon klar gewesen, dass der merkwürdige Mähdrescherunfall kein Unfall gewesen sein konnte. Dann kam der Mord in Buenos Aires hinzu. Mord*fälle* Gabriel Tretjak. Dreimal Tretjak, einmal Gritz. Es ging um eine Mordserie. Und vermutlich hatte Rainer sterben müssen, dachte Maler, weil er auf eine Spur gestoßen war.

Gabriel Tretjak, der echte Gabriel Tretjak. August Maler spürte sofort wieder diesen Zorn. Seit drei Tagen versuchte er ihn zu erreichen. Mailbox. Immer nur Mailbox. Kein Rückruf, keine Antwort, kein sonstiges Zeichen. Sie hatten bei ihrem Gespräch ausgemacht, sich regelmäßig auszutauschen über das, was sie in Erfahrung brachten. Und jetzt völliges Schweigen, seit drei Tagen. Was sollte das? Die Winkelzüge dieses Mannes. Hatte er nicht kapiert, dass sie diesmal nur nervten? Was spielte er dieses Mal für ein Spiel? Und was für eine Rolle hatte Tretjak für ihn dabei vorgesehen? Es war sicher keine Hauptrolle. August Maler wurde fast übel vor Zorn. Was er brauchte, war ein Partner, jemand, dem man vertrauen konnte. Und nichts klang absurder im Zusammenhang mit diesem Mann als das Wort Vertrauen.

Die Spielchen des Reglers. Tretjak hatte ihm am Ende des Telefonats gesagt, er werde ihm eine SMS schicken, mit einem speziellen Codewort, einer komplizierten Kombination aus Buchstaben und Zahlen. Sollte er sich 24 Stunden nicht melden, solle er, Maler, dieses Codewort an eine bestimmte Mailadresse schicken. Es sei nur eine Vorsichtsmaßnahme, für alle Fälle, hatte Tretjak gesagt. Maler hatte nicht die Kraft gehabt, irgendetwas dazu zu sagen. Die SMS war einige Minuten später tatsächlich gekommen. Er hatte das Codewort auf seinem Handy gespeichert. Aber er hatte es nicht losgeschickt, und er würde es auch ganz sicher nicht tun. Wer wusste, was dieses Codewort auslöste?

Möglicherweise würde er damit selbst Teil eines perfiden Plans werden. Möglicherweise müsste er sich später fragen lassen, warum er bei alldem mitgemacht hatte, warum er zum Mittäter geworden war. Maler ärgerte sich: Für wie dämlich hielt ihn dieser Mann eigentlich? Nein, Herr Tretjak, die Schachfigur Maler spielt jetzt nicht mehr mit.

Mit Bendlin vereinbarte er am Ende ihres Gesprächs, dass Gabriel Tretjak erneut zur Fahndung ausgeschrieben werden sollte, weltweit, wegen Mordverdachts. Maler steckte sich noch drei Plätzchen in die Jackentasche, damit Marianne Gebauer nicht glaubte, sie hätten fast gar nichts gegessen. Er gab Bendlin zum Abschied die Hand. Es war klar, dass sie ab jetzt in regelmäßigem Kontakt bleiben würden. Marianne Gebauer nahm er kurz in den Arm, »großartig, deine Kekse, Marianne, ganz wunderbar«.

Draußen vor der Bürotür wartete Harry Mutt auf ihn. Ein netter Kollege, guter Mann, einer der Besten. Erste besondere Eigenschaft: Er hatte immer Geldprobleme, weil er auf die Pferderennbahn ging und eigentlich immer verlor. Zweite besondere Eigenschaft: Er sprach nie ein Wort zu viel. Maler gefiel das.

»Hallo, Harry.«
»Hallo, August.«
Maler sagte nicht, ›Schön, dich zu sehen‹. Mutt sagte es auch nicht.
»August, ich habe was für dich. Ich möchte, dass du das nimmst.« Mutt zog ein schwarzes Büchlein aus seinem Jackett und gab es ihm. »Ich will, dass du es hast.«
Maler blickte ihn fragend an.
»Rainer hat Tagebuch geführt. Es lag neben seinem

Bett.« Mutt machte eine Handbewegung in Richtung des Büros von Bendlin. »Ich will nicht, dass er da drin rumblättert.«

»Gut«, sagte Maler und steckte das Buch ein.

Inge wartete im Café Tambosi am Hofgarten. Sie liebte dieses Café, und Maler liebte den Hofgarten. Da, wo München am schönsten ist, so nannte er den kleinen Park. Sie hatte sich einen schönen Tisch im ersten Stock ausgesucht, mit zwei weichen Plüschsesseln. Inge stand auf, als er kam. Das tat sie sonst nie. Es wirkte ja auch ein bisschen förmlich. Sie umarmte ihn. Lange. Maler dachte: Umarmt sie jetzt den Mann oder den Patienten?

Inge war dabei gewesen, heute Morgen, bei seinem ersten Termin. Natürlich war sie dabei gewesen. Im Klinikum Großhadern, Station C, Herzchirurgie. Sie hatten zwanzig Minuten warten müssen, bevor sie hineindurften zum Professor. Er war eine Legende in München, einer der großen Herzchirurgen der Welt, die Nummer eins im Lande. Und nebenbei der Mann, der August Maler sein Herz herausgeschnitten und ein neues eingepflanzt hatte.

Das neue Herz, das sein Körper nie wirklich hatte haben wollen. Es war das Problem bei jeder Transplantation: Der Körper wehrte sich gegen das neue Organ, das war bei allen Patienten so, die körpereigenen Abwehrkräfte griffen das fremde Organ an. Es war ein Paradox: Der Körper attackierte das Organ, das ihn rettete. Die großen Fortschritte, die die Transplantationsmedizin in den letzten Jahren gemacht hatte, bestanden in der Entwicklung neuer Medikamente, die den Angriffsfuror des eigenen Körpers derart schwächten, dass das Herz weitgehend unbehelligt pumpen konnte. Viele Transplantierte konnten jahrzehntelang ein weitgehend normales Leben führen.

Bei August Maler war es von Anfang an nicht gut gelaufen. Es hatte dauernd Probleme gegeben, eine Abstoßungsreaktion folgte der anderen. Knapp zwei Jahre sah es dann so aus, als würde doch alles gut werden, als hätten sie sich doch aneinander gewöhnt, sein Körper und sein neues Herz. Doch dann war eine neue, besonders schwere Abstoßungsreaktion aufgetreten. Wochenlang Intensivstation, monatelanger Klinikaufenthalt. Der mühsame Weg zurück. August Maler zumeist auf seinem Balkon, versunken in Seelenreisen, geschüttelt von Angstzuständen.

Maler hatte dem Herzchirurgen einen Namen gegeben: Professor Entschiedenheit. Er sagte immer, wie die Lage war. Er sagte immer, was zu tun war. Und tat es dann. Zweifel hatten im Leben dieses Mannes keinen Platz, es gab kein Zögern, kein Zaudern. Es gab immer nur eine Richtung, nur einen Weg. Er duldete keinen Widerspruch. Seine mitfühlendste Frage war: »Können Sie mir folgen?« Oder: »Verstehen Sie, was ich Ihnen sage?« Und so war es auch heute Morgen gewesen.

Inge und August Maler hatten auf seiner schwarzen Besprechungscouch gesessen, ihm gegenüber. Professor Entschiedenheit sagte, wie die Lage war: »Herr Maler, wir müssen was tun. Alle Werte haben sich verschlechtert. Das Blutbild ist schlecht und wird immer schlechter. Wir vermuten, dass die nächste Abstoßungsreaktion unmittelbar bevorsteht. Kein Grund zur Sorge, wir werden das in den Griff bekommen. Aber wir müssen handeln, wir können nicht weiter zuschauen.« Professor Entschiedenheit sagte, was zu tun war: »Herr Maler, Sie brauchen ein neues Herz. Beim ersten war von Beginn an der Wurm drin, das ändern wir dieses Mal. Jetzt wird alles gut. Herr Maler, es gibt nichts mehr zu überlegen, nichts mehr zu entscheiden. Sie stehen seit heute Morgen auf der Warteliste für ein neues Herz, mit allen Kriterien der Dringlichkeit. Es wird schnell gehen, glauben Sie mir.«

»Und wenn ich nicht mitmache? Wenn ich nicht mag?«, fragte Maler, durchaus mit Angriffslust in der Stimme.

Der Professor verzog keine Miene. »Dann sterben Sie, Herr Maler. Und weil das die einzige Alternative ist, vergessen wir sie sofort wieder.«

»Das sehe ich auch so«, sagte Inge Maler.

Sie waren noch etwa dreißig Minuten zusammen sitzen geblieben. Hatten besprochen, was nun kommen würde. Am Ende hatte August Maler einige Untersuchungstermine für die nächsten Tage. Er würde auch zum Psychologen müssen, der beurteilen sollte, ob er einer Transplantation seelisch gewachsen war. Das war Vorschrift, jeder Transplantationspatient musste dorthin. Bei seiner ersten Transplantation war der Psychologe ein alter Herr gewesen. Ein weiser alter Mann. Sie hatten sich über die Dinge des Lebens unterhalten, über die Liebe, über Kinder. Sie hatten über die Fähigkeit gesprochen, das Glück zu erkennen. Und dahin hatte der Psychologe das Gespräch auch steuern wollen: das Glück zu erkennen, eine neue Chance zu bekommen, mit dem neuen Herzen. Maler hatte den Mann für in sich ruhend gehalten, für seelisch gefestigt. Einige Wochen später hatte er zufällig dessen Todesanzeige gelesen. Er hatte sich erkundigt, und es hatte sich herausgestellt, dass sich der Psychologe erschossen hatte. Depression, Einsamkeit seien die Gründe gewesen. So konnte man sich täuschen.

Im Café Tambosi bestellte Maler für sich und seine Frau

zwei Gläser Portwein. Das erste Mal seit langer Zeit, dass er etwas Alkoholisches trank. Es war zwar erst später Vormittag, aber er hatte das Gefühl, dass es genau das Richtige war. Und er hatte recht. Der Alkohol ließ seine Hände ruhig werden, er konnte das Glas heben, einfach so. Wer die beiden beobachtet hätte, wäre wohl auf den Gedanken gekommen, ein vertrautes, glückliches Paar zu sehen. Sehr mit sich beschäftigt, wie es manche guten Paare eben so sind.

Als sie das Café verließen, gingen sie über den Hofgarten Richtung Auto. Später sollte Maler denken, dass er als Kripomann den Mann hätte bemerken müssen, der ihnen folgte. Er trug eine schwarze Lederjacke und hatte eine kleine Tüte im Arm, aus der er Körner streute, für die Tauben. Deswegen hatte er seine Handschuhe ausgezogen, die er sonst immer trug, auch im Sommer. So sah man seine Hände, durchaus markante Hände. Auf jedem Fingerknöchel war ein kleiner schwarzer Drache eintätowiert. Als er in sein Auto stieg, um den Malers nachzufahren, hatte er die Handschuhe wieder angezogen.

5

Die Festung

Die Stromstöße an den Hand- und Fußgelenken. Die Schmerzen vom Liegen in der immer gleichen Position. Der Hunger, der sich langsam zu einem Ungeheuer entwickelte, das in seinem Körper tobte. Gabriel Tretjak war in keiner guten Verfassung. Kartenspieler wie sein Vater hätten gesagt: kein gutes Blatt.

Aber weder sein Vater damals noch die Person, die ihn hier zu quälen versuchte, niemand hatte eine Ahnung von dem Trumpf, den Gabriel Tretjak immer in der Hand hielt. Eine Karte, die er schon öfter in seinem Leben hatte ausspielen müssen. Es war die Festungskarte. So nannte er sie. Gabriel Tretjak war in der Lage, sich in eine innere Festung zurückzuziehen, in der ihm niemand etwas anhaben konnte. Seine Seele, seinen Verstand, seine Empfindungen – alles konnte er dort in Sicherheit bringen. Das hatte schon als Kind funktioniert, und es funktionierte auch in diesem Raum, der längst nicht mehr nach Arztpraxis roch, sondern nach Urin, seinem eigenen Urin, weil es nicht reichte, wenn jemand seinen Schwanz nur einmal am Tag in eine Flasche stopfte. Und es roch nach seinen Exkrementen, weil ihn niemand saubermachte, nachdem man ihm die Schüssel unter dem Hintern weggezogen hatte. Aber das würde sowieso bald aufhören. Wer nichts aß, musste auch nichts verdauen.

In Tretjaks Festung war es still. Es gab dort keine Geräusche. Und es gab dort auch keine Gerüche. Es gab nur klare, pure Gedanken. Gedanken, die nach keiner sprachlichen Formulierung suchten, weil sie nie ausgesprochen werden würden. Gedanken, die auf nichts und niemanden Rücksicht nahmen, auch nicht auf ihn selbst. Mit der Tatsache, dass er sterben sollte, hatten diese Gedanken kein Problem. Der Tod war nichts, worüber man nachdenken musste. Er passierte, ganz sicher, ohne den geringsten Zweifel. Ob heute oder in zwanzig Jahren – in der Zeitrechnung des Orionnebels war dieser Unterschied nicht wahrnehmbar. Ein Menschenleben war dort nur ein Wimpernschlag.

Nein, die Gedanken in Tretjaks Festung suchten nach dankbareren Aufgaben. Wie konnte man aus dieser Situation entkommen?, zum Beispiel. Oder: Wie konnte man verhindern, dass Sophia Welterlin etwas zustieß? Wer war die Person hinter der Stimme? Hatte sein Gehirn wirklich alle Informationen aufgenommen und miteinander in die richtige Beziehung gesetzt? Was hatte er übersehen?

Manchmal beschäftigten sich seine Gedanken mit Carolas Haut. Sie tasteten sie Zentimeter für Zentimeter ab. Was wäre geschehen, wenn er sie damals vor neun Jahren nicht verlassen hätte? Wenn er den Mut gehabt hätte, ihr die Wahrheit zu sagen – über sich, über sie, über das Leben.

Wäre er dann jetzt auch hier? Festgeschnallt auf diesem Stuhl? Vielleicht nicht. Oder war Carola die Person hinter dieser Stimme? Cherchez la femme, such die Lösung bei der Frau – sollte er das noch einmal, wieder einmal erleben?

Ein paar Gedanken jedoch waren verboten in seiner Festung. Gedanken an Luca zum Beispiel, seinen Bruder. Sackgasse. Keine Sackgassen, bitte. Aber wenn er schlief, kamen die Träume. Gab man ihm Drogen, in dem Wasser aufgelöst? Sonst träumte er selten oder konnte sich jedenfalls nicht daran erinnern. Aber hier war es anders, und immer wieder war es Luca, war es diese Szene in der Umkleidekabine am Schwimmbad des Hotels »Zum blauen Mondschein«. Im Prinzip immer wieder dieselbe Szene, aber sie lief jedes Mal anders ab, es gab immer irgendeine Variation, und es kam Tretjak vor, als warte er schon auf diese Variation, quasi mit Bewusstsein, während er träumte. Einmal waren sie beide schon erwachsen, mindestens so alt, wie sie tatsächlich heute waren, aber trotzdem rochen sie heimlich an den Badeanzügen der Frauen. Luca mit einem alten, faltigen Gesicht ...

»Sprechen wir über die Physikerin, Herr Tretjak«, sagte die Stimme aus dem Lautsprecher in ihrer gnadenlosen Freundlichkeit. »Sie helfen einer Frau, die einen Mann in den Selbstmord getrieben hat – aus kalter Berechnung, nur für ihre Karriere. Ich habe mich ja ein bisschen mit dem Leben dieser Frau beschäftigt. Habe mit ihren Feinden geredet. Die einen haben mir Fotos gegeben, die anderen eine widerliche Anekdote nach der anderen erzählt. Eine schreckliche Frau, diese Welterlin. Sie helfen einer widerlichen Intrigantin. Haben Sie Skrupel? Nein. Ein schlechtes Gewissen? Nein. Habe ich recht?«

»Ja«, sagte Gabriel Tretjak.

»Und jetzt will sie sich auch noch zur Herrin über die Zeit aufschwingen. Es ist an der Zeit, diese Person aus ihren Ferien zurückzuholen, finden Sie nicht? Genug des Dolce Vita am Strand. Wir werden ihr eine SMS schicken, von Ihrem Handy natürlich, Herr Tretjak. Sie dürfen sie formulieren.«

»Wie lange darf ich überlegen?«

»Gar nicht. Sagen Sie den Text.«

»Okay«, sagte Tretjak. Er diktierte: »Liebe Frau Welterlin, Sie können in drei Tagen zurückkommen. Es ist alles aufgeklärt. Genießen Sie die Tage. T. PS: Denken Sie an die Anomalie des Wassers.«

»Die drei Tage streiche ich«, sagte die Stimme.

»Sie sagten, ich darf formulieren.«

»Ich sagte: Jetzt ist Zeit, Frau Welterlin zurückzuholen. Jetzt. Sagte ich.«

Tretjak schwieg.

»Was hat das zu bedeuten: die Anomalie des Wassers?«

»Fast alle Stoffe werden leichter, wenn sie sich erwärmen – und schwerer, wenn sie abkühlen«, sagte Tretjak. Er spannte seine Muskeln an, weil er jede Sekunde mit einem Stromschlag rechnete. »Nur bei Wasser gibt es eine Anomalie. Beim Abkühlen wird Wasser plötzlich leichter statt schwerer, und zwar bei genau vier Grad Celsius. Deshalb frieren Gewässer an der Oberfläche zu und nicht von Grund auf. Diese Anomalie schützt das Leben.«

Es war eine Weile still in dem kleinen Lautsprecher hinter ihm. »Und warum haben Sie es geschrieben?«, fragte die Stimme schließlich.

»Das hatte nur einen Grund«, sagte Tretjak. »Ich wollte wissen, ob Sie Physiker sind. Sie sind es nicht.«

Er hatte sich geschworen, nicht zu schreien, egal, was passieren würde. Aber bei der Stärke des Stromstoßes, der jetzt kam, waren solche Schwüre Makulatur.

6

Carola

Carola Kern wusste genau, dass die Bezeichnung »Teeladen« für ihr Geschäft eine ziemliche Untertreibung war. Aber ihr gefiel das Wort. Und sie sagte gern den Satz: »Ich habe einen Teeladen.«

So stand es auch in goldener Schrift auf den dunkelgrün gestrichenen Flächen über den Schaufenstern: *Carolas Teeladen*. Hier in Luzern war seit drei Jahren in kleinerer Schrift darunter vermerkt: *Stammhaus*. Ihr Geschäft hatte inzwischen drei Filialen, eine in St. Moritz, eine in Zürich und eine in Lausanne. Die besten Teesorten der Welt, ungewöhnliche eigene Mischungen, ausgesuchte Accessoires und inzwischen sogar die Organisation besonderer Reisen auf den Spuren des Tees – das war ihr Geschäft. Und eine persönliche Beziehung zu ihren Produzenten und Lieferanten ebenso wie zu guten Kunden – das war ihr Stil. Carola Kern verstand es, Tee wie ein Luxusgut zu behandeln, ihren Kunden das Gefühl zu geben, Teil einer großen Kultur zu sein, einer aufregenden Welt des Genusses. Sie wusste, dass sie auch mit Ende dreißig noch eine sehr schöne Frau war, dass ihr die dunkelgrüne Schürze und die weiße Bluse gut standen, in denen sie immer noch fast jeden Tag hinter dem Verkaufstresen ihre Kunden selbst bediente.

Ihr Laden hatte eine dieser alten Drehtüren aus Palisanderholz und Glas. Wenn jemand den Laden betrat und die Tür sich drehte, gab es immer einen kurzen Moment, in dem sie ihr Spiegelbild sah. An diesem Vormittag wartete sie förmlich auf die richtige Position der Tür, weil sie ihre neue Frisur begutachten wollte. Gefiel er ihr, dieser neue, etwas burschikose Schnitt? Die kürzeren Haare nahmen ihren großen Rehaugen das Melancholische, fand sie. Ob es Gabriel gefallen hatte? Eine Frage, zu deren Antwort sie nicht mehr vorgedrungen waren, nicht mehr vordringen würden. Immer wieder ertappte sie sich bei diesem Gedanken. Dann sah sie den verletzten Zug um ihren Mund in der Drehtür. Es spielte ja keine Rolle mehr. Spielte ja schon wieder keine Rolle mehr.

Vielleicht hatte sie deshalb den Mann nicht durch die Tür kommen sehen – weil sie sich selbst angesehen hatte. Vielleicht auch, weil er so gar nichts Auffälliges an sich hatte. Als er aber an die Theke trat, genau vor sie hin, erkannte Carola Kern sofort, dass er nicht gekommen war, um eine Teekanne zu kaufen.

»Frau Kern, ich muss Sie sprechen«, sagte der Mann, der graue Haare hatte, eine Brille trug und einen weiten, dicken Wollmantel. Zu warm für diesen schönen Herbsttag, dachte sie, da fuhr er schon fort: »Es geht um Gabriel Tretjak.«

Sie spürte ihren Magen bei diesem Namen, sofort, als hätte jemand durch die Haut hindurch nach ihm gegriffen.

Ein Gebräu aus Gefühlen überschwemmte ihren Körper. Wut, Sorge, Angst, Enttäuschung, das waren die Bestandteile. Liebe? Ja, auch Liebe, das wusste sie, das hasste sie. Sie hörte den Mann sagen, dass sie vielleicht besser in einen Raum gingen, wo sie ungestört reden könnten. Sie sah sich dabei zu, wie sie den mittleren Teil der alten Holztheke nach oben klappte, ihm bedeutete, hindurchzutreten und ihr zu folgen. Eine Tür, eine kleine Treppe ins Souterrain. Noch eine Tür. Ihr Büro.

»Sehr schöner Laden«, sagte der Mann, als er im Sessel vor ihrem Schreibtisch Platz genommen hatte. Den Mantel hatte er anbehalten, Getränke hatte er abgelehnt. Das Büro war ein unspektakulärer, eher kleiner Raum. Zwei Fenster, die in einen Hinterhof führten, Regale mit Ordnern, Büchern und Papieren. Nur der Tisch war ein schönes Stück – und der englische Clubsessel für die Besucher. Beide stammten aus der Auflösung eines Cafés in Wien. Auf dem Tisch stand ein Foto von Carola Kerns Eltern, beide lachend, neben ihnen ein riesiger Hund.

»Ja, ein schöner Laden«, sagte Carola Kern. Und fügte gleich hinzu: »Wer sind Sie? Worum geht es?«

»Es geht um Sie, Frau Kern«, sagte der Mann. »Um Ihr Leben. Ihre Träume, Ihre Gefühle.«

»Ach ja?«, sagte sie. Vielleicht war es einfach nur ein Verrückter. Aber so sah er nicht aus.

»Jemand spielt mit Ihnen, mit Ihren Sehnsüchten, Ihren Träumen, Ihrer ganzen Biographie. Sie sollten das wissen«, sagte der Mann. »Sie sollten es endlich wissen.« Er griff in den Mantel, öffnete eine Brieftasche und reichte ihr über den Tisch eine Visitenkarte. Sie sah einen Namen, sie sah den Begriff *Rechtsanwalt*.

»Sie sind eine kluge Frau«, sagte der Mann. »Sie wissen, dass Visitenkarten nichts bedeuten. Diese hier bedeutet auch nichts. Sie ist falsch.« Er lächelte. Das dünne Lächeln eines Menschen, der sich schon lange und immer wieder neu verkannt fühlt. »Es geht hier nicht um mich. Sondern um Sie. Und um Gabriel Tretjak.«

Sie hätte diesen Mann aus ihrem Büro werfen müssen. Das dachte sie nicht erst hinterher, sie wusste es schon in diesem Moment. Eine Stimme in ihr meldete sich ganz deutlich: Schick ihn weg. Aber man hört nicht immer auf die richtige Stimme. Sie dachte an ihr zweites Treffen mit Gabriel. Seit Tagen dachte sie an nichts anderes. An diesen Nachmittag, den sie sich gestohlen hatten, den sie ihren Terminen und Verpflichtungen einfach entwendet hatten. Sie hatte einfach eine Dienstreise zu einem Produzenten abgesagt, die schon überfällig gewesen war, und er war einfach ins Auto gestiegen und nach Luzern gefahren, obwohl er, wie er sagte, in Genf in wichtigen Geschäftsverhandlungen steckte. Sie hatten Sex gehabt, gleich in seinem Auto, als wären sie beide noch 18. Gott, er war einfach in ein Parkhaus gefahren, hatte den Wagen in den Serpentinen immer weiter nach oben geschraubt, immer höher, bis zur letzten Ebene, wo niemand mehr war. Da hatte sie schon ihr Höschen ausgezogen und seine Hose geöffnet ... Danach hatten sie in einem Café gesessen, irgendeinem, ist doch völlig egal, hatte er gesagt. Hatten sich angesehen und gelacht und sich wieder angesehen. Die Nachricht auf seinem Telefon hatte ihn irritiert, das hatte sie gemerkt. »Carola«, hatte er gesagt und sich dabei umgesehen, als vermutete er die Person, die ihm die Nachricht geschickt hatte, im Café. »Carola, ich muss jemanden treffen. Jetzt sofort. Es geht nicht anders. Dauert nur eine Stunde. Kannst du einfach hier warten?« Sie hatte ihn durch die Tür gehen sehen, sein Lächeln, als er sich noch mal umgedreht hatte.

Er war nicht zurückgekommen. Und sie hatte seit fünf Tagen keine Nachricht. Wieder war er mir nichts, dir nichts aus ihrem Leben verschwunden. Carola Kern konnte nicht auf ihre innere Stimme hören. Sie konnte den Mann im Wollmantel nicht wegschicken.

7

Die Nachricht

Sie waren in einem kleinen Laden mit Kleidern und Blusen, als Tretjaks SMS ankam. Sophia Welterlin hörte das Handy in ihrer Handtasche piepsen. Sie stand gerade in der Umkleidekabine und knöpfte das dunkelblaue Kleid zu, das weiße Punkte hatte und vorne eine lange Knopfreihe von oben bis unten. Vielleicht war es ein bisschen zu mädchenhaft für ihren Typ, aber warum nicht? Mal sehen, im Spiegel. Die Handtasche hielt ihr Vater, der vor der Kabine auf und ab ging. Sie wusste, er hatte Hunger und wollte zum Essen. Sie hatten in dem einzigen Restaurant der Gegend reserviert, das eine Erwähnung im Guide Michelin hatte. Es lag in Populonia Alta, einem kleinen Ort auf dem Felsen, der über der Bucht von Baratti thronte. Der Ort bestand aus einer einzigen geraden Straße, rechts und links ein paar Bars, eine Trattoria, das Restaurant und – direkt gegenüber – der Kleiderladen, der es Sophia Welterlin angetan hatte. Sie war überrascht gewesen, hier oben nicht den üblichen Touristenshop vorzufinden, sondern diese geschmackvolle Boutique.

Sie wusste, dass die SMS von Tretjak kam, schließlich hatte nur er die Nummer dieses Telefons. Am Anfang war es ihr nicht leichtgefallen, so ohne ihr iPhone, ohne ihren Laptop, es hatte sich schon ein bisschen wie ein Entzug angefühlt. Aber nach und nach hatte sie immer mehr Gefallen daran gefunden, an dieser Kommunikationspause, die ja auch bedeutete: Pause von den Sorgen und Ängsten, Pause von Verabredungen, Pause vom Job, Pause von Informationen. Pause vom normalen Sophia-Welterlin-Sein. Ihr Vater gab ihr die Handtasche, er ließ sich seine Ungeduld nicht anmerken, er wusste, was sich gehörte. Heute war Sophias Geburtstag. Sie konnte so lange Kleider anprobieren, wie sie wollte – dies versuchte er mit einem Gesichtsausdruck zu zeigen. Sie lächelte ihn an und las die Nachricht.

Liebe Frau Welterlin, Sie können zurückkommen. Es ist alles aufgeklärt. Gute Reise, T.

Dann kramte sie einen Zettel aus ihrer Handtasche, entfaltete ihn – und las die Nachricht noch einmal. Wort für Wort verglich sie.

Liebe Frau Welterlin, Sie können zurückkommen. Es ist alles aufgeklärt. Gute Reise, T.

Sie blickte auf und merkte, dass ihr Vater sie besorgt ansah. »Stimmt etwas nicht?«, fragte er.

»Vater, ich muss abreisen«, sagte sie. »Leider.«

»Was? Wieso denn? Ohne mich?«

»Sofort«, sagte sie und begann mechanisch, die lange Reihe der Knöpfe wieder zu öffnen. »Du bleibst hier«, sagte sie. »Du gehst in das Restaurant, behältst den Wagen, bleibst noch ein paar Tage im Hotel, wenn du magst.« Sie war schon auf dem Weg in die Umkleidekabine. »Gibt es hier ein Taxi?«, sagte sie zu der netten Verkäuferin.

»Bitte rufen Sie mir eines. Ich muss zum Flughafen in Rom.«

»Fliegst du nach Genf zurück?«, hörte sie ihren Vater fragen.

»Nein«, antwortete sie.

»Sophia ...«

Sie drehte sich um und sah ihren Vater, wie er mitten im Laden stand, ratlos, immer noch die Handtasche fest umklammert vor dem Bauch, als wollte sie ihm jemand wegnehmen.

»Es ist etwas schiefgegangen, Vater«, sagte sie. »Mit meinen Plänen ist etwas schiefgegangen.«

Elf Minuten später saß Sophia Welterlin in einem weißen Taxi auf dem Weg nach Rom. Sie hatte nur zwei Dinge bei sich auf dem Rücksitz: ihre Handtasche und eine Plastiktüte mit dem blauen Kleid. Ist doch dein Geburtstag, hatte ihr Vater gesagt. Heute hingen ein paar Wolken über dem Meer. Deshalb konnte sie die Sonne an diesem Tag nicht untergehen sehen. Sie sah nur einen glutroten Streifen am Horizont.

»Bellissimo«, sagte der Taxifahrer. Aber sie hörte nicht hin.

8

Eine Erinnerung

Was immer dein Gehirn auch tut – es tut es, um dich zu schützen. Sein Freund Kerkhoff hatte ihm das immer gepredigt. »Das ist der Auftrag des Gehirns«, hatte er oft wiederholt, »einen anderen Auftrag gibt es nicht.« Harry Kerkhoff, der Gehirnforscher, der hochdekorierte Professor, der schließlich ermordet aufgefunden worden war, in einem Pferdetransporter – die Leber durchbohrt, die Augen ausgestochen. Harry. Tretjak dachte an ihn, an seinen fordernden Blick, sein provozierendes Lachen. Deinem Hirn ist es nicht gelungen, dich zu beschützen, Harry. Und ich bin daran schuld.

Wie lange versuchte Gabriel Tretjak nun schon, sich zu erinnern? Wie viele Stunden, Tage? Wie lange schon verweigerte ihm sein Gehirn die Information, was geschehen war? Auf welche Weise er hierhergelangt war? In diesen Raum? Auf diesen Stuhl?

»Wenn etwas Schlimmes passiert, sagen wir, ein Mann fällt vor den Zug und ihm wird ein Bein abgefahren«, hatte Kerkhoff einmal erklärt, »dann konzentriert sich das Gehirn nur auf die eine Frage: Wie können wir überleben? Dafür müssen alle Kräfte mobilisiert werden. Und es ist gut, wenn die Informationen rund um den Unfall gelöscht werden. Dem Menschen nützt es nichts, wenn er die Bilder gespeichert hat: wie der Zug herannaht, wie er stürzt ... Es hilft ihm nicht, wenn er die Geräusche gespeichert hat, die Geräusche der Eisenräder, die seine Knochen durchschneiden, das Schreien der Menschen ... Die Gerüche, den Geruch von Blut, von viel Blut, von frischem, spritzendem Blut. All das wiederholt nur immer wieder das schreckliche Ereignis, es lähmt, es schwächt den Organismus. Deshalb ist es vernünftig, wenn das Gehirn diese Dateien löscht. Weg damit. Ein für alle Mal.«

Gabriel Tretjak hatte trotzdem das Gefühl, dass sein Gehirn gerade einen Fehler machte, und suchte nach Anhaltspunkten, um an die versteckten Informationen zu gelangen. Seine Kleidung? Er steckte in Jeans und einem schwarzen Pullover mit V-Ausschnitt. Das war nichts Besonderes und nicht geeignet, Erinnerungen auszulösen. In seinem Kleiderschrank existierten zehn solcher Pullover und zehn Paar Bluejeans. Es war fast eine Art Uniform. Wäre es ein Smoking gewesen, ja, dann hätte er vielleicht eine Chance gehabt, aber so?

Die letzte Erinnerung, die präzise war, zeigte ihn in der Küche von Sophia Welterlin, nachts, am Telefon mit Kommissar Maler in München. Das wusste Tretjak noch genau, dass er Maler die Geschichte der vier von Kattenbergs erzählt hatte. Die unter einem neuen Namen an verschiedenen Orten der Welt ein neues Leben angefangen hatten. Mit seiner, Tretjaks, Hilfe. Und seinem, Tretjaks, Namen.

Er hatte an dem Tag beschlossen, die Polizei zu seinem

Verbündeten zu machen. Dazu schien ihm dieser Maler am besten geeignet zu sein, auch wenn er gesundheitliche Probleme hatte. Aber das konnte sich durchaus auch mal als Vorteil erweisen. Maler war jedenfalls klug, und Maler hatte ein Motiv, die Mordfälle aufzuklären. Gritz war sein engster Kollege gewesen.

Ein paar weitere Bruchstücke gab es noch in Tretjaks Erinnerung. Er musste auch im Forschungszentrum CERN gewesen sein, in Welterlins Institut. Ein Gespräch hatte dort stattgefunden im Auto, auf dem Parkplatz, mit einem jungen Kollegen von Sophia Welterlin. Aber diese Erinnerung tauchte nur in Form von Bildblitzen in seinem Kopf auf, ohne Ton. Bilder, die plötzlich von anderen Gedankengängen zerhackt wurden. Wie auch die Bilder von Carola. Hatte er sie noch einmal getroffen? War er noch einmal in Luzern gewesen? Oder war sie nach Genf gekommen? Ihr lachendes Gesicht vor einer Tasse Kaffee … Stammte das aus seinem Gedankenarchiv, ein Bild von vor neun Jahren? Oder war es neu? Sie hatte jedenfalls die Haare irgendwie anders gehabt. Wie viel Zeit war überhaupt vergangen? Hatte sein Gehirn Stunden gelöscht? Tage? Wochen?

In dem Raum, in dem er sich befand, hatte sich etwas verändert. Oder besser gesagt, man hatte etwas verändert. Er musste geschlafen haben oder nicht bei Bewusstsein gewesen sein. Es war jetzt hell im Raum, Tageslicht. Man hatte den Stuhl, auf dem er festgeschnallt war, offenbar gedreht. Tretjak blickte nun auf ein Fenster, ein Fenster in einer weißen Wand. Es war ziemlich groß, quadratisch, es hatte keine Vorhänge, auch keine Rollos, jedenfalls keine sichtbaren. Es hatte ein schmales, weißes Fensterbrett, auf dem aber keine Gegenstände standen. Das Fenster gab den Blick auf die Spitzen von Baumkronen frei, fünf, sechs davon, eine Birke war dabei, eine Eiche, die ganz rechte gehörte vielleicht einer Kastanie. Der Raum musste sich an einem ziemlich hohen Punkt eines Gebäudes befinden, dachte Tretjak, vierter Stock mindestens. Er sah nur Himmel und die Zweige mit dem Laub, dessen Farbe schon deutlich auf Herbst verwies.

Vor dem Fenster stand ein Gegenstand, der ihm vertraut war. Er stand auf einem Stativ aus schwarzem Metall. Es war ein ziemlich großes Fernrohr, eines, das man zum Betrachten der Sterne und Planeten benutzte. Es war einen Meter lang und zehn Zentimeter dick, Öffnungsdurchmesser 106 Millimeter. Ein sogenannter Refraktor, in dessen Innerem sich ein ausgeklügeltes System aus Vergrößerungslinsen befand. Einsatzbereit, mit abgenommenen Schutzkappen und eingeschraubtem Okular, stand es in einem leicht schrägen Winkel gen Himmel gerichtet. So hatte er das öfters gesehen, in teuren Villen und Penthousewohnungen: ein schickes Fernrohr vorm Fenster, durch das aber nie jemand schaute, weil man so gar nicht wirklich etwas sehen konnte. Um das Weltall zu beobachten, musste man nach draußen, wo keine Glasscheiben störten und keine Heizungen die Luft verwirbelten. Und man musste in die Nacht hinaus, in die möglichst stockdunkle Nacht. Tretjak sah, dass es ein Fernrohr der Marke Televue war, eine der besten auf dem Markt. Er selbst hatte als Junge ein Televue benutzt, ein kleineres allerdings, kürzer, schmaler, und nicht schwarz, sondern messingfarben. Es war ein Geschenk seiner Tante gewesen. Gabriel Tretjak hatte nahezu nichts aus seiner Kindheit mitgenommen in sein Erwachsenenleben, er umgab sich überhaupt mit wenigen Gegenständen, behielt die Dinge nur so lange, wie sie ihm von Nutzen waren. Leichtes Gepäck war ihm immer wichtig gewesen. Das Fernrohr allerdings gab es noch. Sogar die Originaltasche, dunkelblau, die er sich damals immer umgehängt hatte, wenn er seine Reisen zu den Sternen angetreten hatte, seine Fluchten aus einer furchtbaren Welt.

Die Stimme aus dem Lautsprecher hinter ihm kam plötzlich und unerwartet. Tretjak erschrak. Das geschah gelegentlich. Manchmal hörte er das leise Rauschen nicht, mit dem sich die Stimme ankündigte, weil der Lautsprecher eingeschaltet wurde. War er dann so in Gedanken versunken gewesen? Oder war das Absicht, konnte man das Gerät auch ohne Geräusch einschalten, und er sollte erschreckt werden?

»Sie sind der Großmeister im Verändern von Biographien«, sagte die Stimme. »Sie spielen mit ihnen wie der Drehbuchschreiber einer billigen Fernsehserie. Das ist doch Ihr Geschäft. Habe ich recht?«

»Ja«, antwortete Tretjak. Er hatte inzwischen gelernt, die Stromstöße so weit wie möglich zu vermeiden.

»Die Menschen kommen zu Ihnen, wenn sie ihrer Biographie eine neue Wendung geben wollen«, fuhr die Stimme fort, »oder eine neue Logik, eine neue Perspektive. Sie löschen dann Fakten aus Biographien, Sie geben ihnen sogar nachträglich neue Verläufe, Sie verändern das Beziehungsgeflecht von Menschen, reißen sie aus ihren gewohnten Zusammenhängen, schaffen neue. Und Sie fühlen sich dabei keinerlei Moral verpflichtet. Nur den Wünschen Ihrer Auftraggeber.«

»Aber ich nehme nicht jeden Auftrag an«, sagte Tretjak.

»Was Sie sagen, gilt nur, wenn ich den Auftrag angenommen habe.«

Tretjaks Körper war durch einige schlimme Phasen gegangen, am schlimmsten waren die Muskelkrämpfe gewesen. Waden, Oberschenkel, Brustmuskeln, sogar die Hände. Da er sich nicht bewegen konnte, war ihm immer nur eines übriggeblieben: aushalten. Im Moment waren beide Beine eingeschlafen, und sein Kopf fühlte sich wie Matsch an. Er war die Diskussion mit der Stimme leid, war manchmal kaum in der Lage, den Worten zu folgen. Aber er wollte keine neuen Stromstöße.

»Ist Moral ein Molekül? Ein Molekül, das Recht und Unrecht voneinander abspalten kann? Was meinen Sie?«

Die freundliche Frauenstimme. Wenn jemand solche Texte von ihr vorlesen ließ, waren diese Texte dann irgendwo gespeichert? Konnte man sie irgendwo im digitalen Kosmos wiederfinden?

Die freundliche Frauenstimme. »Vielleicht fehlt Ihnen dieses Molekül, Herr Tretjak? Wie den Japanern eines fehlt, um Milch zu verdauen ...«

Pause.

»Ich möchte Ihnen etwas zeigen.«

Es gab doch ein Rollo vor dem Fenster. Jetzt fuhr es herunter, der Raum wurde dunkel. Tretjak spürte, wie sein Stuhl sich drehte, eine Vierteldrehung nach rechts, 90 Grad, registrierte er. Der Beamer wurde wieder eingeschaltet, warf ein Bild an die Wand. Es zeigte ein Gesicht, auf dessen Schläfe von der Seite eine Pistole mit Schalldämpfer gerichtet war. Tretjak erkannte erst nach ein paar Sekunden, dass es sich um den Mathematiker aus dem Team von Sophia Welterlin handelte. Gesichter veränderten sich, wenn Angst von ihnen Besitz ergriff. Ihm fiel der

Name ein: Gilbert Kanu-Ide. Und jetzt erinnerte er sich auch an sein Gespräch mit ihm, seinen Auftrag.

»Sie denken nicht darüber nach, was mit Menschen geschieht, die Sie benutzen«, sagte die Stimme. »Dieser hier wird sterben.«

Der Beamer wurde ausgeschaltet, der Stuhl drehte sich wieder, das Rollo vor der Fensterscheibe fuhr nach oben. Draußen musste Wind aufgekommen sein. Die Äste der Bäume schaukelten.

»Wer weiß, was aus der Journalistin Carola Kern geworden wäre, wenn Sie ihre Biographie nicht in eine Sackgasse umgeleitet hätten. Die Sackgasse eines Teegeschäftes.«

Die Stimme verstummte. Mit Absicht, das war klar. Wer auch immer hinter der Stimme steckte – er verstand sich auf Bösartigkeiten. Es war Absicht, dass diese Worte im Raum stehenblieben. Und dieser Name. Carola. Tretjak hätte nicht sagen können, wie lange sich seine Gedanken in den Himmel über den Baumkronen bohrten, ehe der Lautsprecher wieder etwas von sich gab.

»Sie denken nicht daran, was mit den Menschen geschieht, die Sie benutzen. Habe ich recht?«

Tretjak sagte nichts. Er hatte es schon ein paar Male versucht: sich auf einen Stromstoß vorzubereiten, ihm gewissermaßen etwas entgegenzusetzen. Angespannte Muskeln zum Beispiel oder Konzentration auf etwas ganz anderes. Aber es hatte alles nichts geholfen. Wenn der Stromstoß kam, traf er einen jedes Mal wie ein Blitz. Dieser jetzt war mittelstark und kurz.

»Habe ich recht?«

»Vielleicht.«

»Carola Kern wurde inzwischen informiert, welche

Rolle Sie damals gespielt haben. Ich kann Ihnen mitteilen: Sie war sehr interessiert, auch an den Einzelheiten, an allen Einzelheiten.«

Carola. Ihr Lachen vor der Tasse Kaffee. Wann war das? Carola. Der erste Name auf seiner Liste von Menschen, von denen er sagen konnte, dass er ihnen vielleicht vertraute. Carola. Der Sommer in München, ihrer beider Sommer, die Abende, die Nächte. Carola Kern, die Journalistin, zuerst nur ein Name, ein Foto – und eine Gewissheit, ein Auftrag. Diese Journalistin musste ausgeschaltet werden. Der eine der von Kattenbergs, der Bankier, hatte da eine besondere Leidenschaft an den Tag gelegt. Gleich zwei Detekteien hatte er beauftragt, um Erpressungsmaterial zu beschaffen. Tretjak hatte einen anderen Weg eingeschlagen. Wenn sich eine Person von etwas abwenden sollte, das ihr wichtig war, dann war Druck keine gute Lösung, das wusste er aus Erfahrung. Druck machte nur deutlich, dass die Sache noch interessanter war als ohnehin vermutet, und früher oder später würde sich die Person dieser Sache erneut widmen. Die bessere Methode bestand darin, von der Sache abzulenken, die Person zu etwas Neuem, ganz anderem zu verführen. Freiwillig sollte Carola Kern die Story über das Geld der von Kattenbergs aufgeben, an der sie gerade recherchierte – das war Tretjaks Plan gewesen. Er durchleuchtete sie auf Hobbys, Leidenschaften, Begierden, heimliche Träume und Ziele. Zunächst allerdings ohne jeden Erfolg. Nirgends ein Ansatzpunkt. Die Kerns waren eine schrecklich normale Familie, die Eltern beide Beamte am Verwaltungsgericht in Karlsruhe, Carola dort geboren und aufgewachsen, ein Einzelkind, später Journalistenschule in München, Redakteurin beim »Münchner Merkur«. In den Ferien in Kroatien hatte sie mal einen Segelschein gemacht und gelegentlich gesagt, sie träume davon, monatelang durchs Mittelmeer zu schippern ... So etwas gab es, aber das war nicht stark genug.

Es war ihre Schweizer Großmutter, die schließlich – ohne es zu wissen natürlich – dem Dossier die entscheidende Information hinzugefügt hatte. Plötzlich gab es ein paar Absätze über Carola Kerns verstorbenen Großvater in Luzern. Und plötzlich tat sich eine Tür auf.

Der Großvater war Schreiner gewesen, und er hatte seiner Enkelin zum sechsten Geburtstag einen Kaufladen gebaut. Ein Kunstwerk aus dunkelgrün lackiertem Holz mit sage und schreibe 82 kleinen Schubladen, die mit weißen Schildchen aus Emaille beschriftet waren. *Zucker, Mehl, Pfeffer* ... So etwas stand da drauf. Es gab eine kleine Theke, eine kleine Kasse und eine Reihe von Utensilien wie Körbe, Stoffdeckchen, Preisschilder. Geschlossen sah der Kaufladen aus wie ein kleinerer Schrank. Erst wenn man die Türen öffnete, ertönte ein kleines Glöckchen, und die Pracht offenbarte sich. Dieser Kaufladen wurde zur großen Leidenschaft der kleinen Carola. Sie spielte ununterbrochen damit, nervte die Erwachsenen mit neuen Einfällen, damit sie zum Einkaufen kamen, und sie hörte nicht auf, damit zu spielen, angeblich bis sie fünfzehn war. Zuletzt vielleicht nur noch, um dem Großvater die Freude zu machen, doch die Fotos in dem Dossier sprachen Bände. Bis dahin hatte Tretjak Carola noch nicht kennengelernt. Später fragte er sich oft, ob er dann anders gehandelt hätte. Er fürchtete: nein.

Die Einzelheiten. An den Einzelheiten war sie sehr interessiert. Hatte die Stimme gesagt. Wer kannte die Einzelheiten? Tretjak hatte damals für Carola die Chance organisiert, einen Kindheitstraum zu leben. Von einem früheren Auftrag kannte er einen erfolgreichen indischen Teeproduzenten, der gerade in Europa Partner suchte. Dieser Mann und ein anderer Mann, der Investoren für vielversprechende Läden in Schweizer Innenstädten an der Hand hatte, schnürten ein interessantes Paket. Tretjak selbst trat als Immobilienvermittler auf. Und sorgte dafür, dass die Journalistin Carola Kern bei der Arbeit an einem kleineren Artikel über die Lage auf dem Münchener Immobilienmarkt auf ihn traf. Ihre erste Begegnung hatte in einer kleinen Panini-Bar im Asamhof stattgefunden.

Ein Stromstoß riss ihn hoch. »Haben Sie mir zugehört, Herr Tretjak?«, fragte die Stimme.

»Nein.«

»Sie warten auf Ihre Gelegenheit, dieser Situation hier zu entkommen, nicht wahr?«, sagte die Stimme. »Vergessen Sie es. Das Einzige, worauf Sie noch warten können, ist Ihr Tod. Ist doch irgendwie erleichternd, stelle ich mir vor.«

Tretjak war plötzlich hellwach, seine Gedanken waren vollkommen klar. Warten ... Worauf Sie warten können ... Kannst du einfach hier warten ... Plötzlich begann sein Gehirn Informationen freizugeben. Das Café, ihr Lachen, sein Satz zu ihr: Kannst du einfach hier warten. Eine Nachricht war gekommen ...

»Ich möchte Sie auf unser nächstes Thema vorbereiten, Herr Tretjak«, kam es aus dem Lautsprecher. »Wenn ich mich wieder melde, werden wir die Perspektive wechseln und ein bisschen mit *Ihrer* Biographie spielen. Sie können schon mal drüber nachdenken: Was würden Sie an *Ihrer*

Biographie geändert haben wollen, wenn *ich* der Regler wäre?«

Er hörte, was die Stimme sagte, aber sein Gehirn lenkte es gleich um auf die andere Spur. Luzern, dort hatten sie sich getroffen, das hässliche Café neben dem Parkhaus ... Nach und nach wurde die Szenerie deutlicher. Wie beim Pferdekopfnebel, dachte Tretjak. So war es auch gewesen, als er als Junge versucht hatte, den Pferdekopfnebel im Sternbild Orion zu sehen. Einen ganzen eisigen Winter lang hatte er durch das Fernrohr auf die Stelle gestarrt, wo sie sein musste, die schwarze Materiewolke, die aussah wie ein Pferdekopf. Einen ganzen eisigen Winter lang hatte er dort nichts gesehen – bis zu einer Nacht Mitte Februar. Plötzlich hatte das Bild begonnen, sich aufzuhellen, erst langsam, dann immer schneller, und dann war der berühmte Nebel vor seinem Auge erschienen, klar und deutlich.

Die Nachricht auf dem Handy, jetzt wusste er sie wieder: *Gabriel, ich bin auch in Luzern. Muss dich treffen, sofort, ist wichtig. Dauert nicht lange. Geh einfach zurück ins Parkhaus. Ich warte bei deinem Wagen.* Und er wusste auch wieder, wer sie verfasst hatte. Ein *L* stand am Schluss der Nachricht, nur dieser Buchstabe. Lichtinger. Sein Freund Joseph Lichtinger hatte ihn aus dem Café geholt. Das Parkhaus, der Lift nach ganz oben, letztes Deck ... Sex ... Hier hatten sie davor Sex gehabt, Carola und er ... Am Wagen wartete niemand, er drehte sich um ... Dann der Schlag, der gewaltige Schlag auf den Kopf, das weiße Licht, das aufschien und dann ausgeknipst wurde.

Lichtinger? Tretjak begriff, warum ihm sein Gehirn diese Information vorenthalten hatte. Er blickte auf die schaukelnden Baumkronen. Wo auch immer er sich hier befand, dachte er, nur ein paar Meter entfernt lief das ganz normale Leben ab. Aber zum ersten Mal zweifelte er daran, je wieder dorthin zurückzukehren.

9

Der Falke

Der Handschuh war aus dem besonders dicken Leder des Wasserbüffels genäht, nach dem genauen Maß seiner linken Hand. Er hatte einen extralangen Schaft und einen eingenähten Ring, an dem man den Vogel festmachen konnte. Joseph Lichtinger liebte den Druck der Klauen, den man durch das Leder spüren konnte, und das Gewicht auf dem Unterarm. Bei seinen größten Falken waren es zwei Kilogramm.

Es war später Vormittag, und hier oben im Bergmassiv Ritten über Bozen spürte man schon sehr deutlich, dass der Winter kam. Die Luft war frisch und kühl, die Lärchenwälder waren schon goldgelb, bald würden die Nadeln abfallen. Der Pfarrer Joseph Lichtinger aus Niederbayern hatte sich hier oben ein zweites Zuhause aufgebaut, für sich und seine Vögel. Eine ziemlich abseits gelegene große Blockhütte. Die Leute hier nannten ihn den »Mann, der bei den Adlern wohnt«. Das war Unsinn, denn seine Vögel waren Falken, keine Adler. Allerdings konnte man die großen Gerfalken durchaus mit Adlern verwechseln.

Es waren die einzigen Falken, die gelegentlich am Himmel kreisten, wenn sie Beute suchten. Die anderen Falken spähten ihre Opfer im Baum sitzend aus und flogen dann pfeilgerade darauf zu.

Joseph Lichtinger war ein mittelgroßer Mann mit sehr sportlicher Figur, strohblonden Haaren und hellblauen Augen. In seiner Heimat Niederbayern nannten ihn die Einheimischen schon seit seiner Kindheit deshalb »der Schwede«. Was es wohl zu bedeuten hatte, fragte er sich, dass er in beiden Lebensräumen Spitznamen verpasst bekommen hatte? Gabriel Tretjak hatte ihm nie einen gegeben, aber auch Tretjak hatte so gut wie nie seinen Vornamen benutzt. Lichtinger. Für Tretjak war er immer nur ein Wort gewesen: Lichtinger.

Joseph Lichtinger hielt sich für einen halbwegs guten Pfarrer. Er konnte sich gut in die Nöte, Sorgen und Freuden der Leute in den Bauerndörfern seiner Gemeinde hineindenken, sogar hineinfühlen. Aber er brauchte zwischendurch auch Abstand. Zwischendurch musste er raus aus dieser Welt, in der Ansichten genauso eingemacht wurden wie Marmeladen, wo die Blumen auf den Balkonen genauso Fassade waren wie die freundlichen »Grüß Gotts« aus den Mündern der Menschen. Jedenfalls konnte einem das manchmal so vorkommen, und dann schnürte es einem den Brustkorb zusammen.

An diesem Vormittag wollte Lichtinger mit einem der beiden weißen Gerfalken trainieren, die seine wertvollsten waren. Er hatte sie auf einer Auktion im Libanon ersteigert, vor vier Jahren. Als der Vogel auf seinem Unterarm saß, ließ sich Lichtinger zuerst auf einem Baumstumpf nieder. Das Gesicht des Falken war ganz nah an seinem. Dieser Blick hatte ihn immer besonders fasziniert. Die großen dunklen Augen, die ein Gesichtsfeld von 180 Grad überblickten, ohne dass das Tier den Kopf bewegen musste. Bei Menschen waren die Augen ständig in Aktion, wanderten hin und her, immer damit beschäftigt, neu zu fokussieren, aus vielen kleinen Bildern ein großes zusammenzusetzen. Falken – so kam es Lichtinger vor – hatten immer alles gleichzeitig im Blick. Nichts war so wichtig, dass man alles andere außer Acht lassen konnte.

Er war relativ spät in seinem Leben auf die Vögel gekommen. Da war er schon fast dreißig Jahre alt gewesen, hatte die erste große Lebenskrise hinter sich gehabt. Physikstudium geschmissen, am Sinn des Daseins gezweifelt, Drogenexzesse, Weltreise, Erfahrungen mit Voodoo und Spiritualismus … Dann das Theologiestudium, sein Weg zum Pfarrer, zum katholischen Pfarrer. Ein paar Frauen konnten seine Entscheidung gar nicht begreifen. Sein Freund Gabriel auch nicht, aber der hatte nur gelacht.

In dieser Zeit, auf einer Reise nach Sizilien, war er in Palermo einem ziemlichen verrückten Typen begegnet, der ihn zu den Falken gebracht hatte. Der Typ war schon rund achthundert Jahre tot und lag eingeschlossen in einem Sarkophag. Er hatte Jerusalem erobert, aber nicht mit dem Schwert, sondern mit Verhandlungen. Er war ein begeisterter Naturwissenschaftler gewesen und Kaiser des Heiligen Römischen Reiches. Joseph Lichtinger hatte sich mit Begeisterung in die Biographie des Stauferkönigs Friedrich II. eingegraben, der wie ein Straßenjunge in Palermo aufgewachsen war und zu den ungewöhnlichsten Figuren der Geschichte gehörte. Er hatte sich mit dem Papst angelegt, den Islam toleriert. Und sein wissenschaftliches Buch über Falken galt immer noch als Standardwerk. Zwischen der Lektüre und Lichtingers Prüfung zum Falknerschein lag nur ein Jahr.

Vielleicht war es der Blick des weißen Gerfalken, der Lichtinger dazu brachte, an diesem Vormittag seine Pläne zu ändern. Seit Tagen war etwas nicht passiert, das sonst jeden Tag passierte. Jeden Morgen, das ganze Jahr über, seit vielen Jahren schon, kam ungefähr um neun Uhr eine SMS von Gabriel. Sie enthielt immer nur ein Wort, ein banales Wort. *Okay*, stand da jeden Morgen auf dem Display. *Okay. T.* Joseph Lichtinger wusste genau, was es bedeutete, wenn diese SMS ausblieb. Sie hatten für diesen Fall eine Abmachung. Aber vielleicht bedeutete es längst etwas anderes, was hatten sie sich denn noch zu sagen, Gabriel und er? Vielleicht inzwischen nicht mal mehr das Wort »Okay«. Was war eine Abmachung wert, die so lange zurücklag? So ähnlich hatte Lichtinger gedacht, als er das Fehlen der SMS zum ersten Mal registrierte. Eine Trauung hatte gerade angestanden und am Nachmittag noch eine Beerdigung. Und nach ein paar Tagen war es schon zur Gewohnheit geworden, keine SMS mehr zu bekommen. Aber jetzt, in der Stille des goldgelben Lärchenwaldes, beim Blick in die schwarzen Augen des Falken, war Joseph Lichtinger plötzlich beunruhigt. Er brachte das Tier zurück in die riesige Voliere, zog den Handschuh aus und hängte ihn an den Haken in der Hütte. Er suchte nach seinen Autoschlüsseln und schaltete den Laptop ein.

10

Eine Entscheidung

Als Stefan Treysa an diesem Morgen aufwachte, fror er. Es lag nicht an der erstaunlichen Kühle der feuchten Oktoberluft, die durch das geöffnete Fenster hereinkam. Er strich über den Ärmel seines Schlafanzugs, immer noch ein wenig feucht, er musste wirklich stark geschwitzt haben in der Nacht. Einige Fetzen seines Traumes waren noch da. Und der Mann war da, um den es ging, die ganze Nacht, immer wieder. Gabriel Tretjak, sein Patient, sein Freund. Eine Traumsequenz fand an irgendwelchen Bahngleisen statt. Tretjak lief schnell, immer schneller, und er lief hinterher, versuchte ihn einzuholen. Aber es gelang einfach nicht. Dann lief Tretjak langsamer, aber er erreichte ihn trotzdem nicht. Irgendetwas war mit seinen Beinen. Als würde er am Boden festkleben, als wäre Kaugummi an seinen Füßen. »Macht nichts«, hatte Tretjak irgendwann gesagt in dieser Nacht. »Macht nichts. Ich schaffe es auch alleine.«

Stefan Treysa stand auf, mit der Ahnung des quälenden Gefühls dieser Nacht: Ich muss zuschauen, wie er ins Unglück läuft. Ich kann ihm nicht helfen. Es war zehn Minuten vor sieben. Das Bett neben ihm war leer. Seine Frau war eine Woche weg, in Brüssel, auf einer Tagung eines internationalen Bankenverbandes. Seine Frau war Wirtschaftsanwältin, eine große Nummer, die Big Shots der Wirtschaftswelt waren ihre Kunden. Sie verdiente an einem Tag oft mehr als er in einem ganzen Monat. Er profitierte davon. Ihr Geld war sein Geld. Sie hatte kein Problem damit, er auch nicht.

Meistens setzte sich Treysa am Morgen sofort an seinen Schreibtisch, um die Spuren seiner Träume festzuhalten. Er hatte einen eigenen Traumordner in seinem Computer angelegt. Die Dateien hießen *Ängste*, *Unterbewusstes*, *Auftrag*, *Horror* und so weiter. Er hatte ein System entwickelt, die einzelnen Kapitel zeitlich miteinander zu verbinden. So entstand eine Traumlinie, sein eigenes, sehr persönliches Traumleben. Begonnen hatte er damit bei seiner Ausbildung als Therapeut, vor mehr als einem Vierteljahrhundert.

An diesem Morgen schrieb Treysa nichts auf. Es war also ein guter Tag für Fritz, seinen Dackel. Normalerweise musste Fritz warten, bis sein Herrchen mit seinen Notizen fertig war. Doch heute ging es gleich los. Treysa zog sich an, Jeans, wie immer, weißes Hemd oder schwarzes Hemd, heute ein weißes. Fritz wartete schon an der Wohnungstür, ließ sich geduldig die Leine anlegen. Der Dackel hieß Fritz nach Treysas strengem Vater. Ein Leben lang hatte er Angst gehabt vor seinem Vater, der herrisch und durch und durch humorlos gewesen war. Der Kontrast gefiel ihm. Da der alberne kleine Dackel, dort der überernste Vater.

Fritz zog ihn die zwei Stockwerke die Treppen hinunter. Und Fritz kannte natürlich genau den Weg: draußen auf der Klenzestraße links, immer geradeaus, über drei Kreuzungen, dann war bald die Isar erreicht, dort durfte er frei laufen, auch da kannte er die Richtung, links und dann immer geradeaus, ein paar hundert Meter, bis vorn an die Brücke zu dem Kiosk. Treysa trank seinen Kaffee und aß eine Butterbrezel, Fritz bekam einen Snack, ein Hanuta. Das gab es nicht überall, aber dieser Kiosk hatte es. Fritz liebte Hanuta.

Treysa trank seinen Kaffee im Pappbecher aus und schaltete sein Handy an. Eine Nachricht von seiner Frau, ein Gutenmorgengruß. Keine Nachricht von Gabriel Tretjak. Wieder keine Nachricht. Gestern wäre ihre Therapiestunde gewesen, entweder wie die letzten Wochen via Skype, oder Gabriel wäre nach München gekommen. Er hatte sich das offengelassen, wollte vorher Bescheid sagen. Er hatte von ein paar Reisen gesprochen, die er plante. Doch weder hatte er sich gemeldet, noch war er zur Therapiestunde erschienen. Treysa konnte die Male schon nicht mehr zählen, die er ihm auf die verschiedenen Mailboxen gesprochen hatte, nüchtern, lustig, drängend, gereizt, alle Varianten hatte er durch. Er schickte Mails, er ließ sogar ein Telegramm in Maccagno zustellen. Ja, so etwas gab es noch. Der arme Postbote, ein ziemlich alter, nicht sehr dünner Mann, war dreimal den Berg hochgekeucht, wie man Treysa versichert hatte. Doch nie hatte der Briefträger jemanden angetroffen.

Keine Reaktion, keine Antwort, nichts. Das war nicht Gabriels Stil. Oder? Stefan Treysa dachte über zwei Varianten nach. Tretjak war etwas zugestoßen, und er konnte sich nicht melden. Aber was sollte das sein? Man hätte doch längst von irgendwelchen Behörden etwas gehört. Oder? Wenn er in einem Krankenhaus lag, wer würde da eigentlich benachrichtigt? Seine Tante? Quatsch. Sein Bruder? Treysa hatte kurz in Erwägung gezogen, die Polizei zu verständigen, eine Vermisstenmeldung aufzugeben, hatte den Gedanken dann aber wieder fallengelassen. Was sollte das bringen?

Die zweite Variante hielt er für wahrscheinlicher. Gabriel war abgetaucht, wollte in Ruhe gelassen werden. Er wollte ein paar Dinge klären, darüber hatten sie in den letzten Therapiestunden gesprochen. Er sollte sich der Frage stellen, wem er in seinem Leben wirklich vertraute. Dazu hatte Treysa ihn aufgefordert. Vielleicht hatte Gabriel eine Reise angetreten, endlich, um sich seinem Leben zu stellen?

Treysa ging mit Fritz an der Seite das Isarufer wieder zurück. Ihm fiel ein Satz von Gabriel ein, in einer der letzten Sitzungen: »Ich kann mit der Vergangenheit nicht umgehen, nicht so wie andere Leute. Dazu ist es zu spät, glaub mir das.«

»Warum ist es dafür zu spät?«, hatte Treysa gefragt.

»Das verstehst du nicht, das kannst du nicht verstehen. Das hat nichts mit Psychologie zu tun, gar nichts. Das hat mit meinem Beruf und mit meinem Leben zu tun. In meiner Vergangenheit steckt zu viel, was mir gefährlich werden kann. Ich darf nicht dahin zurück, auf keinen Fall. Ich darf nicht – und ich kann nicht.«

Gabriel hatte dann, wie er es so gern tat, davon gesprochen, was es hieß, der Regler zu sein, dessen Philosophie es war, das Leben hinter sich abzuschneiden. Das eigene Leben, auch, aber vor allem das seiner Kunden. Der Regler, der mächtige Regler, der sich mit der ganzen Welt anlegte und nur überlebte, wenn er seinen Prinzipien treu blieb.

Vermutlich war es dieser Satz gewesen, der Treysa etwas klargemacht hatte: »Ich kann nicht mit der Vergangenheit umgehen wie andere Leute.« Es musste etwas gegeben haben, da war sich Treysa sicher, in Gabriels Vergangenheit, etwas Schreckliches, was er eingeschlossen hatte, weggesperrt, aus seinem Bewusstsein verbannt. Er hätte seinem Therapeuten nicht einmal davon erzählen können, wenn er gewollt hätte – weil es ihm selbst nicht mehr bewusst war. Und es war der Kern aller Probleme: Der Regler war geschaffen worden, um der eigenen Vergangenheit für immer auszuweichen. Jaja, Gabriel, dachte Treysa, du wirst jetzt den Kopf schütteln über die banale Weisheit des Psychologen. Über den Psychologen, der nichts versteht von der großen, brutalen Welt da draußen.

Mag sein, Gabriel. Aber von der kleinen Welt da drinnen verstehe ich etwas, dachte Treysa und schaute seinen Fritz an, den Dackel, der nun schon gute fünf Minuten einem Grasbüschel anscheinend unglaublich großartige Gerüche entlockte.

Treysa hatte nach einer dieser Therapiesitzungen den Entschluss gefasst: Ich werde herausfinden, was da passiert ist, vermutlich damals in diesem Hotel »Zum blauen Mondschein« in Bozen, als die Mutter zugrunde ging. Es musste noch etwas geschehen sein. Wenn ich das weiß, Gabriel, hatte Treysa gedacht, dann schauen wir es uns zusammen an. Ich konfrontiere dich mit deiner Vergangenheit, und du wirst sehen, es geht, es wird dich nicht umbringen.

Deshalb hatte Stefan Treysa den Kontakt zu Tretjaks Tante gesucht. Und deshalb lag jetzt ein weiteres Zugticket auf seinem Schreibtisch, Morgen früh ging es los, nach Amsterdam, sechseinhalb Stunden Fahrt, zu Luca Tretjak, dem Bruder. War gar nicht leicht gewesen, seine Adresse herauszubekommen. Alle Versuche waren zunächst gescheitert, dieser Mann schien gar nicht zu existieren. Doch dann hatte die Tante noch einmal angerufen, Frau Ügdur, und ihm die Adresse durchgegeben. Man könne ihn nicht anrufen, man könne sich nicht anmelden, sagte Frau Ügdur. »Sie müssen einfach Ihr Glück versuchen.«

Stefan Treysa hatte zwölf Jahre als Psychotherapeut gearbeitet, die ersten Jahre in einer Klinik, dann hatte er sich mit einem Kollegen selbständig gemacht. Dass ihre Praxis wirtschaftlich erfolgreich lief, lag mehr am gewinnenden Wesen seines Kollegen als an seiner eigenen, sehr sorgfältigen und fundierten Arbeit. Eine kleine Erbschaft und die Hilfe Tretjaks ermöglichten ihm schließlich den Absprung. Er gründete eine eigene, höchst anspruchsvolle Zeitschrift: das »Psychologie Journal«. Er war Verleger, Chefredakteur und einziger Redakteur in einem, seine Autoren waren die interessantesten Wissenschaftler der Welt. Das Magazin erschien alle zwei Monate, und die stetig wachsende Zahl an Abonnenten aus der Fachwelt sorgte dafür, dass es inzwischen sogar schwarze Zahlen schrieb.

Nur sehr selten, höchstens ein- oder zweimal im Jahr, leistete er sich noch den Luxus, einen Patienten zu übernehmen. Meistens sorgte irgendein Zufall dafür. Wie bei Gabriel. Er hatte zusehen können, wie der Freund immer tiefer in die Krise geschlittert war. Und er hatte nicht länger zusehen wollen.

Irgendwann gegen elf Uhr bekam der Dackel Fritz sein zweites Frühstück. Ein Paar Wiener Würstchen. Er liebte es, »das Männerfrühstück«, wie Treysa sagte. Die Getreideflocken und die gesunden Körner waren die Sache seiner Frau. Treysa durfte nicht vergessen, der Tochter der Nachbarin Bescheid zu sagen, dass sie die nächsten Tage wieder die Betreuung des Dackels übernehmen musste, gegen eine stattliche Aufbesserung ihres Taschengeldes.

Stefan Treysa hatte überlegt, ob Hypnose bei Gabriel sinnvoll sein könnte. Doch als er ihm davon erzählt hatte, hatte sich herausgestellt, dass Tretjak so ziemlich alles über Hypnose wusste, was man wissen konnte. Und nicht nur theoretisch: Er hatte sich in verschiedenen Hypnosetechniken ausbilden lassen. Natürlich nicht, um an die eigene Seele heranzukommen, sondern an die Seelen der anderen.

Nein, Hypnose war also keine Möglichkeit. Es musste anders funktionieren, direkter. Amsterdam. Luca, der Bruder. Einmal hatte er versucht, mit Gabriel über ihn zu reden. Die Antwort war ein versteinertes Gesicht. »Kein Wort über ihn«, hatte Tretjak gesagt, »nächstes Thema.«

Stefan Treysa hoffte sehr auf Luca Tretjak. Vielleicht konnte er ihm erzählen, was damals in Bozen geschehen war.

11

Die Dienstreise

Es war ein kurzer Moment im Badezimmer. August Maler hatte sich rasiert, mit dem elektrischen Rasierer, natürlich, der Nassrasierer hätte bei seinen zitternden Händen ein Blutbad angerichtet. Er hatte das Kabel aus der Steckdose gezogen und den Apparat weggepackt. Er hatte sein Gesicht mit einer Lotion eingerieben, *erfrischend* hatte draufgestanden, und es hatte sich tatsächlich so angefühlt. Er war schon dabei gewesen, das Badezimmer zu verlassen, als er doch noch in den Spiegel schaute, was er seit langem vermieden hatte. Mein Gott. Alles was er sah: alt, fahl, fertig, kaputt. Wer war dieser Mann, der ihn da anblickte? Er? Maler hatte viel gelesen in letzter Zeit über die Konstruktion des Ichs, über das Spiel der Identitäten. Man war nicht nur das eine Ich, man war immer auch eine Summe von Möglichkeiten, und vor allem war das Ich das, was es sein wollte, was es beschloss zu sein. Die Theorien hatten ihm gefallen, hatten es ihm leichter gemacht, das eigene Fremdheitsgefühl auszuhalten. Er hatte begonnen zu akzeptieren, dass er kein Gefühl mehr für sich hatte.

Aber jetzt sah er sich im Spiegel. Schmal war er geworden, doch es sah nicht gut aus, im Gegenteil. Früher hatte er sich auch nicht angucken mögen, zu viele Kilos, zu fett. Jetzt waren die Kilos weg, jetzt sah er Falten, hängende Hautlappen. Und die Narbe, die dicke, rote, lange Narbe, vom Brustbein abwärts. Immer leuchtender wurde das Rot, von Jahr zu Jahr, anstatt zu verblassen, es wurde immer mehr zu einem Feuermal. Wenn der Professor ihn wieder aufschnitt, das Brustbein noch einmal brach, würde er die alte Narbe benutzen oder eine neue Stelle suchen? Maler nahm sich vor, den Professor das nächste Mal zu fragen.

Er hatte Fieber heute Morgen. Ein bisschen über 38 Grad, nicht schlimm, aber dennoch. Normalerweise hätte er Inge davon erzählen müssen, normalerweise wäre der Tag gelaufen gewesen, er hätte sich auf den Weg ins Klinikum Großhadern machen müssen, für einen sofortigen umfassenden Check. Jemand, der Fieber hatte, hatte vielleicht eine gefährliche Infektion, konnte nicht transplantiert werden, bis das Fieber weg war, musste von der Liste gestrichen werden. Bei einem, der auf der Warteliste für ein neues Herz stand, wurde alles zum Stress. Jede geringste Auffälligkeit bedeutete: Man verbrachte den Tag mit irgendwelchen Ärzten, man wartete vor irgendwelchen medizinischen Geräten. Das konnte er heute wirklich nicht gebrauchen. August Maler hatte anderes vor.

Deshalb sagte er zu seiner Frau: »36,9, kein Fieber, alles okay.« Deshalb schickte er eine SMS auf seine Kontrollstation in Großhadern: *Temperatur 36,9, Puls 72*. Seit ein paar Tagen arbeitete Inge wieder in ihrem Institut. Sie verließ morgens mit den beiden Kindern um kurz nach halb acht die Wohnung, fuhr sie zur Schule und machte sich danach gleich auf den Weg ins Büro. Sie hatten einen Deal: Er musste ihr alle zwei Stunden eine SMS schicken, zu ihrer Beruhigung. Das war auch heute der Plan.

Maler zog seine beige Stoffhose an, den schwarzen Pullover und das beigebraune Jackett. Es war wenige Minuten nach acht Uhr. Gleich kam das Taxi. Frau Gebauer hatte alles für ihn gebucht, auch das Taxi. Normalerweise war für Polizisten die Taxifahrt zum Flughafen, für rund 75 Euro, ein absolutes Tabu, aber für Polizisten im Sonderauftrag, hatte Frau Gebauer gesagt, gehe das schon in Ordnung. Wenn alle Flüge pünktlich waren, würde er gegen 19 Uhr wieder in München landen. So war der Plan.

Und wenn heute der Anruf kam, aus Großhadern? Herr Maler, Ihr Herz ist da, kommen Sie bitte so schnell Sie können ins Klinikum. Sollen wir Ihnen einen Notarztwagen schicken, oder kommen Sie selbst? Beim ersten Mal, vor sechs Jahren, hatte er gerade in der Bank am Geldautomaten gestanden, als der Anruf gekommen war. Die Tasche hatte Inge längst gepackt, die Kinder, noch ganz klein, waren von der Oma geholt worden. Es war alles völlig ruhig abgelaufen, wie in Zeitlupe. Maler hatte seinen Wagen selbst auf den riesigen Parkplatz gefahren. Er brauchte an diesem Tag auch keinen Rollstuhl für den langen Krankenhausgang, er war an diesem Tag ganz gut drauf gewesen. Als er vier Stunden später in seinem Bett in den OP-Bereich geschoben wurde, lief Inge nebenher. Sie nahm seine Hand, sie küsste ihn und sagte irgendetwas. Er konnte sich später nicht daran erinnern, was es gewesen war. Inge sagte, sie wisse es auch nicht mehr. Maler wusste aber noch genau, an was er gedacht hatte, kurz bevor die Betäubungsspritze wirkte. Es war eine Erinnerung, viele Jahre ging sie zurück, da hatte er Inge noch gar nicht gekannt. Eine Begegnung auf einer Zugfahrt nach Italien war es gewesen, Urlaub, er hatte im Abteil gesessen, sie war zugestiegen, vier, fünf Stunden hatten sie sich unterhalten, ein großartiges Gespräch. Schmal war sie gewesen, blond, sexy, und sie war von Minute zu Minute immer noch attraktiver geworden. Florenz war sein Ziel gewesen. Kurz bevor er ausstieg, fragte sie ihn, ob er nicht mit ihr mitfahren wolle, bis nach Sizilien. Er hatte gezögert, aber er war ausgestiegen, er, der Idiot. Daran hatte er gedacht, kurz bevor das neue Herz kam, das erste neue Herz. Vielleicht weil es ihm immer gefallen hatte, Möglichkeiten zu haben. Überlegen zu können, was gewesen wäre, wenn er damals weitergefahren wäre. Und er dort, in diesem OP, gar keine Möglichkeiten gehabt hatte, überhaupt keine.

Wenn heute der Anruf aus Großhadern kam? Und er sagen müsste, es ist gerade nicht so günstig, ich bin nämlich in England. Oder am Flughafen. Er wollte sich nicht ausmalen, wie er seinem Herzprofessor das erklären sollte und Inge. Er dachte: Der Anruf wird heute nicht kommen. Die Wahrscheinlichkeit war einfach äußerst gering, und seiner Lebenserfahrung nach war die Wahrscheinlichkeit nicht die schlechteste Größe, nach der man sein Leben richten konnte.

Erst London, dann Penzance. Maler war auf beiden Flügen kurz eingenickt. Er schlief immer ein, kurz nach dem Start, das musste etwas mit den Druckverhältnissen zu tun haben, dachte er. Es waren ruhige, angenehme Flüge. Flugangst, das war mal eine Angst, die er nicht kannte. Seine Sitznachbarn wollten sich nicht mit ihm unterhalten, die Reise hatte also gut angefangen.

In Penzance in der winzigen Ankunftshalle, die zugleich auch Abflughalle war, wartete, wie verabredet, John Pendelburg, der Chef der lokalen Zeitung. »Ich brauche mich nicht zu beschreiben, Sie werden mich erkennen, Sie werden sehen«, hatte er gesagt. Und er hatte recht: Da stand ein großer Mann, etwa einen Meter neunzig, schmaler Kopf, schmale Beine und ein gewaltiger Bauch. »Herr Kommissar Maler? Ja, schön, dass Sie hier sind. Mein Name ist Pendelburg. Kommen Sie, mein Wagen steht gleich vor der Tür.«

Maler bedankte sich fürs Abholen und überhaupt für den schnellen Termin, den ihm Pendelburg gewährt hatte. Er entschuldigte sich für sein Englisch, »habe länger nicht gesprochen, ich hoffe, es kommt wieder, wenn wir reden«.

»Ihr Deutschen könnt immer gut Englisch. Woran liegt das eigentlich? Na ja, vielleicht sollten wir Engländer uns lieber fragen, woran es liegt, dass wir gar keine Sprachen können.« Pendelburg lachte. »Ihr Kollege, der hier war, sprach sehr gut Englisch. Ein netter Mann ...« Pendelburg machte eine Pause. »Tut mir sehr leid, was ihm passiert ist. Es war ein richtiger Schock, als ich in der Zeitung davon las. Ich hoffe, sein Tod hat nichts mit seinem Besuch hier in Penzance zu tun.«

Maler merkte sich diesen letzten Satz, als er in Pendelburgs Wagen stieg. Er wollte erst später darauf zurückkommen. Der Wagen war ein schwarzer Range Rover, Pendelburg hatte die Rückbank entfernt – Maler überlegte kurz, ob wegen irgendwelcher Transporte oder weil Pendelburgs Bauch besser Platz hatte, wenn der Fahrersitz ganz nach hinten geschoben werden konnte.

»Es ist ja schon gleich Mittagszeit«, sagte Pendelburg. »Ich habe uns einen Tisch in einem ausgezeichneten pakistanischen Restaurant reserviert, direkt am Meer. Da gibt es eine wunderbare Platte für zwei Personen, mit lauter kleinen wunderbaren Happen. Und der Trick ist, wir bestellen die Platte zweimal, für jeden von uns. Aber die kennen mich dort schon, ich brauche nichts mehr zu sagen, die Platten kommen automatisch.«

Maler sagte nichts.

»Ich hoffe, Sie haben Hunger. Früher haben mich Flüge immer hungrig gemacht, aber jetzt bin ich schon lange nicht mehr geflogen. Ich brauche das nicht mehr. Ich habe aufgehört, immer unterwegs zu sein. Ich bin nur noch hier. Das gefällt mir.«

Maler sagte, er könne leider nicht so viel essen, er habe gerade einige Probleme mit dem Magen. Aber er leiste ihm sehr gern Gesellschaft.

»Ich habe nie Probleme mit dem Magen«, sagte Pendelburg und fügte hinzu: »Aber das kann man ja sehen, leider.«

Die Fahrt vom Flughafen zum Restaurant dauerte zwanzig Minuten. Der Flughafen lag auf einem Feld, zu dem eine breite Straße führte. Danach wurden die Straßen schmaler, Pendelburg bog von einer kleinen Seitenstraße zur nächsten ab, ihre Fahrt ähnelte dem Weg durch ein Labyrinth, rechts und links eingefasst von grün eingewachsenen Steinmauern, immer wurde es noch enger. Die Straßen waren derart schmal, dass Maler den englischen Linksverkehr gar nicht bemerkt hätte, wenn er nicht beim Einsteigen gleich auf dem Fahrersitz hätte Platz nehmen wollen.

Das Restaurant befand sich in einer winzigen Hafenbucht. Acht Häuser, Steinhäuser mit hölzernen Dächern und Zäunen, jedes in einer anderen leuchtenden Farbe, jedes mit einem Vorgarten, nicht größer als drei Strandtücher. Die Sonne schien und brachte das blaue Meer zum Funkeln. Ein leichter, schon ziemlich kalter Wind wehte. Die beiden Männer standen eine Weile schweigend nebeneinander und blickten aufs Wasser. Maler atmete tief ein, für einen Augenblick bildete er sich ein, jeder dieser tiefen Atemzüge lade seinen Lebensakku auf. Was für ein friedlicher Ort, dachte Maler. Welch ein Kontrast zu seinem eigenen Leben.

Im Lokal wurde John Pendelburg wie ein König empfangen. Alle Kellner kamen herbei, der Besitzer auch, ein dicker dunkelhäutiger Mann mit Schnurrbart, sogar die beiden Köche rückten zur Begrüßung an. Es hätte nur noch gefehlt, dass man Pendelburg auf einer Sänfte zum Platz getragen hätte. Aber wer weiß, dachte Maler, noch ein paar Jahre, und es war so weit. Pendelburg bestellte zwei Bier, zwei Guinness, ohne Maler zu fragen. »Es gibt nichts Besseres für den Magen.«

Der Kommissar fragte Pendelburg nach Tretjak, dem Tretjak von Penzance, der im Maisfeld zu Tode gekommen war. Ob er denn eine Ahnung gehabt hatte, dass dieser Mann früher eine andere Identität hatte? Pendelburg floskelte erst ein bisschen herum über Mr. Big, wie er ihn nannte, wiederholte den einen oder anderen Satz aus seinem Nachruf, den er geschrieben hatte. Doch dann merkte er selbst, wie unpassend das war, nach allem, was passiert war. Und er holte grundsätzlicher aus, hielt ein kleines Referat über die Einwohner von Penzance, was er am Ende in folgender Sequenz zusammenfasste: »Wissen Sie, die Menschen von Penzance wollen ein friedliches, stilles, schönes

Leben führen, dafür sind sie bereit, einiges zu vergessen, einiges zu beschönigen, einiges zu verleugnen. Viele dieser Menschen hatten früher ein ganz anderes Leben, mit ganz anderen Träumen. Aber irgendwann sind sie hierhergekommen und haben beschlossen, es von nun an anders zu machen. Und genau das ist das Besondere an Penzance. Wir wissen, dass dieses Leben eine Menge wert ist. Sie haben mich gefragt, ob ich eine Ahnung hatte, dass Mr. Big, also Tretjak, in Wahrheit ein anderer war. Nein, diese Ahnung hatte ich nicht, und ich kann Ihnen auch sagen, warum nicht. Tretjak hat mir eine Version seines Lebens angeboten, und ich habe sie angenommen. Für mich war das die Wahrheit, und eigentlich ist sie es für mich immer noch.«

»Seit wann leben Sie in Penzance?«, fragte Maler.

»Seit 22 Jahren. Und seit 21 Jahren habe ich meine kleine Zeitung. Ich hatte früher auch ein völlig anderes Leben. Es hatte mit Ihrem heutigen Leben sogar ein bisschen was zu tun. Aber lassen wir es dabei, ich will Sie nicht langweilen und mich auch nicht. Ich mochte mein Leben früher nicht. Jetzt mag ich es sehr.«

Maler nickte und schwieg. Wenn es so etwas gab, dann war es ein ehrliches Nicken.

Die Platten vor ihnen auf dem Tisch hatten sich schon beträchtlich geleert. Auch Maler hatte ein paar Gabeln voll gegessen. Soweit er es beurteilen konnte, schmeckte es wirklich vorzüglich. Die vielen Tabletten der letzten Monate hatten seinen Geschmackssinn ein wenig beeinträchtigt.

»Herr Kommissar, warum sind Sie hier?«, fragte Pendelburg.

»Mein Kollege und Freund Rainer Gritz wurde einen

Tag nach seinem Besuch hier ermordet. Er hat Tagebuch geschrieben, Privates, Dienstliches, quer durcheinander. Am letzten Abend seines Lebens schrieb er, dass er unbedingt noch einmal mit Ihnen reden müsste. Wegen der Nazis. Und dieses *wegen der Nazis* hat er dreimal unterstrichen. Haben Sie eine Ahnung, was er damit meinte?«

»Ich habe Ihrem Kollegen die Geschichte von Frank Miller erzählt, Sie wissen, der Mann, der Tretjak mit dem Mähdrescher überfahren hat. Miller stammte aus Manchester und war früher ein brutaler Neonazi. Mehrfach verurteilt, saß bestimmt sechs, sieben Jahre im Gefängnis. Dann kam er irgendwann hierher, vor vier Jahren. Er heuerte als Landarbeiter bei verschiedenen Farmern an. Man sah ihm seine Vergangenheit an, er hatte überall diese Tattoos, diese Schriftzüge, diese Nazi-Runen. Aber man dachte eben, gut, das war seine Vergangenheit, solange er sich ruhig verhält, ist alles okay. Doch dann kam er vor etwa einem Jahr einmal bei mir vorbei und fragte, ob er etwas schreiben könne, in meiner Zeitung. Er habe Erfahrung als Journalist. Er wolle etwas schreiben über die vielen Ausländer, die nach Penzance kämen, das gehe doch so nicht weiter. Ich sagte, ich hätte daran überhaupt kein Interesse, und er zog murrend wieder ab.«

»Das haben Sie Gritz erzählt?«

»Ja«, sagte Pendelburg, »er wollte nach unserem Gespräch gleich selber hinfahren zu Miller. Ich habe ihn noch gewarnt. Der Miller plapperte immer unheimlich viel, hörte gar nicht mehr auf. Ich sagte ihm noch, er solle ihn nicht zu ernst nehmen.«

Als Rainer Gritz in Penzance gewesen war, wusste er noch nicht, dass sich hinter den toten Tretjaks der Name von Kattenberg verbarg. Dass der Enkel des berüchtigten

Nazi-Mörders von Kattenberg hier lebte. Was hatte er gemeint, als er schrieb: *Muss unbedingt noch mal wegen der Nazis mit Pendelburg sprechen*? Wenn er nur Miller gemeint hätte, hätte er doch Nazi geschrieben, Einzahl, und nicht *Nazis*.

»Ist es nicht merkwürdig«, sagte Maler eher gedankenlos, um überhaupt irgendetwas zu sagen, »dass hier in diesem kleinen Städtchen ein vorbestrafter Neonazi lebt, und zufällig, verdeckt, auch ein Nachfahre von Kattenbergs?«

Pendelburg bekam gerade das Dessert serviert. Trifle hieß es, eine Mischung aus Tiramisu und Sahnetorte, mit viel Alkohol getränkt. »Ich finde die anderen Dinge viel merkwürdiger«, sagte er und begann zu essen.

»Was meinen Sie?«

»Dieses Buch zum Beispiel. Ich habe Ihrem Kollegen davon erzählt. ›Löwenherz‹ ist der Titel. Alles an diesem Buch ist widerlich. Sie müssen sich das mal anschauen, die Passagen über die Reinheit des deutschen Volkes und über die Notwendigkeit der Endlösung. Das Buch ist ein langes, ekelhaftes Gespräch, entstanden ist es Ende 1944.«

»Und von wem ist das Buch?«, fragte Maler.

»Das ist es ja eben. Zwei Autoren, der eine ist der alte von Kattenberg, einer der großen Organisatoren des Völkermordes. Der andere heißt Senne. Er war zuständig für den Massenmord in Auschwitz und anderen polnischen Konzentrationslagern.«

»Martin Senne«, sagte Maler. Und er musste kurz an Annabel Senne denken, die verzweifelte, gekränkte Frau im bayerischen Oberhaselbach. Wie sie gesagt hatte: ›Der Vater meines Mannes war nicht irgendein böser Nazi, er war ein Monster, ein einziges Monster.‹

»Ja, Martin Senne«, sagte Pendelburg. »Ich war bei Miller, kurz nach dem Tod von Tretjak. Ich wollte für meinen Nachruf wissen, was da auf dem Maisfeld passiert war, wie das hatte passieren können. Miller lachte mich nur aus und gab mir dieses Buch. Lies das, hat er gesagt, lies das, da steht alles drin. Ich habe dann in der Redaktion ein bisschen darin herumgeblättert und gesehen, was das für ein Dreck ist. Ich hab's ihm zurückgebracht und ihm gesagt, das Buch ist verboten, ich werde es der Polizei melden, dass du das liest. Da sagte er nur, das Buch hätte ihm ein Freund gegeben. Ein neuer Freund.«

Maler schaute auf die Uhr. Noch knapp zwei Stunden bis zu seinem Rückflug. »Ich will diesen Miller sehen. Der könnte eine Schlüsselfigur sein. Wo finde ich den jetzt so schnell?«

»Den können Sie nicht treffen, höchstens auf dem Friedhof. Frank Miller ist tot. Gestorben am selben Tag, an dem Ihr Kollege starb. Offizielle Diagnose: Herzinfarkt.«

»Verdammt nochmal«, sagte Maler. »Warum weiß ich das nicht? Bei der Polizei in München ist es nicht angekommen.« Und für sich dachte er: Warum sind alle Leute tot, die ich treffen will, und warum weiß ich das nie?

»Ganz einfach«, sagte Pendelburg, »die Polizei von Penzance sagt, der Vorfall im Maisfeld war ein Unfall. Und der Tod des Mähdrescherfahrers hatte eine natürliche Ursache. Somit gibt es keinen Fall in Penzance, von dem Sie irgendetwas wissen könnten.«

»Und was meinen Sie?«, fragte Maler.

»Ich bin mit dem Arzt befreundet, der den Totenschein ausgestellt hat. Herzinfarkt, das war die Todesursache. Aber da war noch etwas: Millers Brustkorb war eingedrückt. Als hätte man ihn mit roher Gewalt festgehalten. Der Polizei ist das bekannt. Sie bleiben aber bei ihrer Linie: natürliche Todesursache. Ich sage nur: Penzance.«

Maler trank einen Schluck Guinness, er hatte fast das ganze Glas ausgetrunken. Er mochte diesen dicken Mann, der sich für ein friedliches Leben entschieden hatte, aber nicht um jeden Preis. »Jetzt verstehe ich, was Sie meinten, als Sie vorhin im Auto sagten, Sie hoffen, dass der Tod meines Kollegen nichts mit seinem Besuch hier zu tun hat.«

Pendelburg brachte Maler zurück an den Flughafen. »Kommen Sie mal wieder, wenn die Zeiten besser sind«, sagte er zum Abschied. Im Flugzeug versuchte Maler nach einem kurzen Schläfchen, seine Gedanken zu ordnen. Und dann schrieb er in seinen Notizblock auf drei verschiedenen Seiten: *Erstens, Zweitens, Drittens*. So machte es Kommissar Maler, wenn in einem Fall eine neue Lage aufgetreten war. Immer drei Seiten, immer Erstens, Zweitens, Drittens.

Erstens: Im Zentrum steht die Nazi-Geschichte. Die toten Kattenbergs. Es geht möglicherweise um eine internationale, rechtsradikale Verschwörung. Rainer kam diesen Leuten zu nahe und musste sterben. Es geht möglicherweise auch um sehr viel Geld, um das Geld der Kattenbergs. Wo ist das Geld heute? Wer hat es? Bendlin muss sofort eine Sonderkommission einberufen. Wir müssen der Spur des Geldes folgen.

Zweitens: Noch einmal sprechen mit den schrecklichen Alten, den Kindern der Nazis. Was wissen die von dem Geld der Kattenbergs? Breitmann hatte doch davon gesprochen, von dem Reichtum. Warum hat mich Gabriel Tretjak zu diesen Alten

geschickt? Noch einmal nachschauen, ob der Tod von Christian Senne mit rechten Dingen zugegangen ist. War es wirklich Krebs? Den Arzt anrufen, der jetzt in Afrika arbeitet.
Drittens: Die große Frage: Was hat Gabriel Tretjak mit diesem Fall zu tun? Was ist seine Rolle, dieses Mal?

Als August Maler im gleißend grellen Transitbereich des Londoner Flughafen Heathrow auf seine Maschine nach München wartete, machte er sein Handy an. Zwei Nachrichten auf der Mailbox. Klinikum Großhadern. Er hörte die Mailbox ab. Die Sekretärin des Professors. Er solle morgen zu einer Herzkatheteruntersuchung kommen, elf Uhr, der Professor werde die Untersuchung selbst vornehmen. Dann noch einmal die Sekretärin. Er solle besser sechs Stunden vorher nichts essen. Maler atmete durch. Er rief zurück und bestätigte den Termin. Dann rief er Inge an.

»Du hörst dich so seltsam an. Wo bist du?«, fragte Inge.
»Ich bin am Flughafen.«
»Wo bist du? Ich verstehe nicht.«
»Erklär ich dir heute Abend zu Hause.« Maler bat sie um einen Gefallen. Inge arbeitete in einem Institut für Linguistik an der Ludwig-Maximilians-Universität, nur ein paar Meter von der großen Bayerischen Staatsbibliothek entfernt. Ob sie versuchen könnte, das Buch »Löwenherz« auszuleihen, ein verbotenes Buch, aber vielleicht könne sie als Wissenschaftlerin es bekommen?

Im Flugzeug nach München ging Maler auf die Toilette und steckte sich das Fieberthermometer unter die Achseln. Drei Minuten Wartezeit, bis es piepste. 37,0 Grad. Kein Fieber mehr. Immerhin.

Im Taxi vom Münchner Flughafen zurück nach Hause brummte sein Handy, Kommissar Bendlin war dran.

»Gut, dass du dich meldest«, sagte Maler, »ich wollte dich auch anrufen.« Er erzählte von seinem Besuch in Penzance, von den neuen Erkenntnissen. Sie waren sich schnell einig, dass die Ermittlungen auf allen Gebieten ausgeweitet werden mussten und dass dies am besten durch die Bildung einer Sonderkommission geschah.

Dann sagte Bendlin: »Ich habe auch was Neues. Erinnerst du dich an den Giftmord in Buenos Aires? Der dritte tote von Kattenberg.«

»Ja«, sagte Maler.

»Kurz bevor er starb, bekam er auf sein Handy eine SMS mit einer Telefonnummer, die er anrufen sollte. Er werde eine Überraschung erleben, so ähnlich hieß es da. Er hatte vorher auch schon SMS bekommen, die sich auf den Giftanschlag bezogen. Wir müssen annehmen, dass der Täter diese SMS verschickte.«

»Ja«, sagte Maler, »ich erinnere mich. Und was ist neu?«

»Wir wissen, wem die Telefonnummer gehört, den der Sterbende hätte anrufen sollen.«

»Wem?«, fragte Maler.

»Einem Mann namens Luca Tretjak. Sagt dir der Name was?«

Luca Tretjak. Der Bruder. Der verschwundene Bruder. Der unheimliche, gefährliche Bruder. Im letzten Fall hatten sie lange gedacht, er spiele eine zentrale Rolle. Vor allem Rainer Gritz hatte das gedacht. Schon als alles geklärt war, war er noch nach Südtirol gefahren, zu einem merkwürdigen Mann, der Falken züchtete und der angeblich alles wusste über diesen Bruder. Es war aber nichts herausgekommen dabei. Oder?

»Ja«, sagte Maler, »der Name sagt mir was. Das ist der Bruder von Gabriel Tretjak. Konnte jemand mit ihm sprechen?«

»Nein. Es geht keiner ran. Das Handy läutet, aber es meldet sich niemand. Seltsam ist, dass der Mann ein registriertes Handy hat. Sonst ist aber nichts über ihn zu erfahren, wo er wohnt, Lebenslauf, nichts, gar nichts.«

Erstens. Zweitens. Drittens. Maler zog noch im Taxi seinen Notizblock heraus. Noch eine leere Seite. *Viertens.* Er schrieb den Namen *Luca Tretjak.* Und ein Fragezeichen, ein großes Fragezeichen. Sonst nichts.

12

Die Autotür

›Was immer auch passiert – keine Polizei.‹ Das war Tretjaks Anweisung gewesen. Und es schien, als hätte Gilbert Kanu-Ide besser auf ihn gehört. Er war sich ziemlich blöd vorgekommen, als er auf dem Revier seine Geschichte in das teigige, unbewegte Gesicht eines Beamten diktierte, der mehr mit der Maus seines Computers und dem Programm für das richtige Formular beschäftigt war.

»Also, Moment, Sie haben dann diesen Wagen, was sagten Sie, Moment ... Mitsubishi ... verfolgt.«

»Nein, er hat mich verfolgt.«

In diesem Stil war es abgelaufen, bis er die Pistole erwähnt hatte. Da hatte sich der Beamte erhoben, »Moment bitte«, war weggegangen, und nach einer halben Stunde war ein anderer Beamter zurückgekommen. Und er hatte dagesessen, in seiner verdreckten Kleidung und mit dem Schock in jeder Zelle seines Körpers. Als er nach seinem Marsch durch den Wald die Straße erreicht und einen Wagen angehalten hatte, der Lieferwagen einer Wäscherei war es gewesen, hatte er ständig das Gefühl gehabt, jeden

Augenblick losheulen zu müssen oder hysterisch zu lachen. Dieses Gefühl war ihm hier auf dem Revier vergangen. Vielleicht, dachte er kurz, war es ja Absicht der Polizisten, sich in solchen Fällen so zu verhalten. Damit man runtercoolte.

Der neue Beamte war dem ersten sehr ähnlich, nur jünger war er, dafür hatte er mehr Zeichen auf der Uniform. Vielleicht hatte ihm Kanu-Ide die ganze Sache zu ausführlich erzählt, weil der Beamte oft aufhörte zu tippen. Auch Amy hatte sich später jedes Detail anhören müssen. Aber schließlich würde der Mathematiker Gilbert Kanu-Ide wahrscheinlich nie wieder in seinem Leben in eine derartige Situation geraten. Auch jetzt noch, Tage später, die er fast ausschließlich in seinem Apartment auf dem Schlafsofa von Ikea verbracht hatte, lief der Film wieder und wieder ab. Der Moment, in dem er erkannt hatte, dass der Mann mit der Pistole mit einem Bein *hinter* der offenen Tür des Triumph Spitfire stand, der Moment, in dem Kanu-Ide mit seinem Fuß diese Tür zuschlug. Wie ein Schuss hatte sich das Geräusch im Wald angehört, er musste so ungeheuer fest zugetreten haben, vermutlich hatte er dem Mann den Unterschenkel oder das Knie gebrochen. Jedenfalls hatte der alles fallen gelassen, Pistole, Handy, und einen dumpfen Laut ausgestoßen, den Kanu-Ide nun immer wieder wie ein Echo in seinem Kopf hörte.

Irgendetwas in ihm hatte in diesen Sekunden die Regie übernommen. Etwas, das keine Angst hatte, etwas, das große Kraft hatte, etwas, das blitzschnell war. Seine Beine rannten schon, bevor er überhaupt begriffen hatte, dass er die Chance dazu hatte. Aber was hieß rannte: Er flog durch den Wald, steil bergab, durchschnitt das Unterholz,

sprang über Hindernisse, rutschte, kam auf die Beine …
dieses Etwas wusste genau, was zu tun war.

Heute war der erste Tag, an dem er seinen zerschundenen Körper wieder halbwegs bewegen konnte. Bei der Polizei gab es jetzt eine Akte, mehr wohl nicht, im Wald hatte sich ein Beamter die Reifenspuren angesehen, und gestern hatte Kanu-Ide Bescheid bekommen, dass er den Triumph auf dem Revier abholen konnte. Von Tretjak und Welterlin hatte er nichts erzählt. Er hatte sich wenigstens halbwegs an die Anweisung halten wollen. Diesen Tretjak hatte er ungefähr stündlich versucht zu erreichen. Er wünschte sich, dass bei seiner nächsten Begegnung mit diesem Mann wieder dieses Etwas in ihm die Regie übernehmen und dafür sorgen würde, dass er zuschlug.

Amy fand, dass seine kleine Wohnung immer noch zu sehr einer Studentenbude glich. Sie fand, er sollte sich eine neue suchen. Seinen Vorschlag, sie sollte ihre WG aufgeben und mit ihm zusammenziehen, hatte sie allerdings abgelehnt. Kanu-Ides Wohnung befand sich in einem Apartmenthaus der siebziger Jahre, grade Linien, viel Beton, inzwischen etwas abgeschrabbelt. Es war fast zehn Uhr abends, als er sich Teewasser aufsetzte, die Earl-Grey-Dose aus dem kleinen Küchenschrank holte, die Milch dazustellte und die Flasche Havanna-Club aufschraubte. Er würde den Tee lange ziehen lassen und am Rum nicht sparen. Die Wohnungstür hatte er von innen zweimal abgeschlossen. So plante er, in die Nacht zu gleiten. Vielleicht würde er den Fernseher einschalten, irgendeine Spielshow, die ihn nicht interessierte. Nichts ließ ihn so müde werden wie der laufende Fernseher.

Als es an der Wohnungstür klopfte, verstand er zunächst gar nicht, was das für ein Geräusch war. Dann fiel ihm ein, dass die Klingel kaputt war. Dann kam die Angst. Auf Zehenspitzen schlich er in die kleine Diele, blieb hinter der Wohnungstür stehen und lauschte.

Wieder klopfte es, fest und entschieden. Und jetzt sagte eine männliche Stimme: »Herr Kanu-Ide? Sind Sie zu Hause? Bitte machen Sie auf, es ist wichtig.« Der Mann sprach Deutsch, mit einem Akzent, der nach Bayern oder Österreich klang.

Kanu-Ide sagte kein Wort.

»Mein Name ist Lichtinger. Ich muss Sie sprechen. Es geht um Gabriel Tretjak. Ich weiß, dass Sie ihn erreichen wollen. Es ist wirklich wichtig.«

Kanu-Ide sagte nichts. Und dabei blieb es auch. Selbst als der Wasserkocher sehr vernehmlich anfing zu rauschen und schließlich laut vor sich hin blubberte. Er sagte nichts, bis der Mann vor der Tür seine Versuche aufgab. Und Kanu-Ide wusste genau, dass es richtig war, was er tat. Ganz genau. Denn der Mann hatte etwas gesagt, was er kannte, ein Wort, das ihm bei den Recherchen im Netzwerk der Organisation »Anima« immer wieder untergekommen war. Das Wort »Lichtinger«.

Joseph Lichtinger, Pfarrer in Bayern, war eine der Schlüsselfiguren dieser Organisation, die gegen Welterlins Projekt »Casimir« arbeitete.

13

Die Stimme

Stefan Treysa hatte sich ein bisschen verlaufen in den Straßen von Amsterdam. Eine hübsche Stadt, wirklich, dachte er, aber immer wieder eine kleine Brücke über diese Grachten, immer wieder diese netten Häuschen, und alles sieht doch ein wenig gleich aus. War man da gerade schon mal gewesen, oder sah es nur so aus? Doch irgendwann stand er vor der Tür. Eine edle Holztür, Palisander, goldenes Klingelschild, *Luca Tretjak*. Er drückte auf die Klingel.

»Hallo?«

»Entschuldigen Sie bitte, ich spreche kein Niederländisch. Ich würde gerne mit Luca Tretjak sprechen«, sagte Treysa in Richtung der Sprechanlage.

»Ich kann Sie gut verstehen, ich spreche Deutsch. Was wollen Sie von Luca Tretjak?« Die Stimme klang hoch, es war nicht eindeutig, aber Treysa vermutete eine Frau.

»Mein Name ist Stefan Treysa. Ich bin ein Freund seines Bruders, Gabriel Tretjak. Über ihn würde ich gerne mit Luca Tretjak sprechen.«

Keine Antwort. Ein paar Sekunden, vielleicht eine halbe

Minute. Dann summte der Türöffner. »Kommen Sie hoch, zweiter Stock.«

Sie stand in der Tür. Blond, schwarzes Kleid. Roter Lippenstift. Hartes Gesicht. Jung, aber nicht mehr ganz jung. »Kommen Sie rein.«

Große Wohnung. Hohe Wände. Ein Gang voller Spiegel. Sie ging voraus in eine Art Esszimmer. Großer Tisch, großer Raum. An einer Wand wieder ein Spiegel. Sie deutete auf den Tisch. »Nehmen Sie doch bitte Platz. Kann ich Ihnen etwas anbieten? Ich habe gerade einen Tee gekocht. Möchten Sie auch?«

»Sehr gerne.« Als sie den Raum verließ, schaute sich Treysa um. Ein Blumenstrauß, eine rote Couch. Bilder, moderne Bilder. Eine Plastik. Schwarz und weiß. Kugeln, Vierecke, er konnte nicht erkennen, was es darstellen sollte.

Sie kam zurück und stellte das Tablett auf den Tisch. Zwei Tassen, auf beiden waren barbusige Pin-up-Girls zu sehen. Und die Teekanne, schwarz mit goldenem Henkel. »Sie sind also ein Freund von Gabriel Tretjak«, sagte sie.

»Ja«, sagte Treysa. »Ist Luca Tretjak denn da?«

»Nein, leider«, sagte sie.

Er wartete, dass sie sagte, wer sie sei. Oder wann er wieder da sei. Aber sie setzte sich hin und sagte nichts. Sie lächelte auch nicht. Sie blickte ihn nur an.

Treysa fing an zu reden, weil er unruhig wurde und auch weil er sich vorgenommen hatte, dem Bruder klar zu sagen, warum er hier war, also konnte er auch schon mal bei dieser Frau damit beginnen. »Gabriel hat seinen Bruder lange nicht gesehen. Ich finde, das sollte sich ändern. Ich finde, die beiden sollten wieder anfangen, miteinander zu reden.«

»Ich weiß nicht, ob das eine gute Idee ist«, sagte sie mit regungslosem Gesicht.

»Wieso glauben Sie das?«, fragte er.

Sie sagte nichts.

»Entschuldigen Sie«, fragte Treysa, »aber darf ich Sie fragen, in welcher Beziehung Sie zu Luca Tretjak stehen?«

»Das dürfen Sie. Ich bin ein Freund. Und ich bin so etwas wie seine Stimme, gelegentlich.«

»Schauen Sie, Gabriel hat um seine Vergangenheit eine Mauer gebaut, und ich denke, das tut ihm nicht gut.«

»Vielleicht sind sich die Brüder doch ein bisschen ähnlich«, sagte sie. »Luca hat jetzt beschlossen, eine solche Mauer zu bauen. Es ist eine Art Friedhofsmauer.« Und dann lachte sie. Überraschend laut. Und noch überraschender war die Bewegung, mit der sie sich eine Zigarette anzündete. Treysa konnte es nicht anders wahrnehmen: Es war eine männliche Bewegung. Er war vorhin derart angespannt gewesen, in Beschlag genommen von der Situation, in diese fremde Wohnung zu kommen, dass er nicht genau hingeschaut hatte. Aber jetzt schaute er hin: Diese Frau war keine Frau. Blonde Haare, schwarzes Kleid, hochhackige Schuhe, aber sie war ein Mann. Ein schmaler Mann, stark geschminkt.

»Darf ich fragen, wie Sie heißen?«, fragte Treysa.

»Nein, das dürfen Sie nicht. Mein Name spielt keine Rolle. Aber darf ich Sie etwas fragen?«

»Bitte.«

»Was für eine Beziehung hat Gabriel Tretjak zu Frauen?«

»Ich würde sagen ... Ich denke, er würde es auch sagen: Er mag Frauen, er kennt viele Frauen, und sehr lange dauern die Beziehungen nicht.«

»Wissen Sie etwas über Gabriels Mutter?«

»Nicht sehr viel«, sagte Treysa, »sie ist früh gestorben. Muss ein schlimmer Tod gewesen sein.«

»Luca hat viel von seiner Mutter erzählt, sehr viel.«

»Was hat er denn erzählt? Das interessiert mich sehr.«

Keine Antwort. Stattdessen die Frage: »Und was ist Gabriel für ein Mann? Ist er ein richtiger Mann?« Jetzt klang ein wenig Spott in der Stimme.

»Mein Gott, ja, ich würde sagen: ja. Aber was heißt das schon, ein richtiger Mann, heutzutage?«

»Gute Frage. Mögen richtige Männer auch mal eine richtige Frau sein?« Er stand auf. »Warten Sie einen Augenblick, ich hole nur kurz meine Handtasche.«

Ja, *er*. Treysa war sich jetzt völlig sicher, wie er ging auf den hohen Schuhen, geübt, sicher, aber eben ein Mann. Konnte das Luca sein? Nein, zu jung, viel zu jung. Luca war ja der ältere Bruder, einige Jahre älter, glaubte Treysa sich zu erinnern.

Er kam zurück. Setzte sich wieder hin, stellte die schwarze Handtasche vor sich hin auf den Tisch. »Was wollen Sie hier?«

»Das sagte ich doch schon.«

»Hören Sie auf, Sie faseln irgendwas von Gabriel Tretjak. Ich glaube Ihnen kein Wort. Was wollen Sie?«

»Ich kann mich nur wiederholen. Ich würde gern Luca Tretjak kennenlernen. Deshalb bin ich nach Amsterdam gekommen«, sagte Treysa.

»Na gut«, sagte er und öffnete seine Handtasche. Er zog eine kleine goldene Pistole heraus und richtete sie auf Treysa. »Schönes Ding, nicht wahr?«

14

Pescatore

Anders als beim ersten Mal zeigte der See gar kein freundliches Gesicht. Wie eine düstere, graue Masse hing er zwischen den Bergen. Nebelschwaden hatten sich auf ihm niedergelassen wie riesige Quallen. Der Himmel war nicht zu sehen, die Silhouette der Berge war mehr eine Ahnung als ein tatsächlicher Anblick. Es regnete in geraden, trostlosen Fäden.

Sophia Welterlin saß an einem der großen Fenster des Restaurants »Pescatore« vor einem Tisch mit dunkelroter Tischdecke. Sie war allein. Das Restaurant hatte noch geschlossen, es war Viertel nach elf Uhr vormittags. In dem Holzofen krachte es erst seit ein paar Minuten, ein anderes Fenster war weit geöffnet, um die verbrauchte Luft vom Abend loszuwerden. Es war noch kalt und ungemütlich in diesem Raum. Warum hatte sie sich am Flughafen nicht schnell noch eine Jacke gekauft?

Anders als beim ersten Mal war Sophia Welterlin nicht mit dem Zug in Maccagno angekommen, der vom Flughafen Mailand am Lago Maggiore entlangtuckerte, sondern auf dem Rücksitz eines Taxis. Sie hatte eine Nacht in einem lauten Hotel am Flughafen in Rom hinter sich, dann einen verspäteten Frühflug nach Mailand. Sie hatte keine Lust gehabt, irgendwo auch nur eine unnötige Minute warten zu müssen. Wahrscheinlich hatte sie deshalb den einzigen Taxifahrer in ganz Italien erwischt, der kein Navigationssystem im Wagen hatte. Zweimal hatte er unterwegs angehalten, um auf einer Landkarte den kleinen Ort umständlich anzupeilen.

Der Mann, den sie einfach mit seinem Vornamen Luigi ansprechen sollte, war ihr von Tretjak schon als sehr schweigsam beschrieben worden. Aber in gewisser Weise übertraf er diese Beschreibung noch. Er brachte ihr gerade unaufgefordert ein großes, heißes Glas Latte macchiato und zwei Mandelhörnchen und legte ihr eine angenehme, dunkelrote Fließdecke über die Schultern. Bis jetzt hatte er tatsächlich noch nicht ein einziges Wort gesprochen.

»Wenn ich mich bei Ihnen mit dem Satz melde ›Es ist alles aufgeklärt‹, dann bedeutet das höchste Alarmstufe«, hatte Tretjak ihr in ihrer verschmierten Küche erklärt. »Dieser Satz ist unser Zeichen, dass etwas schiefgegangen ist.«

Er hatte sie genau instruiert, was sie in diesem Fall tun sollte: Sofort alles stehen- und liegenlassen, sich auf den Weg nach Maccagno machen, kein einziges Telefonat mehr, keine einzige SMS, Handy ausschalten. Zur Sicherheit auf der Strecke Umwege machen. In Maccagno im Restaurant »Pescatore« dem Wirt Luigi ein Stichwort sagen. Dieser Mann würde dann alles Weitere übernehmen.

»Es ist alles aufgeklärt – egal ob ich das am Telefon sage, als E-Mail schicke, als SMS, in welcher Form auch immer ... reagieren Sie sofort.« Tretjak hatte den Satz mit seinem Füller auf ein Stück Papier geschrieben.

»Das kann ich mir merken«, hatte sie gesagt. »Ich habe Abitur.« Es war das erste Mal an diesem Tag, dass ihr nach einem kleinen Scherz zumute gewesen war.

»Nein, das können Sie nicht«, hatte Tretjak sehr ernst erwidert. »Sie wissen jetzt nicht, wann und in welcher Situation Sie die Nachricht erreicht, und dann sind Sie plötzlich unsicher über den genauen Wortlaut.« Er schrieb noch etwas auf das Papier, faltete es zusammen und reichte es über den Tisch. »Stecken Sie das ein, bitte. Das Stichwort für Luigi heißt: ›Amarone‹.«

Sie hatte laut klopfen müssen, vorhin, an der Tür des »Pescatore«, und der Mann, der die Tür geöffnet hatte, hatte nur mit Kopfbewegungen kommuniziert, kleinen, fast unmerklichen Bewegungen.

Kopf leicht nach oben: Was wollen Sie?

»Sind Sie Luigi?«

Kopf kurz nach unten: Ja.

»Amarone. Das soll ich Ihnen sagen.«

Da war er dann zur Seite getreten und hatte mit einer Kopfbewegung ins Innere des Hauses gedeutet.

Der Mann fragte nichts, er sagte nichts. Er setzte sich auch nicht zu ihr, sondern ließ sie mit dem Kaffee und dem Gebäck allein. Nach zehn Minuten kam er wieder, in Begleitung einer hübschen jungen Frau in einer schwarzen Lederjacke. In ihrer Hand klingelte ein Schlüsselbund: »Buongiorno, Signora Welterlin«, sagte sie freundlich. »Ich bin Patricia, kommen Sie, ich bringe Sie in ihre Wohnung.«

Sophia Welterlin nahm ihre Handtasche, die Plastiktüte

mit ihrem Geburtstagsgeschenk und folgte der Frau nach draußen zu einem kleinen, hellblauen Fiat Cinquecento.

»Vielen Dank für die Mahlzeit«, sagte sie in Richtung Eingangstür, wo Luigi stehen geblieben war. »Hat gut getan. Bin ich etwas schuldig?«

Kurzes, nur angedeutetes Kopfschütteln: Nein. Aber dann ein kleines Lächeln, das Zuversicht ausstrahlte. Und das erste Wort. »Ciao.«

Der Cinquecento kletterte einige steile Kurven in die Berge hoch, die nette Patricia plapperte über das schlechte Wetter, so schade, letzte Woche war es noch so schön. Schließlich tauchte aus dem Nebel ein ziemlich hässliches, relativ neues Gebäude auf, und sie hielten davor an. Es war ein Apartmenthaus mit etwa zwanzig kleinen Balkonen, die alle in die gleiche Richtung zeigten, vermutlich zum See. Heute war da nur eine hellgraue Nebelwand zu sehen. Wahrscheinlich Ferienwohnungen, dachte Sophia Welterlin, jetzt im November leer.

Das Apartment war sauber, hatte einen Fernseher, und auf dem Balkon standen zwei Liegestühle. Patricia drehte die Heizung auf und versprach, mit Lebensmitteln und Getränken zurückzukehren. Die Tür fiel hinter ihr ins Schloss.

Sophia Welterlin setzte sich aufs Bett und dachte an ihren ersten Besuch hier am See. Er schien eine Ewigkeit zurückzuliegen. Was war geschehen? Warum hatte Tretjak Alarm geschlagen? In welche Situation hatte er sie gebracht?

Wie aus einem anderen Leben kam es ihr vor, wie sie in der warmen Herbstsonne, mit dem Strohhut auf dem

Kopf, zu Gabriel Tretjaks Häuschen hochgestiegen war. Neugierig auf den Bruder von Luca, neugierig auf den Mann, den er ihr kaum beschrieben hatte. Nur so viel hatte er sie wissen lassen: »Er ist ganz anders als ich.« Dabei hatte sie dann, schon in der ersten Minute ihrer Begegnung, eine gewisse Ähnlichkeit festgestellt, glaubte sie jedenfalls.

Luca. In keinen anderen Mann hatte sie so viele, so verschiedene Gefühle investiert, um keinen Mann hatte sie so viel geweint. Luca, der Seelenverwandte. Aber auch der Unbegreifbare, der Mann von einem fremden Planeten, dem sie nicht hatte folgen können. Vielleicht war nie ein Mensch so ehrlich zu ihr gewesen wie Luca. So verzweifelt ehrlich, trotz seiner Sprachlosigkeit.

Wenn sie die Zeit zurückdrehen könnte, in ihrem ganzen Leben, an welcher Stelle würde sie etwas anders machen?

Das Feuer der Zeit. War ihr kleines Projekt »Casimir« wirklich geeignet, irgendetwas von diesem großen Feuer zu verstehen? Der Zeitpunkt des Experimentes war gar nicht mehr so fern – und sie die Leiterin, der wissenschaftliche Kopf? Saß abgeschnitten von der Welt in einem hässlichen Apartment in den Bergen, ohne Telefon und ohne Computer, und wartete darauf, dass ihr eine unbekannte Patricia Brot und etwas Orangensaft brachte. Gratuliere, Frau Professor. Alles bestens im Griff … Schöne Grüße nach Amsterdam, lieber Luca: Der Tipp mit deinem Bruder war ganz schlecht. Die Zeit zurückdrehen … Vielleicht wäre das der Zeitpunkt, an dem ich etwas ändern würde, wenn ich könnte … Vielleicht würde ich dich nicht noch mal anrufen, in meiner Not. Aber wen dann?

15

Die tödliche SMS

Nach außen ließ sich Gabriel Tretyak, der Bankier, nichts anmerken. Das war ihm wichtig. Der Chef der Bank war der Chef der Bank, ein Herr, etwas Besonderes, er durfte keine Gefühle zeigen, auf keinen Fall. Wie würde das aussehen, wie würde es wirken, wenn er etwa zeigen würde, dass er Angst hatte? Schwäche? Der Mann ganz oben? Nein, es musste weitergehen wie immer, alles musste laufen wie immer. Morgens um halb acht kam er ins Büro, immer bevor seine Sekretärin kam. Er wollte Vorbild sein, auch in diesem Punkt.

Einem sehr guten Beobachter wäre vielleicht aufgefallen, dass er in diesen Tagen noch luxuriöser gekleidet war als sonst. Als könnte ihn der Reichtum panzern. Er trug seine teuersten Pferdelederschuhe, jedes Paar mehr als 30 000 Dollar wert, seine edelsten Maßanzüge und eine ganz neue Uhr, eine wirkliche Antiquität, eine Rolex aus dem Jahr 1931, bei der der Name Rolex noch nicht im Zifferblatt stand, sondern eingraviert auf der Rückseite. Seine alte Uhr hatte er abgelegt. Es war die Uhr des Vaters gewesen, ein Erbstück der Familie von Kattenberg. Sie hatte sich plötzlich unangenehm angefühlt, schwer, lästig. Als ihn seine Frau danach gefragt hatte – die ja nicht wusste, immer noch nicht wusste, dass er zur Familie der von Kattenbergs gehörte –, da hatte er nur geantwortet, er hätte einfach das Bedürfnis nach einer neuen Uhr, nichts weiter.

Hatte er Angst? Er würde es so nicht ausdrücken, natürlich nicht. Er sah die Situation als eine Herausforderung an, Ruhe zu bewahren. Er hatte seiner Frau, seiner Führungsriege in der Bank und seinen Bekannten gesagt, es lägen Morddrohungen gegen ihn und seine Familie vor. Er hatte es den Sicherheitsleuten gesagt, die er engagiert hatte, und er hatte es der Polizei gesagt, die er dann doch benachrichtigt hatte, um seine Frau zu beruhigen. Er hatte sich dazu eine Geschichte zurechtgelegt, er sei auf der Straße von einem Unbekannten angesprochen worden, der ihn bedroht hatte und dann wieder verschwunden war. Natürlich war das erfunden, aber was hätte er sonst sagen sollen? Dass er in Wahrheit eine andere Identität hatte, dass er aus einer der fürchterlichsten Nazi-Familien stammte, dass er zusammen mit seinem Bruder und seinen zwei Cousins dieses alte Leben ausgelöscht hatte und ein neues hier in New York angefangen hatte? Und dass diese drei Familienmitglieder bereits umgebracht worden waren und er vermutlich als Nächster dran war? Das hätte er sagen sollen? Seiner Frau, in der Bank, allen? Und dann? Was wäre dann von seinem neuen Leben übrig geblieben?

Nein, Unsinn, er musste allein damit fertigwerden. Und er musste warten, weiter warten. Irgendwann würde etwas geschehen, würde sich der Erpresser melden und Geld fordern, was sonst würde er haben wollen, natürlich würde es Geld sein. Und wenn es sein Kopf war, den sie haben wollten? Wäre das schlimm? Hing er noch an seinem Leben? An den beiden Kindern hing er, aber die würden auch ohne ihn groß werden. Nein, wenn sie seinen Kopf wollten, dann war es eben so. Wäre es vielleicht sogar eine Erleichterung zu sterben? Das Spiel zu beenden?

Und wenn einfach gar nichts passierte? Wenn das Warten immer weiterginge, mit all den Sicherheitsleuten um ihn herum? Er allein mit seinen inneren Monologen, und es würde nie enden? Das wäre auch eine grausame Art, ihn zu bestrafen, oder?

Aber wofür sollte er eigentlich bestraft werden? Dafür, dass sein Großvater, der fünf Jahre vor seiner Geburt hingerichtet wurde, ein schrecklicher Mörder und unglaublicher Sadist gewesen war? Dass sein Vater an diesem Vater zerbrochen war, die Karikatur eines Mannes, wehleidig, schwach, verachtenswert? Und dass er eines Tages beschlossen hatte, mit diesem Stammbaum nichts mehr zu tun haben zu wollen? Dafür sollte er bestraft werden? Warum? Von wem?

Das Geld. Das Geld des Großvaters. Der unermessliche Reichtum des Großvaters. Blutgeld, Blutmillionen, ja, das konnte man ruhig aussprechen, das stimmte alles. Aber hatte er sich schuldig gemacht, mit diesem Geld noch reicher zu werden? Mit diesem Geld eine Bank zu gründen, Arbeitsplätze zu schaffen, ja, auch viel Gutes zu tun? Er musste schmunzeln, kurz, bei seinem inneren Monolog. Er könnte vor einem Jüngsten Gericht beweisen, für wen er alles gespendet hatte, für welche wohltätigen Einrichtungen, auch für die Juden in aller Welt. Alles Gute wurde säuberlich festgehalten. Klar, es war Blutgeld. Aber war das alles nichts? Und, liebes Jüngstes Gericht, was sollte daran verwerflich sein, aus der eigenen Geschichte zu verschwinden? Er kannte kein Gebot, das dies untersagt hätte. Oder? Du sollst nicht lügen, du sollst kein falsches Zeugnis ablegen? Nun ja, Ansichtssache. Definitionssache.

Es war gegen 14 Uhr New Yorker Zeit, als der Mann, der sich Gabriel Tretyak nannte, in seinem Büro kurz durchatmete. Er hatte zwei Besprechungen hinter sich, harte Besprechungen, es war um den Verkauf von Beteiligungen seiner Bank an einer Firmengruppe gegangen, in Wahrheit war das Ende dieser Firmengruppe besiegelt worden, die Firmengruppe war erledigt ohne das Geld der Bank. Tretyak liebte solche Besprechungen, gerade jetzt, sie lenkten ihn so schön ab, von seinen inneren Monologen, von all dem Elend.

Es war genau 14 Uhr 12, als die erste SMS kam. *Deine Kinder, James und Hadley, sind sicher beide nette Jungs. Du musst dich entscheiden: Wer von beiden soll leben, wer von beiden soll sterben? Keine einfache Entscheidung, aber die Zeit drängt. Wenn du dich nicht entscheidest, sterben beide. Du hast zehn Minuten.*

Verstand Tretyak alias Patrick von Kattenberg den Kern der SMS? Verstand er die Anspielung auf den Großvater, dessen Spezialität es gewesen war, Müttern in den Konzentrationslagern genau diese Frage zu stellen, welches deiner Kinder soll leben, welches sterben? Der Großvater hatte zugesehen, wie die Frauen an dieser Entscheidung zerbrachen, ganz gleich, ob er sie am Ende überleben ließ, ganz gleich, welches der Kinder oder ob er alle in den Tod schickte. Erinnerte sich Patrick von Kattenberg an seinen Ahnen?

Er wählte die Nummer seines Sicherheitschefs, den er zu der exklusiven Privatschule geschickt hatte, die seine Söhne besuchten, James und Hadley, mit den auffallenden Sommersprossen und den leicht abstehenden Ohren. Natürlich ging der Sicherheitschef sofort ans Telefon, nach dem zweiten Läuten, wenn der Boss anrief.

»Wie geht es meinen Kindern?«

»Alles bestens, meine Leute lassen sie keine Minute aus den Augen. Sie sind vergnügt wie immer. Machen Sie sich keine Sorgen, Mr Tretyak.«

»Ich habe Hinweise, dass möglicherweise ein Anschlag unmittelbar bevorsteht. Sie sind mir persönlich für die Sicherheit meiner Söhne verantwortlich.«

»Ich werde alles veranlassen. Bitte machen Sie sich keine Sorgen. Wir haben alles unter Kontrolle.«

Es war genau 14 Uhr 22, als die zweite SMS kam: *Keine Entscheidung. Schade. Du trägst die Verantwortung.*

Gegen 15 Uhr 30 kam ein Anruf, Hadley habe ein bisschen gehustet. Er habe auch ein klein wenig Fieber. Eine Stunde später hieß es, man sei mit ihm auf dem Weg ins Krankenhaus, er habe etwas Blut gehustet, das Fieber steige, die Klinik sei eine reine Vorsichtsmaßnahme. Zwei weitere Stunden später hieß es, der Zustand habe sich dramatisch verschlechtert, die Ärzte könnten die inneren Blutungen nicht stoppen.

Am frühen Abend kam die Nachricht, auch der kleine James habe nun angefangen zu husten. Er kam schon in die Klinik, bevor seine Blutungen begannen. James' Blutungen waren noch heftiger als Hadleys. Die Ärzte sprachen von Vergiftung. Der aufgelöste Sicherheitschef sagte, es sei möglicherweise bei der alljährlichen Grippeimpfung am Morgen passiert. Man habe den Schularzt gefesselt im Keller gefunden, ein Unbekannter sei bei der Impfung in die Rolle des Arztes geschlüpft, die Polizei ermittle auf Hochtouren.

Als Patrick von Kattenberg am Abend mit dem Hubschrauber zu seinen sterbenden Kindern gebracht wurde, kam auf dem Flug die dritte SMS: *Erinnerst du dich? ›Gewidmet unseren Nachkommen‹.*
Hatte Herr von Kattenberg jetzt begriffen?

Teil 4

Die Stunde des Reglers

1

Fragen

Er gefiel ihm sehr, mit dieser Frauenstimme zu sprechen. Seine Identität hatte sich aufgelöst, es gab ihn praktisch gar nicht mehr. Passt gut, dachte er, das glauben sowieso alle.

Einige Texte hatte er schon vorher aufgenommen, sie existierten jetzt als kleine Dateien, er sah sie auf dem Laptop vor sich, jede hatte eine Überschrift. Er musste nur draufklicken – und schon begann die Frauenstimme zu sprechen. Der Ton wurde mit einer recht altertümlichen Gegensprechanlage in den anderen Raum übertragen.

Er hatte sich Mühe gegeben mit den Texten, auf manche war er fast ein bisschen stolz. »Muttersöhnchen« zum Beispiel, den würde er Tretjak heute ganz bestimmt vorspielen.

Er konnte aber auch direkt mit ihm sprechen. Dann klickte er »Live« an und sprach in das Mikrophon des Laptops. In diesem Fall kam die Frauenstimme mit einer kleinen Verzögerung. Er hatte das geübt und beherrschte es inzwischen so perfekt, dass beim Übertragen so gut wie nie Fehler passierten. Wichtig war, dass man das Ende eines Satzes deutlich markierte, indem man durch die Betonung quasi einen Punkt machte. Oder ein Fragezeichen, je nachdem.

Der Schreibtisch, an dem er saß, stand in einer Art Besprechungsraum. Drei Stuhlreihen, kleine Schreibpulte an den Lehnen. Whiteboards an den Wänden. Alles war von einer feinen Staubschicht bedeckt. Nur den Schreibtisch hatte er abgewischt und den großen alten Bildschirm, der mit einem schweren Stahlgelenk an der Wand angebracht war. Er hatte den Raum komplett abgedunkelt, alle Rollos waren unten, nur die kleine Schreibtischlampe brannte. Womit sollte er anfangen? Er fuhr mit der Maus über die Dateien, schließlich klickte er eine an und hörte die überaus zuvorkommende Stimme, die seine Worte aussprach.

»Sie helfen einer karrieregeilen Frau, die ihren Professor in den Selbstmord getrieben hat. Sie organisieren, dass das schmutzigste Geld der Welt von seinen widerlichen Besitzern ins Ausland geschafft wird. Sie haben die Existenz Ihres eigenen Vaters vernichtet und Ihren Bruder verstoßen. Die Frau, mit der Sie ins Bett gehen, haben Sie auf intrigante Weise missbraucht. Und wohin hat Sie das gebracht, Herr Tretjak?«

Er drückte die Pausetaste. Weil er wusste, dass Tretjak jetzt Angst vor einem Stromstoß hatte. Wir Menschen sind kleine, armselige, ängstliche Kreaturen, dachte er.

»Es hat Sie zum ersten Mal in eine Situation gebracht, die Sie wirklich verdienen«, diktierte er ins Mikrophon.

Er konnte Tretjak relativ gut sehen auf dem alten Bildschirm. Der Untersuchungsraum, in dem er auf dem Gynäkologenstuhl festgeschnallt war, hatte ursprünglich offenbar zu Unterrichtszwecken gedient. Deshalb war in der oberen Ecke eine Videokamera angebracht, früher sicher ultramodern, heute ein lächerliches Gerät, riesig und schwer. Aber es funktionierte. Das Bild war zwar nur schwarzweiß, aber ziemlich scharf.

»Also, Herr Tretjak: Möchten Sie etwas ändern an Ihrer Biographie? Wie hätten Sie es denn gern? Sollen wir zum Beispiel Ihren Bruder herbringen, damit Sie mit ihm reden? Oder sollen wir ihn ganz ausschalten? Sollen wir Ihnen einen Neuanfang organisieren, anderer Name, andere Welt? Ließe sich doch alles regeln, nicht wahr?«

Er machte eine Pause. Dann schickte er einen Stromstoß durch die Leitung, einen ziemlich starken. Er sah, wie Tretjak zuckte und sich krümmte.

»Eine Antwort, bitte.«

»Ja, lässt sich regeln.«

Die armselige Kreatur Mensch.

In dieser leeren Klinik hier war alles vorhanden gewesen, was er gebraucht hatte. In den Schränken hatten sich noch komplette OP-Bestecke, Verbandszeug und diverse Medikamente gefunden. Es war, als wäre die Klinik über Nacht verlassen worden. Nur die Sache mit den Stromstößen, die hatten ihm zwei Serben installiert, die damit Erfahrung hatten. Er dachte kurz an die Freundin des einen Kattenberg, die hier auch ein paar Tage hatte verbringen dürfen, ehe man sie mit dem zusammen in dem kleinen Flugzeug angezündet hatte. Auch sie hatte erfahren, dass das Ding, das er vor sich auf dem Schreibtisch stehen hatte, gut funktionierte. Es war ein primitiv zusammengeschraubter Holzkasten mit zwei Steuerknöpfen. Der eine ein vormaliger Lichtschalter zum Aus- und Einschalten des Stroms, das andere der Drehknopf eines Radios, der jetzt die Stromstärke bestimmte.

»Wenn Sie Geld investieren sollten in einen Wert, der kein materieller ist, welcher wäre das dann? Treue? Liebe? Nein, nein, natürlich nicht. Skrupellosigkeit, Unmoral – das bringt die größte Rendite, immer und überall, nicht wahr? Wer wüsste das besser als Sie?«

Wieder eine Pause. Er sah, dass Tretjak seine Muskeln anspannte. Aber diesmal ließ er den Stromkasten unberührt, stattdessen öffnete er ein kleines Pillenschächtelchen. Und während er weitersprach, entnahm er ihm sechs kleine Pillen von blassgrüner Farbe.

»Die Unmoralischen«, sagte er, »die kommen immer davon. Und wenn nicht? Auch nicht schlimm. Die alten Massenmörder werden nach Den Haag gebracht, dort sitzen sie an ihrem Lebensende in einer warmen Zelle. Das Essen wird gebracht, die Ärzte sind sehr gut. In normalen Altenheimen ist es nicht so schön.« Er reihte die sechs kleinen Pillen vor sich auf dem Schreibtisch auf.

Dann schaltete er die Sprechanlage aus. Er war müde. Jetzt am Ende war er nur noch müde.

2

Luca

Eigentlich hatte Stefan Treysa nur einen kurzen Aufenthalt in Amsterdam geplant. Am Ende wurden es vier Tage. Und was für Tage. Als Treysa in den Zug zurück nach München stieg, dachte er, der Psychologe: »Mehr Psychologie geht nicht mehr.«

Angefangen hatte es mit dem Moment, als Marko die kleine goldene Waffe gezogen und auf ihn gerichtet hatte. Wie er dann in Lachen ausbrach, die Waffe wieder wegsteckte und gar nicht mehr aufhören konnte zu lachen. Er erzählte, die Polizei sei bei ihnen zu Besuch gewesen, »die sagten, wir sind möglicherweise in Gefahr, wir sollten aufpassen. Die Polizei«, sagte er und lachte dabei, »die verstehen wirklich nie etwas. Wenn wer keine Ahnung von Gefahr hat, dann ist es die Polizei.«

Danach hörte Marko nicht mehr auf mit dem Erzählen. An diesem Abend, am nächsten Morgen beim Frühstück in dem Terrassencafé und am Abend im Fischlokal. Zunächst war sein eigenes Leben dran, das Leben des blonden Homosexuellen, der gern Frauenhaare trug und noch lieber Frauenkleider. Der schon als Junge erkannt hatte, was es bedeutete, schön zu sein. Wer ihn alles hatte haben wollen, berühmte Leute, böse Leute, Männer und auch ein paar Frauen. »Ich bin sicher ein paarmal auch vergewaltigt worden, aber wissen Sie was, insgesamt hat es mir Spaß gemacht.«

Ein anderer Satz von Marko, den sich Treysa gemerkt hatte, war: »Ich habe das alles von meinen Eltern, die sicher homosexuell waren, ohne dass sie es jemals gemerkt haben.«

Es war nicht seine Schönheit, sagte er, die ihn mit Luca zusammengebracht hatte, es war seine Verlorenheit. »Bei Luca war es die einzige Währung, die zählte.«

Marko fragte: »Sie wissen, was Lucas Problem ist?«

Treysa sagte etwas von schlimmer Kindheit, von möglichen Traumata.

»Unsinn«, sagte Marko, »Luca kann nicht sprechen, er ist stumm. Wenn er etwas sagen will, tippt er es in seinen Computer. So ist es oft, aber nicht immer. Manchmal kann Luca doch sprechen, mit seiner wundervollen Stimme. Ganz normal, und plötzlich ist es dann wieder vorbei. Keiner weiß, warum das passiert.«

»Seit wann ist das so?«, fragte Treysa.

»Ich kenne ihn nicht anders. Man sagt, es fing nach dem Tod seiner Stiefmutter an, dieser fürchterlichen Stiefmutter.«

»Hat er es mal mit einem Psychologen versucht?«

»Ach, die Psychologen. Luca hatte bestimmt zehn. Ich bestimmt zwanzig. Und schauen Sie nur mich an: Hat es was gebracht?«

»Verstehen Sie bitte meine Frage nicht falsch«, sagte Treysa, »aber ich habe mich mal intensiv mit Menschen beschäftigt, die ihre Stimme verloren haben. Es schien mir, dass in diesen Menschen tief drinnen etwas ist, das es sie genießen lässt, nicht mehr sprechen zu müssen. Wie ist das bei Luca?«

»Das ist eine gute Frage. Ich habe es mir oft überlegt: Kann Luca nicht sprechen, oder will er es nicht?«

»Erzählen Sie mir von seiner Kindheit«, sagte Treysa.

»Ach, ist doch alles langweilig. Die Stiefmutter eine böse Türkin, schon böse, bevor sie krank wurde. Sie kapierte nicht, dass Luca anders war, schon früh, ganz sicher dann in der Pubertät. Der Vater ein Macho, der auch nichts verstand. Und der Bruder, Mutters Liebling. Den Rest denken Sie sich bitte. Eine traurige, langweilige Geschichte.«

»Was ist zwischen Gabriel und Luca passiert?«, fragte Treysa.

»Was passiert ist? Sie wissen doch, Gabriel hat irgendwann angefangen, seine Familie wegzuräumen. Den Vater hoch in ein Bergdorf. Und Luca steckte er in ein Kloster, auch in den Bergen. Er sollte für immer hinter diesen Mauern verschwinden. Gabriel hat viel Geld dafür ausgegeben. Doch da täuschte er sich, Luca kehrte zurück.«

»Wie lange war er in diesem Kloster? Was war das für ein Leben?«

»Das langweilt mich. Lassen Sie uns über etwas anderes reden.«

»Haben Sie mal versucht, Gabriel zu treffen?«, fragte Treysa.

»Ja«, sagte Marko, »einmal habe ich es versucht. Gabriel hat in München ein Stammlokal, ein italienisches Restaurant. Da sah ich ihn sitzen. Ein schöner Mann. Aber ich habe ihn nicht angesprochen, ich sah den Panzer, ich spürte ihn. Da kommt nichts durch. Das kenne ich von Luca, der hat den auch. Wissen Sie, Luca ist sehr stark, enorm stark. Da täuschen sich viele, so zart er wirkt, er ist bärenstark in all seiner Verlorenheit, in all seiner Verzweiflung.«

Am letzten Abend in Amsterdam hatten sich Marko und Treysa in einer Hotelbar verabredet. Sie hatten schon ein paar Stunden zusammengesessen, als er plötzlich dastand. Luca Tretjak. Schwarze Hose, weißes Hemd. Sehr kurze, rotgefärbte Haare. Schwarzer Lippenstift. Er gab Treysa die Hand, machte eine Geste, dass er nicht sprechen könne. Er küsste Marko. Und setzte sich dazu.

Es dauerte eine Zeit, bis Luca Tretjak sein iPad auf den Tisch legte, ein paar Worte eintippte und den Bildschirm Richtung Treysa drehte. *Wie geht es Gabriel?*, hatte er geschrieben.

»Ich glaube, nicht so gut«, sagte Treysa.

Luca tippte wieder. *Wenn Gabriel möchte, können wir uns treffen. Vielleicht können wir sogar reden.* Lucas Augen lachten kurz, um dann sehr eisig zu werden.

Dann war er aufgestanden, und Marko auch. Es war das Ende der Begegnung gewesen. Luca gab Treysa die Hand und sagte: »Auf Wiedersehen.« Die Stimme war da, und sie hatte wirklich einen sehr besonderen Klang.

3

Die Fessel

Gabriel Tretjak spürte, dass sein hungernder Körper eine neue Phase erreicht hatte. Das bohrende Hungergefühl war weg, auch die Nervosität, dieses aufgekratzte Pochen, das den ganzen Körper durchzog. Er fühlte sich matt, unendlich erschöpft, sein Magen schmerzte. Obwohl er lag, beherrschte ihn eine Art Schwindel, der Raum schwankte wie auf einem Schiff. Es kostete ihn große Kraft, sich auf die Monologe zu konzentrieren, die aus dem Lautsprecher kamen, immer ausufernder, immer böser – natürlich nicht im Ton, die Stimme blieb stets gleich. Wenn er wegglitt und nicht zuhörte, bezahlte er meistens mit einem Stromstoß. Trotzdem kam es vor, dass er nur Bruchstücke wahrnahm.

»… deshalb fehlt Ihnen jegliche moralische Orientierung, Sie sind als Kind stehengeblieben, ein Muttersöhnchen, das alle Maßstäbe verliert, wenn die Mami nicht da ist …«

Was konnte er dazu sagen?

Nichts.

Der Stromstoß kam nicht. Es war still, und es blieb still

im Lautsprecher. Er dachte an Mandelbaum, an Luigi, an Maler, an Lichtinger. Sein Sicherheitsnetz war eine Pleite. Aber warum? Hatte er den falschen Leuten vertraut? Er dachte an Carola. Plötzlich registrierte er eine Veränderung an seinem rechten Handgelenk. Er brauchte ein paar Sekunden, um zu begreifen, dass sich eine Fessel gelockert hatte. War das eine Chance? Stunden hatte er damit zugebracht, den Verlauf der Sonne im Fenster zu beobachten, in der Hoffnung, es ließe sich vielleicht mit Hilfe des Fernrohrs die Wirkung eines Brennglases erzeugen. Aber das Rohr war etwa einen Meter von seinem linken Fuß aufgestellt. Und die Sonne stand zu flach im November. Aber eine gelockerte Fessel ... Er musste vorsichtig sein, weil er sicher war, dass man ihn irgendwie beobachtete – durch einen Spiegel oder eine Kamera.

Sein Stuhl drehte sich. Der Beamer ging an. Verdunkelung brauchte man nicht mehr, es war offensichtlich Nacht. Das Bild an der Wand zeigte einen kleinen Jungen, vier, fünf Jahre alt, in kurzen Lederhosen und einem karierten Hemd. Es war ein Schwarzweißfoto, ziemlich alt. Der Junge lächelte etwas schief in die Kamera.

»Ist das nicht ein netter Junge?«, meldete sich die Stimme aus dem Lautsprecher. »Wissen Sie, wer das ist, Herr Tretjak?«

»Nein«, antwortete er.

»Sagt Ihnen der Name Senne etwas?«

»Sicher.«

»Natürlich, der Name Senne sagt allen Menschen etwas. So wie jeder Mensch das Wort Grausamkeit kennt. Das ist mein Vater, ein lustiger Bub. Martin Senne. Niemand war so grausam wie mein Vater.«

Das Bild wechselte. Wieder ein Junge, auch in Lederhosen, diesmal in Farbe, ein neueres Foto.

»Das bin ich«, sagte die freundliche Frauenstimme. Und dann kamen noch fünf solcher Bildpaare. Immer die beiden, in unterschiedlichen Altersstufen. »Erkennen Sie die Ähnlichkeit, Herr Tretjak? Sie sind doch der Regler, was kann man da machen? Wer möchte schon so sein wie Martin Senne?«

Tretjak hatte das rechte Handgelenk befreit, die Fessel lag noch darum, aber er hätte die Hand herausziehen können. Im Dunkeln müsste es unbemerkt möglich sein. Aber er hatte keine Ahnung, ob sein Körper überhaupt noch wie gewohnt funktionierte.

»Alle stehlen sich irgendwie davon«, kam es aus dem Lautsprecher. »Die einen sitzen beim ›Käfer‹ und fressen und kichern über die Welt. Die anderen hocken unter falschem Namen irgendwo auf Tonnen des Blutgelds und zahlen damit Prostituierte und Maßanzüge und Yachten und Hausangestellte und Blumenbouquets. Keiner fragt sich, wie viel er von der DNA des Vaters geerbt hat, wie viel Widerlichkeit und wie viel Verbrecher in ihm steckt. Jeder reimt sich sein moralisches Alibi zusammen. Keiner von denen zahlt den Preis seines Namens, seiner Herkunft. Das kotzt mich an, das ist eine himmelschreiende Ungerechtigkeit. Damit ist aber jetzt Schluss, endgültig. Sie glauben gar nicht, wie befreiend dieser Entschluss für mich war: Ich stürze mich in meinen Untergang, ich zerfetze mein widerliches Leben. Aber ich zerfetze auch das Leben der anderen, wenigstens von ein paar von denen. Die vier Kattenbergs sollten sich am Ende noch einmal daran erinnern, woher sie kommen. Und Sie, Herr Tretjak, sollten sich noch einmal daran erinnern, was Sie getan haben. Sie haben mitgeholfen. Sie haben abkassiert. Schämen Sie sich nicht, Herr Gabriel Tretjak?«

Fast hätte Tretjak gesagt: Ja. Und zwar nicht, weil er einen Stromschlag vermeiden wollte, sondern weil er es einmal sagen wollte, sagen musste. Diese Leute waren Gift, allesamt, das Gift ihres Namens hatte sie durchdrungen, auf welche Art auch immer. Er hatte es hier mit Christian Senne zu tun, das war ihm inzwischen klar. Ihm würde er gar nichts sagen. Die Hand war frei.

»Meine größte Freude war es, die Kattenbergs zu erpressen«, sagte Christian Senne mit der elektronisch erzeugten Frauenstimme. »Eine halbe Million. Ein Klacks für die. Die dachten, ach, der arme Senne will auch ein bisschen Kohle, der arme Senne will auch mal an den Trog. Dabei haben sie mit diesem Geld ihre eigene Hinrichtung bezahlt. Wunderbar. Mit einer halben Million kann man viel Grausamkeit kaufen.«

Tretjak verhielt sich still, versuchte, seinen rechten Arm unbemerkt auszustrecken, in Richtung des rechten Fußes. Solange Senne monologisierte, hatte er eine Chance.

»Kennen Sie den Preis der Kriege, die wir geführt haben, in Jugoslawien, Tschetschenien, gegen die Al Kaida, gegen Gaddafi?«, kam es hinter ihm aus dem Lautsprecher. Aber es war keine Frage an ihn, die Stimme fuhr fort: »Der Preis heißt Grausamkeit. Sie haben diese Leute doch auch benutzt, Herr Tretjak, die Leute, die von diesen Kriegen übrig geblieben sind. Spezialisten der Grausamkeit sind das, Leute, die man auf der ganzen Welt kaufen kann, gute Leute sind das, Waffenexperten, Ärzte, Sprengmeister, Chemiker …«

Tretjaks Arm schmerzte, jede Bewegung schickte heiße Nadeln durch seine Blutbahnen. Einen Moment lang blieb es still in dem dunklen Raum. Nur der Lautsprecher rauschte. Tretjak hielt unwillkürlich die Luft an. Hatte Senne den freien Arm gesehen?

»Es macht Spaß, grausam zu sein, o ja«, meldete sich die Stimme schließlich wieder, »das habe ich in den letzten Wochen entdeckt. Sie sind mein Zeuge.« Fast schien es Tretjak so, als hätte sich der Tonfall der Stimme verändert. Doch das war nicht möglich. »Aber die Frage ist doch: Macht es mir Spaß, grausam zu sein, weil ich die Gene meines Vaters habe? Oder macht es uns allen Spaß, grausam zu sein, wenn wir die Gelegenheit dazu haben? Was meinen Sie?«

Der Stromschlag kam schon, bevor Tretjak auch nur hätte ansetzen können zu einer Antwort. Und dann die Wiederholung:

»Was meinen Sie?«

4

Der Anschlag

August Maler saß auf seinem Balkon, in dem Gartenstuhl, eine Decke brauchte er heute nicht, er hatte seinen Daunenparka an. Es war ein ungewöhnlich schöner Tag für November. Es war drei Uhr nachmittags, vor sich hatte er eine Tasse Früchtetee, immer Früchtetee, an Kaffee war in seinem Zustand gar nicht zu denken. Alles, was ihn aufregte, sollte er vermeiden, jeden Stress. So lautete die Dauerfloskel der Krankenschwestern und der Ärzte, denen er gegenübertrat. »Schonen Sie sich, soviel Sie können.« Eine Schwester sagte einmal: »Sie müssen einfach brav sein, ganz brav.«

Maler nickte immer nur, klar, sagte er. Nebenbei versuchte er, eine Mordserie zu klären und den Mord an seinem Freund und Kollegen. Aber sonst, alles ruhig. Sein Körper mochte es anders sehen, aber ihm tat das Gefühl gut, mehr zu sein als nur der Patient, der Herzpatient.

Noch einmal nahm er das Buch, »Löwenherz«, dieses schreckliche Buch, die Staatsbibliothek hatte es mit einem grauen Einband versehen mit der roten Aufschrift: *Ver-*

wendung ausschließlich für wissenschaftliche Zwecke. Zwei Autoren, von Kattenberg und Senne, die sich darin kurz vor dem Zusammenbruch des Dritten Reiches noch einmal versicherten, was sie für tolle Männer waren, zu welcher tollen Rasse sie gehörten, warum der Nationalsozialismus wiederkommen würde, auch wenn Deutschland jetzt verlieren sollte – die letzte große Schlacht. Warum der Nationalismus keine Frage des Glaubens sei, sondern ein Naturgesetz. An einer Stelle erklärte Senne, wie wichtig und weise es gewesen sei, die deutsche Jugend zu infiltrieren. »Diese Saat wird immer wieder aufgehen.«

Im längsten Kapitel berichteten die beiden auf mehr als fünfzig Seiten in aller Anschaulichkeit von den Morden und Grausamkeiten, die sie persönlich, mit eigener Hand, begangen hatten. In einer Passage überlegten von Kattenberg und Senne, wie viele jüdische Männer sie mit dem Messer kastriert hatten. Waren es acht, zwölf oder doch vierzehn? Ja, sagte Senne, »niemand soll später sagen, wir hätten uns gedrückt vor den harten Aufgaben, niemand soll später sagen, wir seien nur Männer des Wortes gewesen. Nein, wir waren Männer der Tat.«

Was wäre gewesen, dachte Maler, wenn mein Vater ein solches Buch geschrieben hätte, wenn mein Vater ein Massenmörder gewesen wäre? Maler wusste nicht, wer sein leiblicher Vater war, es hatte ihn auch nie interessiert. Er war als Baby von einem Ehepaar adoptiert worden, und seit er denken konnte, hatte für ihn festgestanden: Das waren seine Eltern. Sie hatten ihm früh von der Adoption erzählt, es hatte keinen Unterschied gemacht. Das hatte er wenigstens geglaubt, bis heute. Aber angenommen, er würde plötzlich erfahren, wer sein leiblicher Vater gewesen war und dass er Schreckliches getan hatte, was wäre dann?

Maler fiel das Mittagessen mit den beiden Alten ein, den Nazikindern, im Restaurant »Käfer«, wie sie ihn geradezu diabolisch nach seiner Familiengeschichte gefragt hatten, als würden sie so gerne ihr Gift weiter versprühen. Er hatte den wütenden Christian Senne, den Sohn des Schlächters, verstehen können, dessen Zorn angesichts der Tatsache, einem solchen Schicksal ausgesetzt zu sein. Maler hatte die hasserfüllten Aufsätze von Christian Senne gelesen, in denen er sein Land dafür geißelte, so zu tun, als hätte es ein paar Monster gegeben, aber ansonsten seien die Deutschen eben Verführte gewesen, keine Täter. Was für eine Verlogenheit, brüllte Senne in seinen Texten. Auch diese Wut konnte Maler nachvollziehen.

Aber nun dieses Foto: Christian Senne und Frank Miller, der Neonazi, der mit seinem Mähdrescher den einen von Kattenberg zerstückelt hatte. Es deutete alles daraufhin, dass Senne diesem Miller das »Löwenherz«-Buch gegeben hatte, dass er sich von Miller hatte feiern lassen als Sohn des alten Senne. Miller war ein gewalttätiger, unverbesserlicher Neonazi, das stand fest. Was war das für eine merkwürdige Geschichte?

»Leg das Buch jetzt weg, lass es sein.« Inge stand in der Balkontür. »Dieses Buch macht einen krank, da bin ich wirklich sicher.«

Maler legte es weg. Er hatte schon den ganzen Tag Fieber. 37,9 am Morgen, beim letzten Messen waren es 38,4. Inge meinte, sie sollten die Klinik benachrichtigen. Maler hatte kein Argument dagegen vorzubringen, außer dass er überhaupt keine Lust auf die Klinik hatte. »Lass uns bis morgen warten. Ich habe den Jungs doch auch versprochen, heute mal wieder Tipp-Kick mit ihnen zu spielen.«

Die letzten Tage waren dramatisch gewesen. Nachdem

man von den Vergiftungsattacken auf die New Yorker Tretyak-Kinder erfahren hatte, hatte man sich von den New Yorker Kollegen die drei SMS weiterleiten lassen, die der Bankier vor dem Tod seiner Kinder erhalten hatte. Es hatte nur ein paar Augenblicke gedauert, bis Maler den grenzenlosen Zynismus der SMS in Verbindung mit dem »Löwenherz«-Buch gebracht hatte. Der alte von Kattenberg hatte im Buch die Methode gepriesen, Frauen zwischen Leben oder Tod ihrer Kinder wählen zu lassen. Auf diese Weise könnte man »die Judenmütter auch moralisch für alle Zeiten vernichten«. Und dann die Widmung im Buch, die gleiche Formulierung wie in der letzten SMS. »Gewidmet unseren Nachkommen.«

Die Nachkommen: Die von Kattenbergs wurden gerade systematisch ausgelöscht. Und bei der Familie Senne? Martin Senne hatte nur einen Sohn gehabt, Christian. Wer formulierte solche abartigen Nachrichten? Was war ihre tatsächliche Botschaft?

Es hatte geradezu perfekt gepasst, dass ein Anruf von John Pendelburg aus Penzance gekommen war. Der Chefredakteur erzählte ihm von einem Gespräch mit einem Fotografen, der Frank Miller einen Tag vor dessen Tod fotografiert hatte. Pendelburg hatte ihm den Auftrag gegeben, weil er überlegt hatte, vielleicht noch eine zweite Geschichte über den toten Tretjak zu bringen. Doch der Fotograf hatte nicht nur Miller fotografiert, sondern auch einen weiteren Mann, der gerade zu Besuch bei Miller gewesen war. Ein älterer Mann, den Miller als seinen Freund vorstellte. »Miller hat den Fotografen dann zugetextet, was das für ein toller Mann sei, ein Führer und so ein Quatsch. Es gab dann noch Ärger, weil der Typ sich auf keinen Fall fotografieren lassen wollte. Er hat ihn aber geknipst, ohne dass der was gemerkt hat.« Pendelburg hatte am Ende des Gesprächs zugesagt, das Bild mit den beiden gleich zu mailen.

Und das war das Bild: Frank Miller und Christian Senne, eindeutig Christian Senne. Einen Tag bevor Miller starb, bevor Gritz starb. Nach der offiziellen Sterbeurkunde war Senne da schon gut eine Woche tot. Auf dem Bild sah er aber ziemlich lebendig aus.

Kommissar Bendlin hatte sofort reagiert und das Grab von Christian Senne auf dem kleinen Friedhof nahe Oberhaselbach öffnen lassen. Der Rechtsmediziner, der dabei war, stellte schon nach wenigen Minuten fest, dass dies nicht die Leiche von Senne war. Ein paar Stunden später stand ihre Identität fest: Es war eine Leiche aus den Beständen des gerichtsmedizinischen Instituts, vorgesehen für studentische Anatomieübungen.

Kollege Harry Mutt hatte den Auftrag bekommen, die angebliche Witwe von Senne zu kontaktieren. Er hatte seinen Besuch am Telefon angekündigt, es gehe noch einmal um ihren Mann. Sie hatte einen äußerst verwirrten Eindruck gemacht, hatte angefangen zu weinen, ihn bedrängt, er solle ihr Genaueres sagen. Es war ein Fehler, dass Mutt es ihr sagte: »Frau Senne, wir gehen davon aus, dass ihr Mann noch lebt.« Danach war das Gespräch abgebrochen. Als Mutt in Oberhaselbach eintraf, fand er sie in ihrer Küche. Annabel Senne hatte sich an der Küchendecke erhängt.

Es war kurz vor 16 Uhr, als die beiden Kinder von Inge und August Maler das Tipp-Kick im Wohnzimmer aufbauten. Sie breiteten den grünen Filz aus, der das Spielfeld darstellte, sie steckten die Tore in die Furchen am Holzrand, bauten die Spieler auf. Es war schon beachtlich, mit welchem Geschrei die beiden Söhne dies begleiteten. August Maler liebte diesen Geräuschpegel, es war für ihn Leben pur. Zukunft, auch.

Es war ebenfalls kurz vor 16 Uhr, als unten vor dem Haus ein blauer Golf einparkte. Beim Drehen des Lenkrads, beim Bewegen der Hände wirkten die kleinen schwarzen Drachen an den Fingerknöcheln, als wären sie Teil eines einstudierten Tanzes. Dem Fahrer war wichtig, vom Parkplatz den Eingangsbereich des Mietshauses überblicken zu können. Er öffnete das Handschuhfach, nahm den Revolver und schraubte den Schalldämpfer an. Daneben lag noch die Tüte mit den Körnern fürs Taubenfüttern. Er versicherte sich noch kurz, sein Springmesser gleich über der Gesäßtasche zu spüren. Dann stieg er aus dem Auto. Er hatte sich dieses Mal dafür entschieden, keine Handschuhe zu tragen.

Malers Handy summte. Bendlin war dran. Die Fahndung nach Christian Senne hatte immer noch nichts ergeben. Aber Neues gab es zu berichten im Fall von Lars Matthiessen, dem Arzt in Straubing, der Senne angeblich behandelt und den Totenschein ausgestellt hatte. Matthiessen war dieses Jahr nie in dem afrikanischen Krankenhaus erschienen, er war verschwunden. »Es liegt ein internationaler Haftbefehl gegen ihn vor. Er ist in eine ganz üble Sache verstrickt, es geht um Morde, Drogen, Geldwäsche«, sagte Bendlin.

»Super«, sagte Maler, »und ich dachte, als wir in dem Café saßen, das ist mal ein echter Wohltäter.«

»Wir sind alle nur Menschen, August«, sagte Bendlin. Ein öder, blöder Satz, den Bendlin ungefähr zehnmal am Tag von sich gab, in Lebenslagen jeglicher Art.

»Wir bleiben in Kontakt«, sagte Maler und beendete das Gespräch. Und rief seinen Jungs zu: »Ich komme.«

Sie hatten ein kleines Turnier vereinbart. Jeder spielte gegen jeden, Hin- und Rückspiel. Jedes Spiel dauerte fünf Minuten. Am Ende wurden Punkte und Tore zusammengezählt, wie beim richtigen Fußball. Danach würden alle zur Pommesbude gehen, der Sieger bekam eine doppelte Portion.

Es war exakt 16 Uhr 11, als ein kleiner gelber Lieferwagen vor dem Haus hielt. Ein Paketbote stieg aus, holte ein braunes Päckchen aus dem Laderaum, überquerte die Straße und läutete bei Maler.

Inge ging an die Sprechanlage. »Ja?«

»Ich habe ein Päckchen für Sie.«

»Ah ja, gut, kommen Sie bitte hoch.« Sie hatte vorgestern bei Amazon zwei Sportjacken für die Jungs bestellt. Eigentlich hatte sie schon am Vormittag mit der Lieferung gerechnet.

Als der Paketbote die Tür des Mietshauses öffnete, schenkte er der Tatsache keine größere Aufmerksamkeit, dass direkt hinter ihm ein zweiter Mann hereinschlüpfte, der Mann mit den tätowierten Fingern.

Im Wohnzimmer gab es in der Tipp-Kick-Arena vorübergehende Hektik. Max, der kleinere von beiden Jungs, hatte neuerdings die Eigenart, immer die Tür öffnen zu wollen, wenn es läutete. Und zwar allein. Wenn dies nicht nach seinem Willen geschah, fing er sofort an zu weinen und war kaum zu beruhigen. Also gab es eine kurze Spielpause. Der Paketbote läutete noch einmal kurz an der Wohnungstür, und Max öffnete die Tür.

Maler hörte die Schüsse im Wohnzimmer, zwei Schüsse, Schalldämpferschüsse. Und dann die Schreie. Auch Inges Schreie, die zur Tür gelaufen war. Als Maler in den Vorraum stürmte, sah er seine Frau, sah er Max und sah er den Paketboten schreiend am Boden liegen, die Kugeln hatten ihn an den Händen getroffen. Dahinter stand ein Mann mit einem Revolver. Maler sah Inge an, sah Max an und wartete auf den nächsten Schuss. Es war sicher der bis dahin schrecklichste Moment in seinem Leben. »Schießen Sie nicht auf das Kind. Schießen Sie auf mich«, sagte Maler.

»Herr Kommissar«, sagte der Mann mit dem Revolver, »alles in Ordnung, alles vorbei.« Er deutete auf den Paketboten. Und erst jetzt sah Maler den anderen Revolver, der am Boden lag. Die Waffe war dem Boten aus der Hand geschossen worden.

Inge nahm Max in den Arm und ging mit ihm ins Wohnzimmer. Inge weinte, Max war ganz ruhig, ganz still.
»Wer sind Sie?«, fragte Maler den Mann, der jetzt seine Waffe wegsteckte. Er spürte, dass seine Knie kurz davor waren, nachzugeben.
»Ich bin eine Art Detektiv, sagen wir es mal so. Gabriel Tretjak hat mich engagiert, ich sollte auf Sie aufpassen. Das war mein Auftrag.«
»Und wer ist dieser Typ?«, fragte Maler.
»Jedenfalls kein Paketbote. Olaf Spahr heißt er. Er ist ein Auftragskiller, macht das seit Jahren, war seit Tagen an Ihnen dran. Und ich immer dahinter. Als er plötzlich in der Botenverkleidung auftauchte, wusste ich, jetzt wird es ernst.«

»Wollen Sie damit sagen, dass ich nicht mitbekommen habe, dass mir zwei Leute auf Schritt und Tritt gefolgt sind?«

Der Mann zuckte mit den Achseln. Er gehörte offensichtlich zu denen, die nicht allzu viel von den Fähigkeiten der Polizei hielten.

»Ich muss mich bei Ihnen bedanken, glaube ich. Wir wären alle tot, wahrscheinlich, ich auf jeden Fall.«

»Gern geschehen. War mein Job.«

»Woher kennen Sie Tretjak?«, fragte Maler.

»Wir kennen uns lange. Ich habe ihm viel zu verdanken, sagen wir es so. Es ist mir eine Ehre, für ihn zu arbeiten. Er hat gesagt, Sie sind ein guter Mann, Herr Kommissar.«

In den nächsten Stunden kamen immer neue Polizisten in die Wohnung, der verletzte Killer wurde abtransportiert, der tätowierte Mann folgte den Beamten ins Präsidium. Ein Psychologe sprach kurz mit Inge, auch mit Max, auch mit dem anderen Sohn. Und dann spielten sie tatsächlich noch das Tipp-Kick-Turnier zu Ende. Der Psychologe hatte gesagt, für die Kinder sei in den nächsten Tagen vor allem Normalität wichtig. Irgendwann nahm Maler Inge in den Arm, in einem kurzen Moment. Sie sagten nichts. Sie küssten sich.

Es war schon am späteren Abend, die Kinder schliefen im Schlafzimmer bei Inge, Maler saß im Wohnzimmer vor seinem Computer. Sein Herz hämmerte. Er versuchte, in seinem Kopf die Dinge zu ordnen. *Erstens, zweitens, drittens.* Erstens, es war vor allem erstens: Er musste Gabriel Tretjak dankbar sein. Und Maler hatte einen Fehler gemacht: Es war falsch gewesen, Tretjak zu misstrauen, in diesem Fall zumindest war es falsch gewesen. Tretjaks Codewort nicht weiterzuleiten war unverantwortlich, dachte Maler.

Aber jetzt schickte er dieses Codewort los, an die genannte Mailadresse. Hoffentlich war es noch nicht zu spät.

Sein Handy summte. Bendlin war dran. Die Waffe des Paketboten, des Killers, war dieselbe Waffe, mit der Rainer Gritz erschossen worden war.

5

Der Code

Ehud Mandelbaums Leben in Tel Aviv spielte sich eigentlich an nur drei Orten ab. Erstens vor dem Rechner am Schreibtisch in seiner Wohnung, zweitens an den Geräten des Fitnesscenters »Holy Moses« im 15. Stock eines Hochhauses und drittens in der Bar »Elaine« direkt am Strand. Von seinem Rechner aus hackte er sich in die Tiefen des digitalen Kosmos. Er tat das schon längst nicht mehr nur zu seinem Vergnügen, sondern auch für Auftraggeber. Solche, die sehr viel Geld dafür bezahlten, zum Beispiel große Banken und Konzerne, und solche, die gar nichts bezahlten, wie die Organisation Attac. Im »Holy Moses« formte er seine Figur, die immer mehr den Zeichnungen aus Comics glich, Marke Superheld. Und in der Bar »Elaine« nahm er Drogen, tanzte zu Elektro-Underground und pflückte gelegentlich eine der schönen Blumen, die im Tel Aviver Nachtleben im Überfluss heranwuchsen. Was seinen Draht ins Internet betraf, spielte es keine Rolle, wo er sich aufhielt. Ehud Mandelbaum hatte sein iPhone derart aufgerüstet, dass es, wie er sagte, fast alles konnte, »nur nicht zum Einkaufen gehen«.

Die SMS-Benachrichtigung über die Mail des Kommissars aus München erreichte ihn im »Holy Moses«, während er seine Sit-ups machte. Ehud Mandelbaums Sit-ups waren keine gewöhnlichen Übungen, bei denen man im Liegen den Oberkörper hob. Der Hacker hing in einer Art Gestell, mit dem Kopf nach unten, fast senkrecht, seine Schultern waren mit bleigefüllten Manschetten beschwert, jede wog zehn Kilo. Aus dieser Lage katapultierte er den Oberkörper so weit nach oben, dass er mit den Händen die Zehenspitzen greifen konnte. Dreißigmal – und dann das Ganze gleich noch mal. Und noch mal.

Er hörte dabei mit Kopfhörern einen aggressiven Techno-Mix, der kurz leiser wurde, als der Signalton kam: Mail erhalten. Es gab unterschiedliche Töne für unterschiedliche Absender und unterschiedliche Dringlichkeiten. Dieser Ton bedeutete sehr dringend. Mandelbaum stoppte seine Übung, schälte sich aus dem Gestell, streifte die Manschetten ab und trocknete sich mit dem Handtuch den Schweiß vom Gesicht und von den Schultern. Dann griff er zum Telefon, das mit einem Klettband am Oberarm befestigt war, und trat an die große Glasfront des Studios. Von hier aus konnte er sein Wohnviertel Neve Zedek sehen, den Hafen von Jaffa und das Meer. Aber dafür interessierte er sich nicht, nicht jetzt.

Ehud Mandelbaum machte sich Sorgen um Gabriel Tretjak, seit Tagen. So viel war klar: Tretjak hatte Probleme. Er steckte in Schwierigkeiten, und zwar in richtigen Schwierigkeiten. Das jedenfalls sagte die Datenlage. Und wenn einer über gute Daten verfügte und sie auch interpretieren konnte, dann er. Zwei verschiedene Notrufe waren schon eingegangen, einer von dem italienischen Gastwirt, einer von dem bayrischen Pfarrer. Die Mail des Kommissars war der dritte. Das Alarmsystem des Reglers war angesprungen. Aber warum so spät? Offenbar zu spät, wie er den Daten entnahm, die er durchforstet hatte.

In einem solchen Alarmfall war er das Informationszentrum. Informationen beschaffen und weitergeben, das war sein Job. Nichts sonst sollte er tun, das war die Abmachung mit dem Regler. Aber Ehud Mandelbaum hatte das Gefühl, dass er doch etwas tun musste, dass er die Abmachung ignorieren musste. Er wollte Tretjak helfen. Die Frage war nur, wie.

Das größte Problem, das er selbst in seinem Leben gehabt hatte, lag zwölf Jahre zurück. Damals war er sechzehn Jahre alt gewesen, ein mittelmäßiger Schüler in einem kleinen Zimmer im Reihenhaus seiner Eltern am Stadtrand von Tel Aviv. Eines morgens um sechs Uhr läutete es an der Tür, und als sein Vater aufmachte, sah er sich einer Gruppe von vier Männern in dunklen Anzügen gegenüber, die aus Amerika gekommen waren, ihm FBI-Papiere unter die Nase hielten – und einen israelischen Haftbefehl für seinen Sohn Ehud. Der Vater fiel aus allen Wolken, als er hörte, dass sein Sohn sich in Bereiche des US-Verteidigungssystems eingehackt hatte, in die sich nicht einmal der Präsident so ohne weiteres einloggen konnte. Bereiche, in denen Atomwaffen verwaltet und gesteuert wurden. Und das war schon vor drei Jahren passiert, da war Ehud gerade mal dreizehn gewesen. Seither fahndeten sie nach ihm, weltweit, nach dem besten Hacker der Welt, der unter dem Decknamen »Terminator« operierte und allerhand anstellte. Er verschob Gelder von den Konten der

Großkonzerne auf die Konten von Hilfsorganisationen, er implantierte auf Kinderpornowebseiten hochintelligente Viren, die nicht nur die Seiten zerstörten, sondern auch gleich die IP-Adressen der User an die Polizei schickten. Ehud Mandelbaum würde niemals den Blick seines Vaters vergessen, als er in Handschellen an ihm vorbei aus dem Haus zu einer schwarzen Limousine geführt wurde.

Alle Welt, also alle Welt der Mandelbaums, die Familie, die Freunde der Familie, der Anwalt der Familie – sie alle rechneten zunächst damit, dass dem Jungen eine Art Standpauke gehalten werden würde, dann wäre die Sache ausgestanden. Vielleicht würde man der Standpauke durch ein paar Wochen Sozialarbeit in einem Kibbuz noch etwas Nachdruck verleihen. Aber diese Welt hatte die Rechnung ohne eine andere Welt gemacht. Nachsicht und erzieherische Überlegungen waren nicht die Stärken des US-Verteidigungsministeriums, schon gar nicht, wenn es um Atomwaffen ging. Das Pentagon setzte eine unbarmherzige Vergeltungsmaschinerie in Gang. Und um Ehud Mandelbaum schlossen sich eiserne Gitter: die ganz realen des Untersuchungsgefängnisses – und die unsichtbaren der US-Justiz, der US-Diplomatie und der US-Geheimdienste.

Dort in der Zelle der Untersuchungshaft begann der blasse Ehud mit seinem Training. Dort hörte er auch zum ersten Mal den Namen Gabriel Tretjak. Die Familie setzte große Hoffnungen auf diesen Mann, der offenbar ein Freund eines Onkels war. Gabriel Tretjak konnte nicht verhindern, dass es zum Prozess kam, auch nicht, dass der »Terminator« verurteilt wurde. Aber der Prozess fand in Israel statt, nicht in den USA, und die Strafe wurde zur Bewährung ausgesetzt. Ehud Mandelbaum verließ das Gericht als freier Mann, oder besser gesagt, als freier Jugendlicher. Was genau Tretjak unternommen hatte, war immer im Dunkeln geblieben. Aber der Anwalt der Familie Mandelbaum hatte ihnen versichert: Angesichts der Lage der Dinge sei es ein Glanzstück gewesen.

Während des Prozesses hatte Ehud Mandelbaum den Regler zum ersten Mal gesehen. In der vierten Reihe hatte er gesessen, ganz außen. Und am Ende hatten sie sich die Hand gegeben. Beim großen Abendessen zu Hause aber war er schon abgereist.

Nur noch einmal hatte er ihn danach persönlich getroffen. Etwa ein Jahr später hatte Tretjak ihn um ein Sicherheitskonzept gebeten, eine Art Actionplan. Er sollte in Kraft treten, falls er, Tretjak, einmal in Schwierigkeiten kam und selbst nicht handeln konnte. Eine Stunde hatte Tretjak für ihre Besprechung angesetzt, für diese eine Stunde war er nach Tel Aviv gekommen. »In einer Stunde«, hatte er am Telefon gesagt, »lässt sich viel regeln.« Ein Satz, den Ehud Mandelbaum sich gemerkt hatte.

Jetzt sah er auf die Uhr, die im Kraftraum an der Wand über den Hantelständern hing. Es war abends, kurz nach zehn. Dieser Maler hatte das Codewort geschickt. Eigentlich bedeutete das, dass Mandelbaum ihm eine Mail mit Informationen schicken sollte. Mehr nicht. Aber er beschloss, Maler anzurufen, sofort.

Das Gespräch dauerte nicht lange, offenbar hatte der Mann gesundheitliche Probleme. Seine Frau, die zuerst am Telefon gewesen war, hatte ihn gebeten, sich kurz zu fassen.

Mandelbaum erklärte dem Kommissar in groben Zügen das Prinzip: Der Schlüssel war Tretjaks Handy. Es sendete ununterbrochen sämtliche Daten als Kopie an Mandelbaums Rechner, also alle SMS, E-Mails, Anrufe, Kontakte, Bilder, Mailboxaufnahmen. Und natürlich auch die geographischen Koordinaten. Mandelbaums Rechner wusste immer, wo Tretjak gerade war. Wenn das Handy ausgeschaltet war, wurden immerhin noch Anrufe an die Mailbox nach Tel Aviv gesendet und die SMS, die nicht zugestellt werden konnten. Mandelbaum musste für den Kommissar ab und zu den Inhalt eines Satzes in anderen Worten wiederholen, weil der zwar ganz gut Englisch sprach, aber in der Computerwelt und ihrer Begrifflichkeit nicht gerade bewandert war.

»Dann wissen Sie also fast alles über Gabriel Tretjak«, sagte der Kommissar.

»Ich nicht«, sagte Mandelbaum. »Mein Rechner, der weiß alles.« Er versuchte das ziemlich ausgeklügelte System mit den Codewörtern zu erklären – dass Tretjak an Personen seiner Wahl Codewörter vergeben konnte und nur diese Codewörter den Zugang zu den Daten des Rechners ermöglichten. Aber das interessierte den Kommissar nicht besonders.

»Wo ist er?« fragte er. »Wissen Sie das?«

»Ich kann Ihnen sagen, wo Tretjaks Handy ausgeschaltet wurde. Und wo es für eine einzige SMS wieder eingeschaltet wurde«, sagte Mandelbaum. »Ich weiß auch, dass die SMS an eine Frau Welterlin ging, und ich weiß, was drinstand.«

»Und der Ort? Wo ist dieser Ort?« Der Kommissar wirkte nervös.

»Der Ort des Handys ist München, es ist ein Gebäude am Ende einer Sackstraße zum Englischen Garten. Sie können es auf Google Earth aus der Luft sehen. Da sind nur Bäume und dieses Haus. War bis vor einem Jahr eine Privatklinik, eine Frauenklinik. Die Hohwieler-Klinik. Steht jetzt leer, sucht einen Käufer. Die Adresse ist Sonnental 1. In der Straße gibt es nur dieses Gebäude.«

Zwei Männer, die den Kraftraum betraten, steuerten grinsend auf Ehud zu, drehten aber ab, als sie sahen, dass er telefonierte. Er wollte den Kommissar noch fragen, warum er das Codewort so spät geschickt hatte, aber dazu kam er nicht mehr. Maler hatte es jetzt offenbar eilig. Er versicherte sich noch, dass er alle Informationen per Mail bekommen würde. Und wollte noch eines wissen.

»Sie sprachen vorhin von mehreren Personen, die solche Codes wie ich bekamen. Haben die jetzt dieselben Informationen? Wissen jetzt also auch von diesem Ort?«

»Richtig.«

»Wer sind diese Personen?«

»Das darf ich Ihnen nicht sagen.«

»Es könnte sehr wichtig sein für Gabriel Tretjak, dass ich das weiß«, sagte der Kommissar in München. »Vielleicht lebensrettend.«

Es könnte auch wichtig sein für Gabriel Tretjak, dass Sie das nicht wissen, dachte der Mann in Tel Aviv. Vielleicht lebensrettend. Er blickte auf die Lichter der Stadt herunter. Er wollte dem Regler helfen. Aber er durfte jetzt auch keine Fehler machen. »No way«, sagte er schließlich. »Ich werde es Ihnen nicht sagen.«

6

Hitze

Er schaute zu, wie Tretjak sich langsam aus den Fesseln befreite, zwei Handgelenke und ein Fußgelenk waren schon frei. Guter Zeitpunkt, um ihn noch mal zu erschrecken, dachte er. Er suchte auf dem Laptop ein Bild und schaltete den Beamer ein. Es war ein Foto von ihm selbst. Er zögerte kurz, dann drückte er den direkten Knopf der Gegensprechanlage und sprach selbst. Die Frauenstimme war jetzt tot. Aus, vorbei. Tschüs, Kleine. Er sah, dass Tretjak tatsächlich erschrak, als die männliche Stimme anfing zu sprechen. »Dieses Bild sollte bei meiner Beerdigung verteilt werden, auf so einem Kärtchen. Aber es kam niemand. Nur meine Frau war da und der Pfarrer.«

Das eigene Bild starrte ihn jetzt gleich zweimal an, von seinem Laptop aus und von dem Fernsehschirm, der den Raum zeigte. Sein schütteres Haar, sein Allerweltsgesicht, das er nie gemocht hatte, das schiefe Lächeln, das er geerbt hatte und nie losgeworden war.

»Wissen Sie, wer der Pfarrer war, Tretjak?«

Er schickte einen Stromstoß in die Leitung, der Drehknopf war ziemlich weit aufgedreht. Tretjak entfuhr ein dumpfes Geräusch des Schmerzes. Das war selten.

»Antwort, bitte.«

»Ich weiß es nicht.«

Noch mal ein Stromschlag. »Denken Sie nach. Wie viele Pfarrer kennen Sie? Woher weiß ich so viel über Sie?«

»Lichtinger?«

Christian Senne nahm eine der blassgrünen Tabletten. Drei waren jetzt schon weg, die Reihe war merklich kürzer geworden.

»Lichtinger?«, wiederholte Tretjak.

Er suchte im Laptop das Bild und warf es als Antwort an die Wand. Joseph Lichtinger mit dem Falken. Über die Vögel hatten sie sich kennengelernt, bei einer Auktion in London. Falken. Sein Vater hatte auch Falken besessen, der Falke, ein Nazivogel, klar. Aber als Junge hatte er die Vögel bewundert. Und auf sie hatte sich sein Hass nicht erstreckt. Lichtinger und er hatten festgestellt, dass sie beide in Niederbayern wohnten. Senne hatte ihn auch einmal in Südtirol besucht, dort oben in seinem Nest in den Bergen. Guter Typ, gute Ansichten. Er erinnerte sich genau an den Abend, als er Lichtinger vom rätselhaften Verschwinden der vier Kattenbergs erzählt hatte. Und Lichtinger ihn auf einmal angesehen hatte, sie hatten schon ziemlich viel Rotwein getrunken: »Vier Menschen auf einmal verschwunden, geräuschlos, mitsamt ihrem Vermögen? So was ist nicht leicht zu organisieren. Das riecht nach einem guten Freund von mir.«

Er drückte auf die Taste der Gegensprechanlage. »Er will Sie immer beschützen, Ihr Freund Lichtinger, mit Gebeten, sogar mit Voodoozauber, zu dem man frisches

Kaninchenblut braucht. Aber er hat Sie auch verraten, Ihr Freund Lichtinger.«

Senne nahm noch eine der Tabletten. Wurde ihm schon heiß, oder bildete er sich das nur ein? »Ich war übrigens auch auf meiner Beerdigung«, sagte er. »Hab mich auf dem Friedhof rumgetrieben, schwarzer Schnurrbart, Mütze, hat niemand bemerkt, auch Lichtinger nicht. Mich bemerkt sowieso niemand. Das ist auch gut, so sollte es sein. Wir sollten still und unauffällig unser Leben ertragen, bis wir zu Staub werden. Das sind wir der Welt schuldig, dass wir uns nicht einmischen, nie mehr, dass unsere Namen verschwinden.«

Er nahm die letzten beiden Pillen auf einmal. Sie würden sein Blut zum Kochen bringen. Und dann würde es keinen Senne mehr geben. Fahr zur Hölle, Senne, dein Vater ist schon dort.

Die erste Hitzewelle dauerte nur ein paar Minuten. Das Stück Holz, das er sich zurechtgelegt hatte, um draufzubeißen, brauchte er noch nicht. In den Aufzeichnungen seines Vaters hatte er gelesen, dass Experimente mit kleinen Kindern ergeben hätten, dass sie den Schmerz deutlich länger ertragen konnten, wenn man ihnen ein Stück Holz zwischen die Zähne schob. Die zweite Hitzewelle ließ ihn fast bewusstlos werden. Er steckte das Holz zwischen die Zähne und beobachtete Gabriel Tretjak.

Das geht doch viel zu einfach, diese Fesseln loszuwerden, dachte er. Fällt dir das nicht auf, Tretjak? Er überlegte, ob er ihn noch mal mit einem Stromstoß ärgern sollte, einer seiner Füße hatte ja noch Kontakt mit der Leitung.

Aber dann begann die dritte Hitzewelle, nach der es keine Gedanken mehr gab.

7

Die Klinik

Sie hatten großes Geschütz aufgefahren. Gleich zwei mobile Einsatzkommandos und zusätzliche Scharfschützen. In den Büschen und hinter den Bäumen rund um die Hohwieler-Klinik hatte sich ein Ring aus vermummten Gestalten mit Nachtsichtgeräten gebildet, und riesige Scheinwerfer warteten darauf, die Szenerie auf ein Kommando hin taghell zu beleuchten. Auf sein Kommando.

Günther Bendlin stand hinter dem Stamm einer Eiche, direkt gegenüber dem Eingang. Maler hatte ihn angerufen und ihm die Informationen aus Israel übermittelt. Er hätte ihn jetzt gern hier neben sich gehabt, das musste er zugeben: den erfahrenen, ruhigen Maler. Aber sein Herz machte wohl wieder große Probleme.

Es war fast gespenstisch dunkel hier. Am Himmel hing eine geschlossene Wolkendecke, die kein Sternenlicht durchließ, und die Straßenbeleuchtung der Sackgasse war abgeschaltet, seit das Krankenhaus nicht mehr im Betrieb war. Das Gebäude war eine Jugendstilvilla. Als sie zur Klinik ausgebaut worden war, hatte man zwei neue Stockwerke auf das verzierte alte Mauerwerk aufgesetzt. Eine preisgekrönte Architektur mit geraden Linien, mit viel Stahl, Glas und Sichtbeton. Der Platz vor dem Eingang war ein kleiner Kreisel, wo die schmale Straße endete, die vom äußeren Stadtring durch den Englischen Garten hierherführte. Vor einem Jahr war die Klinik von den Behörden geschlossen worden. Der Tod einer Patientin hatte einen Skandal um illegale Geschäfte mit Pharmaunternehmen ausgelöst. Die Betreiber der Klinik waren inzwischen insolvent, neue Investoren wurden gesucht.

Es begann zu regnen, das gleichmäßige Rauschen der Tropfen in den Blättern der Bäume kam Bendlin ungeheuer laut vor. Er gab Harry Mutt, der dicht bei ihm stand, ein Handzeichen. Der Einsatz begann. Sechs ziemlich gepanzerte Männer des MEK mit Helmen und Nachtsichtgeräten auf den Köpfen näherten sich von zwei Seiten der Eingangstür. Sie sollten sie öffnen, dann würden weitere Einsatzkräfte folgen und den Weg für Bendlin und seine Kollegen sichern. Aber gerade, als die Männer nur noch wenige Meter von der Tür entfernt waren, war deutlich ein Geräusch von innen zu vernehmen, ein metallisches Geräusch, als würde ein schwerer Riegel zurückgeschoben. Die Männer duckten sich auf den Boden und richteten ihre Gewehre auf die Tür. Sie öffnete sich sehr langsam und zeigte einen schwarzen Spalt. Als er breit genug war, schlüpfte eine Gestalt hindurch. Eine Sekunde später wurde sie vom weißen Scheinwerferlicht beinahe festgenagelt. Bendlin sprach in ein Mikrophon: »Polizei. Bleiben Sie stehen, sonst wird geschossen. Nehmen Sie die Hände über den Kopf, und bleiben Sie ganz ruhig stehen.«

Bendlin kannte Gabriel Tretjak nur von Fotos. Er hatte ihn sich größer vorgestellt, kräftiger. Aber vielleicht täuschte der Eindruck in dieser Kulisse. Als er sich ihm näherte, sah er, dass der Mann sich kaum aufrecht halten konnte und am ganzen Körper zitterte, dass seine Augen blutunterlaufen und verklebt waren. Am Hals und im Gesicht waren Spuren eintrockneten Blutes. Zwei Sanitäter nahmen ihn zwischen sich und brachten ihn weg. Bendlin folgte den Einsatzkräften in das Gebäude.

Zehn Minuten später schickte Bendlin eine SMS an Maler: *Tretjak frei. Senne tot.*

8

Das Verhör

Im Gefängnis München-Stadelheim gab es eine Krankenstation, und auf dieser Krankenstation gab es einen eigenen Verhörraum. Hier hatte nicht viel mehr Platz als der Tisch und drei oder vier Stühle. An diesem Vormittag waren vier Stühle besetzt, auf einem saß Olaf Spahr, der Auftragskiller. Ihm gegenüber saßen Günther Bendlin, Harry Mutt und ein dritter Polizist, ein sogenannter Verhörspezialist, ein Mann, der den Kollegen in den Vernehmungen gern mal das Zeichen gab, sie sollten für einen Moment den Raum verlassen, um ihn mit dem Verdächtigen allein zu lassen. Doch bei Olaf Spahr war das alles nicht nötig. Die Beweislast war derart erdrückend, dass er sehr schnell den Mord an Gritz und den Anschlag auf Maler gestand. Es wurde nicht nur die Mordwaffe als die seine identifiziert, auf seinem Computer fanden sich, nur unzureichend verschlüsselt, umfangreiche Mailwechsel, die die beiden Taten dokumentierten und ein paar andere mehr. Olaf Spahr war auch an den Morden an Wolfgang von Kattenberg und Carla Almquist beteiligt gewesen.

Olaf Spahr war in keinem guten Zustand. Beide Hände waren verbunden, die Kugeln hatten die Handknochen regelrecht zerfetzt; die ersten kleineren Operationen hatte er schon hinter sich, viele weitere würden folgen. Er hatte starke Schmerzen. Die Polizeiärzte gaben ihm nur geringe Dosen an Schmerzmitteln, nach dem Motto: Ein Mörder kann ein bisschen mehr aushalten als andere. Der Verhörspezialist machte sich ein Vergnügen daraus, abwechselnd auf einen der beiden Verbände zu drücken. »Oh, Entschuldigung, hatte vergessen, dass das weh tut.« Die Schreie, die dann kurz aus dem Verhörraum drangen, störten die Beamten nicht, ganz im Gegenteil. An dem Ruf, Polizistenmörder hätten es nicht gut bei der Polizei, arbeiteten sie gerne ein bisschen weiter.

Olaf Spahr. 37 Jahre alt. Er hatte nicht die typische Biographie eines Kriminellen. Geboren in Frankfurt, aufgewachsen in gutbürgerlichen Verhältnissen, Abitur, abgebrochenes Medizinstudium. Hatte für verschiedene medizinische Hilfsorganisationen in Afrika gearbeitet. Drogensüchtig. Drogenhandel. War in Gambia und Mali wegen Drogendelikten verurteilt worden und auf rätselhafte Weise immer wieder freigekommen. Er sagte: »Ich hatte gute Beziehungen. Braucht man in Afrika.«

»Können Sie uns das erklären«, fragte Harry Mutt, »Sie wollten Arzt werden und wurden Profikiller?«

Spahr sagte nur ein paar wenige Worte. Immer Gutes tun, um einen herum die Hölle, das packe man als Arzt nicht. Man müsse sich entscheiden: Bleibt man einsamer Engel, oder wechselt man die Seiten. So formulierte er es, »einsamer Engel«.

Mutt legte das Foto von Rainer Gritz auf den Tisch.

»Und warum musste er sterben? Ein freundlicher Polizeikommissar in München. Was war der Grund, dass Sie ihn ermordet haben?«

»War ein Auftrag. Es hieß, er gefährde unser Projekt. Ich habe nicht gefragt. Fragen gehört nicht zu meinem Job«, sagte Spahr.

Das Bild vervollständigte sich: Spahr gehörte zur einer international operierenden Gruppe, die in erster Linie aus Medizinern bestand, die die Seite gewechselt hatten. Sein Ansprechpartner und Chef war Lars Matthiessen, der Straubinger Arzt. Es ging nur um eines: Geld. Sie erledigten jeden Auftrag, wenn er gut genug bezahlt wurde. Spahr sagte, er kenne die Auftraggeber nie, auch in diesem Fall nicht. Matthiessen hatte ihm die Befehle und die Informationen gegeben, die er gebraucht hatte. Spahr sagte, zu ihrer Truppe gehörten viele Ärzte, aber auch ehemalige Elite-Soldaten.

»Hat eure Truppe auch einen Namen?«, fragte Mutt.

»Doctor Help«, sagte Spahr.

Der Verhörspezialist glaubte dabei den Anflug eines Grinsens in seinem Gesicht gesehen zu haben und drückte ihm die linke Hand besonders herzlich.

»Für wie viel Geld töten Sie einen Menschen?«, fragte Bendlin. Das war der Moment, in dem sich Spahr entschied, nichts mehr zu sagen. Aber die Beamten kannten die Antwort auf diese Frage sowieso. Es war bekannt, dass man einen Mord schon für 10 000 Euro bekam.

Der Verhörraum hatte ein kleines, vergittertes Fenster. Draußen war grauer Himmel. Man hörte fern das Brummen der Autobahn. Mutt und Bendlin verließen den Raum, holten sich einen Kaffee, vorn beim Kaffeeautomaten.

»Wollte August nicht auch kommen?«, fragte Mutt.

»Dem geht es nicht gut. Wieder sein Herz. Er muss wieder operiert werden, wohl ziemlich schnell. Er wusste nicht, ob er es schafft zu kommen.«

»Scheiße«, sagte Mutt.

Als sie wieder in den Verhörraum kamen, stand August Maler da. Aschfahl sah er aus, noch fahler, noch blasser als in letzter Zeit.

»Ich wollte den Typen nur noch mal sehen«, sagte er und schaute Spahr an. Dann gab er Mutt ein Zeichen, sie gingen beide vor die Tür.

»Wie geht's dir?«, fragte Mutt.

»Schlecht. Hatte 'ne Horrornacht. Herzrhythmusstörungen. Das ist was ganz Ekliges.«

»Wie geht's jetzt weiter?«, fragte Mutt.

»Ich muss gleich in die Klinik. Ich werde vielleicht schon in den nächsten Tagen operiert.«

Sie schwiegen für einen langen Moment, die beiden Polizisten. Vor mehr als zwanzig Jahren hatten sie sich kennengelernt, bei der Schießausbildung.

»Hast du was von Tretjak gehört?«, fragte Mutt.

»Nein«, sagte Maler.

Am Morgen hatte er eine SMS formuliert. Sie lautete: *Lieber Gabriel Tretjak, ich bedanke mich sehr bei Ihnen, auch im Namen meiner Familie. Ich hoffe, Sie können sich erholen. Sie haben etwas gut bei mir. August Maler.* Er hatte sie noch nicht abgeschickt. Aber er würde es bestimmt tun, noch heute.

Schließlich sah ihn Mutt an und fragte: »Kann ich für dich jetzt was tun?«

»Nein«, sagte Maler. »Inge wartet unten. Wir fahren gleich in die Klinik.«

Teil 5

t_0

Freitag, 24. November

(t_0 minus 7)

Die beiden Hortensienbüsche hatten schon lange keine Blätter mehr, aber die großen Blüten hingen noch trocken in den Zweigen. Braunviolette Kugeln als letzter Schmuck des Herbstes.
    Gabriel Tretjak saß auf der Holzbank, die direkt vor seinem Haus stand. Er hatte die Mauer im Rücken, die Büsche rechter Hand und den See vor sich. Eine silbern glitzernde Fläche mit weißen Lichtlinien von der tiefstehenden Sonne. Tretjak hatte sich in eine dunkelgraue Wolldecke gehüllt. So saß er schon seit dem Vormittag da, so hatte er auch gestern fast den ganzen Tag dagesessen und den Tag davor auch. Die Stunden zogen an ihm vorbei wie Landschaften an einem Zugfenster. Er fühlte sich vollkommen körperlos in diesen Tagen, und seine Gedanken schienen in so tiefe Regionen abgesunken zu sein, dass er keinen rechten Zugriff darauf hatte. Manchmal fiel sein Blick auf seine Handgelenke, auf die roten Stellen, verursacht von den Fesseln oder von den Stromschlägen oder von beidem.

Die Polizei hatte ihn gleich ins Krankenhaus gebracht, wo man ihn an einen Tropf gehängt hatte. Er war untersucht worden, er war vernommen worden, und er war schließlich nach zwei Tagen auf seinen Wunsch hin hierher nach Maccagno gebracht worden. Von einem zum Glück sehr schweigsamen Polizeifahrer am Steuer eines Wagens, der eine Mischung aus Kombi und Geldtransporter gewesen war. Der Fahrer hatte am rechten Ohr einen Ohrring gehabt, mehr hätte Tretjak nicht über ihn sagen können.

Alles in Ordnung, hatten die Ärzte gesagt. »Sie brauchen jetzt Ruhe, viel Ruhe.« Alles klar, hatte die Polizei gesagt. Keine Fragen mehr. »Wir fahnden nur noch nach Sennes Handlangern.« Kommissar Maler hatte er nicht mehr getroffen. Er sei gesundheitlich sehr angeschlagen, hatte es geheißen. Eine erneute Herztransplantation würde unmittelbar bevorstehen.

Stefan Treysa hatte Tretjak im Krankenhaus besucht. Er hatte nicht viel geredet, aber seinen Besuch in Maccagno angekündigt. »Wenn du dich etwas erholt hast. Wir haben einiges zu besprechen.« War heute der Tag, für den er sich angekündigt hatte? Oder morgen? Tretjak beschloss, ins Haus zu gehen und im Kalender seines Handys nachzusehen. Aber nicht jetzt. Jetzt erst noch sitzen bleiben. Später. Er hatte Zeit. Wenn er von etwas wirklich genug hatte, dann war es Zeit.

Er dachte an die Physikerin. Nur noch sieben Tage bis zu dem Experiment, bei dem sie nach einem Teilchen suchte, das die Zeit umkehren konnte. »Higgs Singlet« hieß dieses Teilchen, und Tretjak wunderte sich, dass ihm der Name sofort einfiel. Er hatte schon vor Tagen eine lange E-Mail von Sophia Welterlin erhalten. Er hatte sie bis jetzt nur überflogen. Soweit er das verstanden hatte, arbeitete sie wieder im Institut, ihre Wohnung war frisch gestrichen. Sie schrieb von Luigi, und das Wort »Danke« hatte er auch gelesen – und auch die schönen Grüße von ihrem Mitarbeiter Kanu-Ide, der sein altes Auto restaurieren ließ. Tretjak würde die E-Mail bald genauer lesen und dann antworten. Aber nicht jetzt. Jetzt würde er erst noch hier sitzen bleiben. Die Luft war in der Sonne immer noch 14 Grad warm, aber sie roch nach dem Schnee, der oben in den Bergen schon gefallen war. Die Gipfel rund um den See waren alle weiß.

Luigi stapfte wie ein kleiner Bub den Weg hoch. Er hob die Füße zu hoch und ruderte mit den Armen. Tretjak hatte ihn noch nicht oft laufen sehen, jedenfalls nicht eine so lange Strecke und nicht bergauf. Er trug einen dunkelblauen Anorak und eine tiefschwarze Sonnenbrille. Tretjak hatte ihm bestimmt schon eine ganze Minute zugesehen, ehe er begriff, dass dieser Mann Luigi war und dass er ganz offensichtlich auf dem Weg zu ihm war. Das war völlig neu. In der Vergangenheit war die Bewegungsrichtung immer umgekehrt gewesen, wenn sich die beiden Männer getroffen hatten. Tretjak hatte sich auf Luigi zubewegt. Die Gestalt des Gastwirts verschwand jetzt aus Tretjaks Blickfeld und tauchte kurz nach dem Klingelgeräusch der Pforte direkt vor ihm wieder auf. Luigi atmete schwer und setzte sich ohne zu fragen neben Tretjak auf die Bank. »Schönes Wetter«, sagte er nach einer Weile. Dann öffnete er seinen Anorak und holte ein Kuvert hervor. Tretjak sah, dass es mit Füller beschrieben war, und er sah seinen Namen und den Zusatz *c/o Ristorante Pescatore*.

Luigi reichte ihm das Kuvert ohne Worte, und Tretjak

öffnete es gleich an Ort und Stelle. Es enthielt einen kleinen Prospekt über Hundeschlittentouren in Nordschweden, eine ausgedruckte Buchungsbestätigung für einen zweitägigen Ausflug mit Adventsfeuer vom 30. November bis 1. Dezember auf den Namen Gabriel Tretjak. Und es enthielt ein mit Füller beschriebenes Blatt Papier. Dickes Papier mit Wasserzeichen, die Handschrift war klar und leserlich. Tretjak las:

Lieber Bruder,
wir müssen reden. Der Zeitpunkt ist da. t_0 = JETZT.
Luca.

Er faltete das Papier zweimal zusammen und steckte es in die Innentasche seiner Jacke. Dann blickte er über den See, der in diesem Licht und diesem Augenblick aussah wie eine große schneebedeckte Ebene in Nordschweden. So jedenfalls schien es Gabriel Tretjak. t_0, das war der Ausdruck der Physiker für den Zeitpunkt eines Ereignisses, ausgesprochen »T null«. Welterlin hatte immer wieder von t_0 gesprochen und damit den Zeitpunkt gemeint, an dem das große Experiment ablaufen sollte. Zu einer sekundengenau festgelegten Zeit desselben Tages, an dem Tretjak Hundeschlitten fahren sollte: 1. Dezember.

Zu Tretjaks Überraschung ergriff Luigi plötzlich das Wort.

»Du musst hinfahren«, sagte er. »Es ist höchste Zeit, du musst ihn treffen und mit ihm sprechen.«

Für Luigis Verhältnisse war das eine Art Monolog. Tretjak fragte sich, warum er sich hier einmischte. Ausgerechnet er, dessen große Stärke es war, sich so lange wie möglich aus Dingen herauszuhalten. Wie viel wusste Luigi?

Was hatte sein Vater mit ihm geredet, als er noch hier in diesem Haus gelebt und bei ihm unten Pizza gegessen hatte?

Tretjak antworte Luigi nicht. Und so saßen sie noch eine ganze Weile nebeneinander auf der Bank. Erst als es schattig wurde, weil die Sonne hinter den Bergen verschwand, legte Luigi seine schwere Hand kurz auf Tretjaks Schulter, erhob sich, zog den Reißverschluss seines Anoraks zu und verstaute seine Sonnenbrille in einer der Taschen. Er sah Tretjak in die Augen, nickte und wiederholte es noch einmal: »Du musst hinfahren.«

Kurze Zeit später tauchte seine Gestalt wieder in Tretjaks Blickfeld auf, diesmal auf dem Weg nach unten. Luigi drehte sich nicht nach ihm um.

Donnerstag, 30. November

(t_0 minus 1)

Es schneite so stark, dass die Scheibenwischer des Landrovers die Menge nicht bewältigen konnten. Per, der Hundeführer, musste immer wieder anhalten, aussteigen und den angehäuften Schnee mit den Händen von der Motorhaube und der Windschutzscheibe schieben. Sie waren auf dem Weg zur Schlittenstation im Sånfjället-Nationalpark. Es war vier Uhr nachmittags, aber schon dunkel. Tretjak hatte die Flugreise nach Oslo und eine fünfstündige Busfahrt hinter sich, aber er war nicht müde. Er wusste von der Karte, dass sie gerade am Lofsjön vorbeifuhren, einem langgestreckten See, der wie ein Riss in der Landschaft lag. Aber zu sehen war nichts von ihm – bei der Dunkelheit, dem Schneetreiben und den beschlagenen Scheiben im Fond des Landrovers.

Alles Wesentliche war bereits besprochen. Er würde heute Abend noch seine sechs Hunde kennenlernen. Eine Einweisung bekommen, wie man ihnen das Geschirr anlegte. Morgen früh um sechs Uhr würden sie dann mit zwei Schlitten starten, Per mit seinem voraus, Tretjak ihm folgend. »Keine Sorge«, hatte Per gesagt, »die Hunde bleiben in meiner Spur.« Nur reden sollte er mit ihnen, während er hinten auf dem Schlitten stand, viel reden. Kontakt aufnehmen zu den Hunden, hatte Per gesagt, das war das Wichtigste. Den ganzen Tag würden sie unterwegs sein, am Nachmittag die Hütte erreichen. Luca würde schon in der Hütte sein, wenn sie ankämen. »Das ist gut«, hatte Per gesagt. »Dann brennt schon Feuer im Ofen. Und vielleicht steht schon Essen auf dem Tisch.« Am übernächsten Tag würden sie dort wieder abgeholt werden und gemeinsam zur Station zurückfahren.

Ihr Startplatz morgen früh war ein zugefrorener See, direkt neben der Schlittenstation und der kleinen Pension, wo Tretjak die Nacht verbringen konnte.

Seine Tasche stand neben ihm auf dem Rücksitz, sie enthielt die empfohlene Ausrüstung. Fleeceunterwäsche doppelt und dreifach, Fingerhandschuhe und Fäustlinge zum Drüberziehen, Socken doppelt und dreifach, Daunenanorak, Mütze, Schal. Die Spezialschuhe und den Overall, den man schließlich noch über alles andere zog, würde er von Per bekommen. Tretjak fragte sich nicht, warum Luca einen so beschwerlichen Weg gewählt hatte, um ihn zu treffen – nach all den vielen Jahren. Er fragte sich gar nichts, was Luca betraf. Er achtete darauf, dass er seine Gedanken und Gefühle auf kleiner Flamme und ausschließlich in der Gegenwart hielt. So hatte es der Regler immer gehalten, wenn ihm eine schwierige Situation bevorstand, die man vorher nicht einschätzen konnte. Alle Sinne auf Empfang, nicht auf Senden, alle Nerven auf Reaktion, nicht auf Aktion.

Die Fensterkurbel in der Tür neben sich sah er gestochen scharf, er nahm den muffigen, klammen Geruch der Polster überdeutlich war, sah die Hundehaare an dem Netz, das den Gepäckraum abgrenzte. Das Metall des Reißverschlusses seiner Reisetasche blitzte hin und wieder auf im Licht einer vorbeihuschenden Laterne. Auf dem letzten Stück des Weges schneite es draußen nicht mehr. Schemenhaft zeigte sich die Landschaft, dunkle, mit Schnee beladene Fichten, sanft ansteigende Hänge.

Die Station bestand aus drei Häusern im Niemandsland: Pers Wohnhaus, ein Geräteschuppen und die Pension, die vier Zimmer hatte. Der Hundezwinger war ein großes eingezäuntes Areal mit Boxen für jeweils drei bis vier Tiere. Ein Scheinwerfer, der auf einem Pfahl angebracht war, beleuchtete die Szenerie.

Die Hunde waren ziemlich groß und struppig. Raue Gesellen, die laut bellten. Einer hatte ein abgebissenes Ohr. Wenn man ihnen das Geschirr anlegte, fühlten sie sich weich und warm an und schmiegten sich an Tretjaks Anorak.

Das Zimmer in der Pension war sehr klein. Die Möbel waren aus hellem Kiefernholz, die Bettbezüge blau-weiß gestreift. Es war sehr warm in seinem Zimmer. Offenbar hatte jemand schon Stunden vor seiner Ankunft den Ofen aufgedreht, der mit einer Gasflasche betrieben wurde. Tretjak schaltete ihn aus, obwohl das Thermometer am Eingang des Hauses um acht Uhr abends schon minus 18 Grad anzeigte. Außer ihm gab es keinen anderen Gast im Haus.

Beim Einschlafen auf dem gestreiften Kissen dachte Tretjak an Carola. Am Tag vor seiner Abreise hatten sie sich in Mailand getroffen. Sie hatten gegessen, waren durch die Stadt gelaufen und hatten viel geredet. Einmal hatte er ihrer beider Spiegelbild in einem Schaufenster gesehen, wie sie die Straße überquerten, Hand in Hand. Wie ein richtiges Paar, hatte er gedacht. Und der Gedanke hatte ihm gefallen. Am Morgen dann, als er das Hotelzimmer verließ, wo sie noch schlief, hatte ihm dieser Gedanke immer noch gefallen. Aber allmählich, erst im Taxi, dann im Flugzeug, war er verblasst. Wie ihr Geruch, der anfangs noch deutlich auf seiner Haut und in seinen Kleidern gehangen hatte und sich dann verabschiedete. Jetzt beim Einschlafen dachte er das noch einmal. Ein richtiges Paar. Wie könnte man das leben? Jeden Tag? Wo könnte man das leben?

Es war stockdunkel im Zimmer, und draußen auch. Nirgends brannte ein Licht. Tretjak konnte durch das Fenster Sterne am Himmel sehen. Er dachte an den Satz des Physiknobelpreisträgers Wilczek, den er sich gemerkt hatte, über den er auch mit Sophia Welterlin gesprochen hatte. »Wir müssen mit der unheimlichen Vorstellung leben, dass unendlich viele, leicht abweichende Kopien unserer selbst irgendwo anders ihre Parallelleben führen und dass jeden Augenblick noch mehr Doppelgänger entstehen und eine alternative Zukunft in Angriff nehmen.«

Ein richtiges Paar. Tretjak glaubte nicht, dass er dazu jemals in der Lage sein könnte. Aber vielleicht eine leicht abweichende Kopie von ihm?

Freitag, 1. Dezember

(t_0)

Sie erreichten die Hütte wie vorgesehen am späten Nachmittag. Es war dunkel, aber am Himmel stand ein unglaublich heller Mond. Die Schlitten glitten über den lang abfallenden Hang, der Atem der Hunde hörte sich ein bisschen an wie rhythmisches Wasserrauschen. In der Hütte brannte Licht, das konnte man von weitem sehen. Ein Schlitten stand davor, sechs Hunde saßen aufgereiht im Schnee. Per war mit seinem Schlitten etwa einen Kilometer voraus, deshalb sah Tretjak, wie er anhielt, vom Schlitten stieg und in die Hütte ging. Bei ihm selbst dauerte alles etwas länger, seine Hunde ignorierten erst mal sein Kommando »Stå!« und steuerten auf ihre Artgenossen zu, die schon bellten. Tretjak war gerade damit fertig, die Hunde voneinander zu trennen, als Per wieder aus der Hütte trat.

»Gemütlich da drin«, sagte er. »genießen Sie die Zeit. Vergessen Sie nicht, die Hunde zu füttern. Bis übermorgen früh!« Und schon stand er wieder auf seinem Schlitten, und Sekunden später sah Tretjak das Gefährt hinter der Hütte Richtung Wald verschwinden. Der Hundeschlittenführer Per wollte noch eine andere Hütte erreichen, zwei Stunden Fahrt von hier.

Tretjak ließ sich Zeit damit, seine Hunde anzuleinen und die Plane von seinem Schlitten aufzuschnüren. Er spürte große Nervosität. Die Tavor-Tabletten fielen ihm ein. Wie ein Echo aus einer anderen Zeit. Schließlich stapfte er im tiefen Schnee auf die Hütte zu, riss die Holztür auf und betrat den hellen, warmen Raum, in der einen Hand den Sack mit Proviant, in der anderen den Schlafsack.

Der Mann, der vor dem Kamin saß, trug ein rot-schwarz kariertes Hemd und wandte Tretjak den Rücken zu. Als er sich umwandte, lächelte er.

Gabriel Tretjak hatte seinen Bruder viele Jahre nicht gesehen und wusste nicht, was die Zeit mit seinem Gesicht angestellt hatte. Aber als er dieses Lächeln sah, wusste er ganz sicher, dass dieser Mann nicht Luca war.

Tretjak reagierte sehr schnell, ließ sofort die beiden Gegenstände aus der Hand fallen, bemaß die Entfernung zu dem Mann, sah die Pistole, bewegte sich nach vorn. Aber es war das Lächeln, das ihm gleich signalisiert hatte, dass er nicht schnell genug sein würde.

Dienstag, 5. Dezember

(t₀ plus 4)

Aus dem Polizeibereicht der Kriminalpolizei Sundsvall:

Zwei Tage nach Auffinden der schwerverletzten Person Gabriel Tretjak in der Hemland-Hütte wurde auf einem Hundeschlittentrail etwa fünf Kilometer von der Hütte entfernt die Leiche einer männlichen Person gefunden. Es handelt sich dabei um Johann Andersson, 41, Bauarbeiter aus Stockholm, vorbestraft wegen Körperverletzung, vormals unter Beobachtung des Verfassungsschutzes wegen Zugehörigkeit zu rechtsradikalen Gruppierungen.

Die Todesursache ist Erfrieren. Die Leiche weist zusätzlich eine Schussverletzung im Leistenbereich mit großem Blutverlust sowie Blutergüsse an mehreren Körperstellen auf. Sichergestellt wurde eine Waffe, eine Pistole des Typs Mauser, Kaliber 7.65. Unzweifelhaft handelt es sich um die Waffe, aus der die Schüsse in der Hemland-Hütte auf die Person Gabriel Tretjak abgegeben wurden sowie der Schuss, der Andersson selbst traf.

Bei der Durchsuchung der Wohnung Johann Anderssons in

Stockholm wurde ein Laptop sichergestellt, auf dem eine E-Mail-Verbindung zu Christian Senne nachgewiesen werden konnte. Da im Zusammenhang mit dieser Person eine europaweite Fahndung lief, wurden sämtliche Ermittlungsergebnisse sofort nach München, Kommissariat 2, Kriminalhauptkommissar Günther Bendlin übermittelt.

Epilog

Das Unfallkrankenhaus von Sundvall im Norden Schwedens war offenbar gut gerüstet für Katastrophen jeder Art. In diesen Tagen kämpften die Ärzte auf der Intensivstation um das Leben dreier Menschen. Bei zweien von ihnen waren sie inzwischen optimistisch. Die eine war eine Frau, die im Eis eingebrochen war, auf einem zugefrorenen Fluss. Mit Herzstillstand und schwersten Erfrierungen war sie in die Klinik gekommen, inzwischen schien klar zu sein: Sie würde mehrere Zehen verlieren, aber sie würde leben. Der andere Schwerkranke hatte einen Autounfall gehabt, doppelter Schädelbruch, sein Zustand verbesserte sich von Tag zu Tag. Luca Tretjak erfuhr das, während er im Pflegerzimmer wartete und sich den grünen Schutzkittel überzog. Er nahm die kleinste Größe, aber der Kittel war noch viel zu groß. Er sah sein Spiegelbild in den Glasscheiben, aber nur kurz, dann blickte er weg.

Der dritte Patient machte den Ärzten nach wie vor Sorgen. Der Deutsche mit dem slawisch klingenden Namen. Gabriel Tretjak hatte ebenfalls schwere Erfrierungen, aber schlimmer waren die Schussverletzungen. Er war dazu in schlechter Gesamtverfassung, wirkte schwach, als hätte er vor einiger Zeit eine schwerere Krankheit überstanden. Sie hatten ihn in ein künstliches Koma versetzt. Vor zwei Nächten hatte es ausgesehen, als würde er sterben, er hatte eine Art Kreislaufkollaps erlitten. Sein Herz hatte für einen Moment nicht mehr gewollt. Doch dann hatte es wieder angepackt. »Seine Überlebenschancen liegen bei 50 Prozent, höchstens«, hatte der diensthabende Arzt bei der morgendlichen Lagebesprechung gesagt.

Fünfzig Prozent. Immerhin.

Die Intensivstation ist ein besonderer Ort, der alles auf ein Entweder-oder reduziert, dachte Luca Tretjak. Man lebt, oder man stirbt. Angehörige bangen, oder sie bangen nicht. Freunde sind ehrlich oder falsch. Man spricht, oder man schweigt. Ärzte gewinnen ihren Kampf, oder sie verlieren ihn. Früher waren Intensivstationen abgeschlossene Orte, niemand sollte die Arbeit der Ärzte stören. Bei Gabriels Mutter war das noch so gewesen, Gabriel hatte sie nicht besuchen dürfen, als sie eine Hirnblutung gehabt hatte. Inzwischen hatten sich die Mediziner von dieser Idee verabschiedet. Es hatte sich herausgestellt, dass Besuche von Nahestehenden den Patienten guttaten. Oft verbesserten sich ihre Werte während deren Anwesenheit. Auch Menschen ohne Bewusstsein, im Koma, bekamen sehr wohl mit, wer da vor ihrem Bett stand.

Der Besucher, der an diesem Morgen am Bett 05 saß, als Luca Tretjak kam, war Joseph Lichtinger. Gabriels alter Weggefährte, sein Freund, dachte Luca Tretjak, als er ihn dort sitzen sah. Aber er dachte auch: Immer noch Freund, wirklicher Freund? Von Lichtinger hatte Senne die Informationen über Gabriel bekommen, von ihm hatte Senne auch die Informationen über ihn, den Bruder, bekommen.

In der Intensivstation der Unfallklinik Sundvall waren die Wände ab einer Höhe von einem Meter über dem Boden aus Glas. Türen gab es keine. Ärzte und Pfleger konnten von überall die Kurven und Leuchten der Messgeräte sehen. Luca Tretjak wartete stehend an der Schwelle zum Bereich des Bettes 05, neben einem Regal mit Flaschen. Er sah Gabriels Bett, das weiße Kopfkissen, den weißen Bettbezug. Er sah die Schläuche, die piepsenden Maschinen, er hörte das Schnaufen der künstlichen Beatmung. Es brauchte Phantasie, sich vorzustellen, dass der Mensch, von dem nur ein Haarschopf zu sehen war, einen hörte. Lichtinger hatte offenbar diese Phantasie. Er sprach. Betete er für Gabriel? Als er sich einmal umdrehte, begegneten sich ihre Blicke, und Lichtinger stand auf.

»Gabriel, du musst wieder gesund werden. Verstehst du mich? Ich bin in großer Not, ich brauche dich«, hörte Luca Tretjak ihn sagen. Dann standen sie sich kurz gegenüber. »Nur er kann mir helfen«, war alles, was Lichtinger sagte. Und Luca Tretjak war mit seinem Bruder allein.

In seinem Namen war Gabriel in die Falle gegangen, sein Name war benutzt worden, um ihn zu vernichten. Sophia Welterlin hatte ihm die Geschichte auf den Anrufbeantworter gesprochen. Senne hatte es vor seinem Tod eingefädelt, den Brief geschrieben, den Mörder bestellt. Und er hatte auch schon vorher Lucas Telefonnummer in seine wahnsinnige Aufführung eingebaut.

Sophia. Großartige Sophia. Luca Tretjak würde nicht so weit gehen, dass er ihr vertraute, aber lieben, ja, das ohne Zweifel, immer noch, immer wieder. Aber nach Sundvall war er nicht wegen ihr gekommen. Nein. Das hätte keinen Sinn ergeben.

Luca Tretjak stand am Bett seines Bruders und nahm seine Hand, drückte sie ganz fest, lange, sehr lange. Am Ende waren es Stunden. Er wollte etwas von seiner Kraft an den Bruder abgeben, und er wusste, es war nicht wenig, was er da zu geben hatte. Er wollte nicht, dass sein Bruder jetzt starb. So sollte ihre Geschichte nicht enden. So nicht.